魅丽文化　花火工作室

请你这样围攻我 2

蒋牧童

—著—

百花洲文艺出版社
BAIHUAZHOU LITERATURE AND ART PRESS

图书在版编目（CIP）数据

请你这样"围攻"我．2 / 蒋牧童著．— 南昌：百
花洲文艺出版社，2020.11
ISBN 978-7-5500-3761-8

Ⅰ．①请… Ⅱ．①蒋… Ⅲ．①长篇小说－中国－当代
Ⅳ．① I247.5

中国版本图书馆 CIP 数据核字（2020）第 117297 号

请你这样"围攻"我 2
Qing Ni Zheyang "Weigong" Wo 2
蒋牧童 著

责任编辑	郝玮刚
选题策划	丐小亥
特约编辑	八 柚
封面设计	ABOOK STUDIO 般舍 Design QQ 812784044
出版发行	百花洲文艺出版社
社　　址	南昌市红谷滩新区世贸路 898 号博能中心 A 座 20 楼
邮　　编	330038
经　　销	全国新华书店
印　　刷	湖南凌宇印务有限公司
开　　本	880mm×1230mm　1/32　印张 9
版　　次	2020 年 11 月第 1 版第 1 次印刷
字　　数	256 千字
书　　号	ISBN 978-7-5500-3761-8
定　　价	38.60 元

赣版权登字　05-2020-80

目录

CONTENTS

第一章

你真漂亮，我的小仙女

第二天，裴以恒照常去上课，只是他一直盯着手机，不知是在期待什么。或许就像颜颜说的那样，他不必一直等哥哥，这一次，他要去找裴知礼。

下课后，他直接回了家。

到家的时候，司机张叔看见裴以恒还很惊讶，连声问他怎么不叫自己去接。

"我哥在家吗？"裴以恒问道。

张叔低声说："在呢，昨天晚上在医院待到护士赶人才离开，今天一天都没出门。"

裴以恒点头，说了声"谢谢"，然后上了楼。

他们两人的房间都是在三楼，他慢慢走到裴知礼的房门前，垂眸望着门把手，几次想要抬手，心底却犹豫着。

裴以恒并不是善于跟别人谈心的人，相反，他打小便有点儿沉默寡言，后来学了围棋更是。不管是输也好，赢也好，他看起来都很平静。

江不凡曾经说过，他是天生的棋手，有强大的心脏。

其实他也不是没感觉，当在赛场上落后的时候，他也会紧张，会担心输；真的输掉的时候，他也会难过，会伤心。只是他太不擅长表达自己的情感，这么多年来，他唯一能正常地表达自己的感情的情况，就是在颜晗面前。

喜欢她的心情，想要明明白白地让她知道。

而不是像从前那样，把所有的事情都藏在心底。

终于，裴以恒握住门把手，猛地推开门。

谁知一打开门，他差点儿撞到正走到门边的裴知礼。两人四目相对，有那么几分相似的黑眸望着彼此，一时间哑口无言。

"阿恒，你回来了。"裴知礼看见他，表情似是有几分轻松。

裴以恒看着他身上的外套，轻声问："你要出门吗？"

"对。"裴知礼深吸一口气，说道，"我本来正想给你打电话。"

裴以恒没想到他会这么说，有些惊讶。

裴知礼低声说："咱们谈谈吧，阿恒。"

裴以恒有些怔住，随后他点点头："我也是这么想的。"

……

"这就是爷爷以前常带你来下棋的地方吗？"裴知礼坐在长椅上，望着四周，两人穿着一样的黑色羽绒服并肩坐着。

此时，夜幕已经降临，冬日里的黑暗总是来得那么快，但是不远处似乎格外热闹。

小摊贩陆续出现，有卖闪闪发光的发饰的摊子，还有卖玩具车的摊子，简直是小朋友们的天堂。

裴以恒点头，想了想道："不过，以前没有这么多卖玩具的摊子。"

"你知道那时候我最期待什么吗？"裴知礼像是突然想到什么，转头看着他。

裴以恒愣住了。

裴知礼自然没指望他能回答，他说："那时候，我喜欢你跟着爷爷出门，虽然我挺羡慕的，不过，我最期待你们回来，因为你每次都会给我带好吃的。

"带得最多的就是肯德基，其实妈最不喜欢我们吃这些。不过因为是爷爷买的，她也不好多说。还有烤红薯。爷爷常常说起他以前吃烤红薯的时候，红薯皮上都是一层黑漆漆的灰，以至我总觉得你给我带的烤红薯不正宗。"

说到这里，他笑了起来，裴以恒也跟着笑了笑。

笑过之后，空气似乎凝滞了。

直到裴知礼低声说："阿恒，对不起。"

裴以恒看着他，忍不住道："这句话不应该由你来说，应该是我对不起你。"

"你有什么错？"裴知礼望着他，自嘲地笑了笑，"你太过优秀，所以让我活在了你的阴影下？"

"是我不够关心你。"

裴知礼伸手在他脑袋上狠狠地揉了几下，一副特别开心的样子："这件事我早就想做了。摸一摸裴以恒九段的头，看看天才的脑袋到底是怎么长的。"

突如其来的玩笑，让周围的空气都变得温暖起来。

裴知礼望着他，低笑了一声："阿恒，我是真的嫉妒过你。"

裴以恒摇摇头："我真的不知道。"

一阵沉默过后，裴知礼笑出了声。

"你是天才，六岁学棋，不到两年就能跟职业选手下棋，所有人都说你是围棋神童。至于我，从小时候开始，最广为人知的称呼就是'围棋神童的哥哥'。"

裴知礼弯腰打开脚边的塑料袋，从里面拿出两罐啤酒，他先开了一罐，递给身边的裴以恒，接着又给自己开了一罐。

公园湖面平静，不远处各种声音交织成这个平凡世界里最动人的音乐，喧嚣、热闹又充满了烟火气。冬日里的啤酒，一口喝下去依旧透心凉。

裴知礼喝了一口啤酒，转头看向裴以恒，笑着说："说起来，我们两个人还没一起喝过酒。"

裴以恒手指微顿，本来快要抵到唇边的啤酒罐停在半空中。他撇过头看向裴知礼，眉头微锁，想了会儿才发现裴知礼说的是实话。

他一向不喜欢喝酒，毕竟酒精在一定程度上会对大脑神经产生影响，很多职业运动员不沾酒，他也不例外。

此时，他手腕微转，握着啤酒，轻轻地往裴知礼的啤酒罐上撞了一下："干杯，哥。"

裴以恒说完，仰起头喝了起来，羽绒服的衣领微微敞开，露出白皙的脖颈，颈侧绷成一条笔直的线。他的喉结微微滑动，在半透明的月光下，有种令人迷醉的诱惑。

他一口气喝了半罐啤酒。

喝完后，裴以恒转头望着裴知礼，轻声说："可是哥哥，你在学校里一直是第一名，中考的时候你还是全市第一。"

裴知礼拍了拍他的肩膀，笑道："好了，不用努力安慰我。以前是我太过局限，其实每个人都有自己擅长的地方跟不擅长的地方。比如你不喜欢跟人交流，只沉迷于围棋。

"在我享受普通的生活时，你已经踏上了职业赛场。我在英国的时候就在想，如果有围棋天分的那个人是我，我能够做得像你一样好吗？"

都说当一个人的专注力达到一定程度的时候，就会取得不菲的成就。他的弟弟是这个世界上最擅长下围棋的人。

"你为什么不跟我说呢？"裴以恒有些愣了。

他转头望向身边的裴知礼，见裴知礼也望着他。

裴以恒低声说："你知道的，我不懂。"

他又仰头喝了一口酒，这一次，他的动作有些猛，似乎在宣泄着什么，接着，他再次开口："哥，你不用让着我，如果有不开心的事情，你可以跟我说。如果你不想说，也可以跟我打一架。"

这么主动求打架的，裴知礼还是第一次见。

他笑着摇摇头，喝酒的时候狠狠地呛了一口。

裴以恒斜睨了他一眼："你能喝酒吗？"

对男人来说，挑衅酒量这件事实在让人无法忍受。裴知礼朝他看了一眼，毫不客气地说："你哥我上大学的时候寝室有个东北兄弟，那四年，我的酒量就练出来了。"

相较于女生爱逛街、吃饭、看电影等，男生则喜欢撸串、喝酒和去网吧包夜。

别看裴知礼一副校园男神、三好学生的模样，他曾经也干过去网吧包夜好几天这种事。以至于裴以恒听到他描述的时候，是真不敢相信。

裴知礼伸手按了下额头，低声说："最后我实在受不了身上的那股味道，就回寝室洗澡了。"

那次是寝室里的几个人打赌，谁最先离开网吧，就要请寝室其他人吃一个星期的饭。

男生之间幼稚起来，有时候连几岁的孩子都不如。

裴以恒这才发现，他从来没听裴知礼说起过他读大学时的事情，今天是第一次，他有种熟悉又陌生的感觉。他之所以选择去 A 大，就是想要跟随裴知礼的脚步。

两人一边喝着啤酒一边说着话，酒越喝越多，话越说越开怀，直到公园的人渐渐散去，气温越来越低。裴以恒把最后两罐啤酒打开。

裴知礼伸手接过其中一罐，准备喝的时候突然说："阿恒，回去吧。"

裴以恒猛地握紧了手中的啤酒罐。

裴知礼望着他，认真地说："普通人的世界你也看得够多了，现在，回到围棋的世界吧。你该回到你的位置了，属于你的、世界第一的位置。"

　　颜晗洗完澡，正准备上床睡觉时，听到一阵急促的门铃声。

　　她急匆匆地走过去，打开门。

　　门外除了一个醉了的裴以恒，还有一个高大挺拔的男人。男人微微一笑，优雅十足地冲着她挥挥手："你好。"

　　颜晗没想到会在自己家门口看见裴知礼。

　　现在她要怎么办？客气地请这对明显都醉了的兄弟回他们自己的家，还是立即打电话给陈晨，告诉她裴知礼现在就在她家门口？

　　颜晗正在思考时，站得还算稳的裴以恒突然弯腰凑近她，她刚想往后退一步时，他双手已经捧住了她的脸。

　　随后，他又拉开一点儿距离。就在颜晗心中忐忑时，他冲着她笑了。

　　颜晗心底犹如有一只小鹿在拼命地乱撞，一会儿撞撞这边，一会儿撞撞那边。

　　待她的脸颊微微泛红时，裴以恒深情地看着她，喊道："颜颜。"

　　"我在。"颜晗同样温柔深情地望着他。

　　裴以恒自豪又开心地说："这是我哥哥，裴知礼。"

　　她深吸了一口气，心底有些感动。

　　原来他即使喝醉了，也想着带他的哥哥来见她，想把她介绍给他的家人。

　　裴以恒又欺身上前，伸手捏了捏她的脸颊。

　　"颜颜，这是我哥哥呀。"他的眼睛雾蒙蒙的，却透着一股执拗。

　　颜晗无奈地望着他。

　　接着，裴以恒改捏为捧，两只手捧着她的脸颊不停地搓揉，声音低低地问："颜颜，你看见我哥都不开心吗？笑一下。"

终于，颜晗再也不想忍耐，她伸手捧起裴以恒的脸颊，道："你给我老实点儿。"

处于兴奋中的男人总算安静下来，定定地看着她。

颜晗长叹了一口气。

看来以后她要牢牢地看着他，不许他再喝酒了，他喝醉了会出大事的。

她反手拉住他的手掌，把他拽到对面的房门前，打开密码锁，然后说："你，现在回去睡觉。"

随后，她转头看着半倚在她家门上的裴知礼，叹道："学长，您就不需要我照顾了吧？"

裴知礼身上的酒气虽然也很浓，不过，那几罐啤酒还不至于让他醉了。

本来兄弟俩把买的啤酒喝完后，裴知礼是想带裴以恒回家的，谁知裴以恒突然认真地跟他说："哥，我有女朋友了。"

他想起上次裴以恒突然给他打电话，电话那头似乎是一群人在外面玩。那时候，他心里还有些欣慰，裴以恒也有朋友了。

"你想见见她吗？"裴以恒脸颊微红，黑眸水亮，不知道是因为喝了酒，还是因为提到了他喜欢的姑娘。

裴知礼笑着说："好呀，抽空咱们一起吃饭。"

裴以恒目光灼灼地盯着他，斩钉截铁地道："不要抽空，现在就去。"

看到颜晗的时候，裴知礼没有很吃惊，他觉得这姑娘跟阿恒就该是一对儿。特别是她哄他的模样，让裴知礼突然觉得，谈恋爱好像也不错。

颜晗扶着裴以恒进房间的时候，裴知礼站在外面挥挥手："我还是回家吧。"

"他这里还有空房间。"颜晗赶紧说。

裴知礼笑道："我知道，以前我就住在这里。"

颜晗微怔。

裴知礼想了想，笑道："所以缘分很奇妙，我住在这里的时候都不知道对面住着一个姑娘，阿恒住过来的时候，你们就相遇了。"

"今天真的很高兴见到你。"裴知礼说完，便转身离开了。

颜晗看看身边的人，又看看离开的人，心想，他们应该和好了吧？

随后，颜晗认命地把裴以恒拉到了床上，幸亏这次他没说要脱衣服了，她又去洗手间，拧了条湿毛巾给他擦了擦脸。

她刚给他擦完脸，裴以恒突然睁开了眼睛，黑眸直勾勾地望着她。

颜晗低声道："你好好睡一觉……"

她话还没说完，他就伸手抚上她的后脑勺，手臂轻轻一钩，将人温柔地带到自己的跟前。

他的眸子在灯光的照射下犹如一团黑墨，越发深邃。

在陡然靠近时，她闭上了眼睛。

她的唇瓣被轻轻含住，随后，他的舌尖顺着她嘴角一点点地描绘着她的唇线，包含着温柔缱绻的力度，几乎让她溺毙其中。渐渐地，他不再满足于这样的浅尝辄止，舌尖轻轻顶开她的唇瓣，卷起一股力量。

他的气息萦绕在她周围。

颜晗手中的毛巾掉在了地上，发出一声闷响。

她的手悄无声息地环住了他的脖颈，裴以恒则紧紧地拥住她，像是要把她揉碎在怀中。

他的呼吸渐渐急促起来，待他唇瓣下移，咬住她的下巴时，颜晗整个人有一瞬的僵硬。

颜晗也不是什么都不懂的少女，当裴以恒的吻落在她的脖颈上时，她微微有些颤抖。

就在颜晗内心纠结时，男人嘟囔道："颜颜，我喜欢你。"

颜晗微怔，待仔细听时，竟听到了均匀的呼吸声，随后，她发现裴以恒已经闭上了眼睛。

这人居然睡着了？颜晗有点儿无语。

第二天，颜晗去裴以恒家里时，发现他已经走了。过了半个小时，她才收到他发来的信息，说是有重要的事情要离开几天。之前没给她发信息，是怕她还没起床。

颜晗想了下，很慎重地回道："不要再随便喝酒了。"

手机振动了一下，正坐在后座闭目养神的裴以恒睁开眼睛，认真地看了一会儿，然后回复道："知道了，夫人。"

颜晗是在喝粥的时候收到这条回复的，一打开手机，映入眼帘的就是最后两个字。

猝不及防之下，她被狠狠地呛了一下。

"夫人"，这两个字在她的舌尖滚了滚，有种说不出的甜。

连带着上课的时候，颜晗的心情都不错。不过刚下课，几人就被老师叫到了行政办公室。

陈晨有点儿担心地问："咱们最近没犯事吧？"

艾雅雅正和人聊着天，兴奋地说："没事，别担心，是好事。"

艾雅雅认识一个在行政办公室当助理的人，那人提前给她透露了点儿消息，原来是她们的视频播放量超过了一千万次，主办方想给她们安排一次采访。

"我感觉咱们好有排面。"陈晨激动地说。

她说话时有点儿兴奋，声音自然提高了些，引得前面的女生回头，狠狠地瞪了她一眼。陈晨自然注意到了对方的小动作，不过她没在意。

女生是跟蓝思嘉一个组的，她们制作的视频的播放量在所有作品里只排在中上游，能不能进最后的决赛还是未知数。

她转头对蓝思嘉说："她们有什么好得意的？不就是仗着有裴以恒吗？何况还是因为裴以恒挨了骂，她们的视频才火的。"

"韩心杯"比赛进行到现在，中国队只剩下了薛斐一人。薛斐如今也面临着当年李昌镐的境地，韩日双方还剩下五人，只有他独自征战。

没想到，昨天一战，薛斐惜败韩国李俊值九段。至此，参加"韩心杯"的中国选手尽数出局。

关于裴以恒的争议再次爆发，所有人都说，如果他不去上大学，以他的实力，中国队绝不可能就此惜败，毕竟去年，中国队就是在他的率领下拿到了冠军。

奇迹没有出现，大家不去责怪选手，反而责怪起了没有参加比赛的人。

蓝思嘉低头望着手机上的参赛页面，遥遥领先的自然是《棋－黑白世界》这部短片，它的播放量几乎是其他所有作品的总和。她死死地握住手机，她绝对不会认输，颜晗无非就是借了裴以恒的名气才打败了她。

谁知旁边的人说："你们听见没？她们这次肯定赢定了，连主办方都要给她们安排采访。她们的视频播放本来就高，再这么一宣传，咱们还怎么玩？"

蓝思嘉面无表情地望着黑板，冷笑了一声。

下午，蓝思嘉推了其他的事情，打车到市中心的一家商场，没一会儿，她就在咖啡厅等到了要等的人。

"思嘉，你电话里说的是真的吗？"来人一坐下就急急地问道。

蓝思嘉望着面前的人，笑盈盈地说："孟可姐，我之前是跟着您实习的，怎么会骗您呢？"

之前，蓝思嘉的母亲托人在传媒集团给她找了一份实习工作，负责带她的就是孟可。不过她们负责的不是纸媒，而是网络媒体。孟可这个人的工作能力虽然不错，但人品实在是不敢恭维。

她是善于制造争议性话题的媒体人，对她来说，事实真相远没有流量来得重要。

最近几年，这样的媒体越来越多，孟可越发膨胀，动不动就想搞个大新闻。

"你的意思是，裴以恒之所以选择读大学，是因为他女朋友是 A 大的学生，他为了跟女朋友在一起，才放弃了自己的职业生涯？"孟可的手指在键盘上飞舞，看起来，一篇震惊全国的报道即将出炉。

蓝思嘉淡淡地道："孟可姐，您这篇报道里不会提到我吧？"

"当然，我的人品你放心。"孟可毫不犹豫地道，"正好这届'韩心杯'比赛，中国选手都出局了，前几天裴以恒不是还被骂上了热搜吗？我这篇报道发出去后，相信他一定会再次登上热搜的。"

孟可喝了一口咖啡，有些惋惜地道："之前我确实想做一个裴以恒的采访，不过棋院那边挺看不上我们网络媒体的，现在他们该知道，老一套已经没用了。"

蓝思嘉心中本来有种报复的快感，可听到孟可这一番话，她心底突然生出了不舒服的感觉。

孟可低头看了一眼手机，惋惜地道："这么个大帅哥因为我而挨骂，说实话，我还挺不忍心的。"

话是这么说，但说完这句话时，孟可已经笑开了。

裴以恒起床的时候，师母余晓正好从门外进来，她望着裴以恒笑道："你老师在那边喝茶呢，你也过去吧，待会儿叫你们吃早餐。"

　　昨天，张叔开车将他送到了这里——江不凡的老家。他掀开门帘，刚走到外面，就看见整个院子笼在大雾之中，连院门都有些模糊。

　　裴以恒知道，江不凡喜欢在另外一边的玻璃房里喝茶。于是他走过去，刚推开门，就看见一个看起来圆滚滚的人正坐在藤椅上倒茶。

　　"你起得挺早呀。"江不凡笑呵呵地说。

　　裴以恒走过去，恭敬地喊了一声："老师。"

　　"坐坐坐。"江不凡指了指对面的藤椅，一副乐呵呵的模样。

　　他这人天性乐观，年轻时即便是大败而归，离开棋盘后，他就把这件事抛到脑后了。

　　他的夫人余晓曾是国内出名的美女棋手，别说国内不少棋手倾慕他，就连日韩两国都知道中国有个美人儿棋手。

　　江不凡年轻时虽然不像现在这么胖，但也是体格健硕之人，谁都没想到余晓独独选中了他。

　　裴以恒安静地坐下，双手端起茶杯抿了一口。

　　江不凡开心地问："怎么样？"

　　"好茶。"裴以恒淡声道。

　　江不凡笑得更开怀了："十块钱一斤的茶叶，你也能喝出好来？"

　　"只要是老师亲手泡的茶，我喝着就觉得好。"

　　裴以恒神色淡然，说得理所当然，仿佛这茶对他来说就是最好的。

　　江不凡打量着裴以恒："我瞧着你这回过来，是有话跟我说吧？"

　　江不凡冬天愈懒，会带着余晓回老家住些时日，裴以恒现在过来，肯定是找他有事儿，至于具体是什么事，江不凡也能猜到一二。

在他的三个弟子当中，裴以恒天分最高，连他自己都自叹不如。

裴以恒还十分专注，不喜欢看电视，不爱玩电脑，只偶尔玩玩手机游戏。

江不凡曾经跟余晓说过，裴以恒心志之坚，实属罕见。所以当裴以恒说他想上大学的时候，江不凡甚至怀疑自己听错了。

此刻，裴以恒望着江不凡，坚定地说："老师，我来是想告诉您，我打算重回赛场。"

"你小子……"江不凡摇了摇头，"大学好玩吗？漂亮的女孩多吗？"

裴以恒立即摇头："不知道。"

江不凡猜到他会这么说，又笑着喝了一口茶。

谁知，茶水刚入嘴，他就听裴以恒说："但是我的女朋友很漂亮，下次带她来见见您吧。"

江不凡顿时发出一连串咳嗽声。

他这个傻徒弟竟然找到女朋友了？

裴以恒在江家待到晚上才回去，他也没注意到手机停机了，所以外面发生了什么事情都不知道。

程颐刚从医院回来，蓝思嘉就来了，她没想到会在家里看见裴知礼，当即脸色微红，轻笑着打招呼："知礼哥，你回来了。"

"你好，思嘉。"裴知礼淡淡地点头。

蓝思嘉望着裴知礼，心里有些惋惜。

其实裴知礼也不错，毕竟在A大的时候，不知多少女生暗恋他。只不过蓝思嘉喜欢的是更出色的裴以恒，在她看来，裴知礼的成就永远达不到裴以恒的高度。

"你妈妈昨天刚去过医院，怎么今天你又来了？"程颐看见她，态度温和地道。

蓝思嘉其实本可以跟她妈妈一起去的，只不过，她在等一样东西，所以迟了一天。她说："本来昨天我也想陪我妈妈一起去的，但学校临时有点儿事。"

"学业为重。"程颐点头。

程颐的脸色看起来十分红润，不像很虚弱的样子。

于是，蓝思嘉想着法儿地跟程颐聊天，直到聊得差不多了，她才欲言又止地说道："阿姨，其实有件事，我不知道应不应该跟您说。"

程颐笑道："有什么话尽管说，跟我有什么不能说的？"

"可您的身体还没痊愈，我怕您听了太过激动。"蓝思嘉重重地叹了一口气，看起来还挺像那么回事。

程颐瞧见她这个模样，越发想知道了，她鼓励蓝思嘉："没关系的，阿姨本来就没什么病，只不过是他们大惊小怪。"

蓝思嘉终于点头，说："今天出来了一篇报道，我不知道您看没看，网上传得沸沸扬扬的。"

"什么报道？"程颐一脸疑惑。

蓝思嘉长长地叹了一口气，无奈地说："是关于阿恒的。有个记者对阿恒上学的事情做了深度追踪，写了一篇文章，现在网上骂阿恒的人挺多的。"

程颐一听就急了，赶紧说："是什么报道？你给我看看。"

蓝思嘉掏出手机，点开微博。

果然，像孟可说的那样，裴以恒的名字上了热搜。

孟可的这条微博是热搜的热门微博，一点开便能看见。

程颐几乎是一目十行地迅速将报道看了一遍。

蓝思嘉小心地打量着程颐的表情，见她嘴角越抿越紧，看起来似乎很生气，蓝思嘉极少见她这样。

她心底又多了几分把握，故意说道："我觉得以阿恒的性格，即便他真的谈恋爱了，也不会为了女朋友放弃自己的事业，这篇报道肯定是乱说的。阿恒应该只是想充实自己，才去上大学的吧？"

蓝思嘉之所以敢这么说，是因为之前她试探性地问程颐裴以恒为什么去读大学，程颐没有回答，但程颐又是不赞同裴以恒的这个选择的。所以蓝思嘉大胆地猜测，或许他真的是先认识了颜晗，才决定去Ａ大的。不然，他怎么可能在那么短的时间内就对颜晗那么好？

蓝思嘉不由得想起现在不少人爱追星，很多人就连运动员也追，甚至追到酒店去。

说不定颜晗就是那种人。蓝思嘉猜想道。

"可是如果是真的话……"蓝思嘉又叹了一口气，声音极轻地说，"那我觉得这个女生问题还挺大的。"

"够了。"程颐抬起头，把手机递还给她，严肃地说，"这篇报道完全是无稽之谈。"

裴以恒为什么去Ａ大，程颐比谁都清楚。这篇报道通篇都是各种荒谬之论，她一个字都不会相信。

程颐的性格虽然温和，但她并不是傻子。蓝思嘉想引导她怀疑什么，程颐在她说最后这句话之前就想到了。她本来不想把自己看着长大的孩子想得那么坏，可蓝思嘉的那句话让她格外失望。

程颐看着蓝思嘉，严厉地道："思嘉，阿恒的事情只有他自己能做主，不管他喜欢什么样的姑娘，我都会尊重他的决定。我相信，我的儿子会做出最适合他的选择。"

蓝思嘉几乎不敢看程颐的眼睛，她嗫嚅道："我知道了，阿姨。"

说完，蓝思嘉几乎是落荒而逃，程颐自然没有挽留她。

她走到楼下的时候，裴以恒正坐在沙发上，一旁的裴知礼看见她下来，站了起来，冲着她略微颔首后，便径直去了厨房。

蓝思嘉匆匆打了个招呼就准备离开，裴以恒却喊住了她。

她整个人都在发抖，耍心机却被当场戳穿，她觉得太丢人了。

"多余的话我不想再说。请你以后不要再来我家，我不欢迎诋毁我女朋友的人。"

裴知礼从厨房里走出来时，手里拿着一个苹果，他放在嘴边咬了一口，见裴以恒望向他，他浅笑盈盈地道："我可什么都没听到。"

——此地无银三百两。

裴以恒并不在意地说："我先上去看看妈妈。"

刚才他一回来，就上楼去了程颐的房间，房门没有关严，他听到了蓝思嘉和程颐的对话。这会儿他上楼，程颐正在打电话。

"我知道了，家里好多人呢，阿礼也在家陪我，你有什么好担心的？"程颐无奈地说。

裴克鸣本来是想回来陪她的，不过程颐知道他最近正忙，便没让他回家，只是免不了一天打好几个电话。

程颐听见门响就往门边瞥了一眼，见到裴以恒，立即欣喜地道："阿恒也回来了！"

"让那俩小子好好陪陪你。"裴克鸣哼了一声，又问道，"他和知礼现在没事了吧？"

"要不你亲自问问他？"程颐道。

两个儿子之间有矛盾，他没有直接介入，更没用什么父亲的威严强逼着他们和好。他想给他们一点儿时间，看清楚问题，面对彼此。

挂断电话后，程颐立即把裴以恒叫到床边坐下，她伸手摸了摸他的脸颊，轻声说："阿恒，在老师那里玩得还开心吗？"

裴以恒低声说："我跟哥哥聊过了。"

程颐一愣。

裴以恒顿了下，轻声说："您以后多关心哥哥，不用担心我，也不要因为我比哥哥小就觉得他应该让着我。"

程颐微微低着头，似是有些难受，过了许久，她才道："阿恒，妈妈是不是错得厉害？总觉得哥哥听话，就理所当然地少关心他一些，等发现自己做错的时候，又不好意思承认。毕竟当妈妈的，怎么能这么失职呢？"

生活就像一匹脱缰的野马，在不知不觉中将人生的轨迹拉到了完全不同的方向。程颐初为人母的时候，也想过要当一个不偏不倚的母亲。可两个孩子性格完全不同，她便开始更多地关心看起来更需要照顾的那个孩子。

程颐轻声道："你哥哥从小就跟你不一样，他小时候嘴可甜了，你就是个闷葫芦，我特别担心你，甚至带你去医院检查过是不是有自闭倾向。"

裴以恒微怔，似乎完全没有想到还有这回事。

"好在你很聪明，后来又学了围棋。"程颐淡笑了下，"但是成为围棋选手并不简单。你哥哥跟你不一样，他聪明，学习也好，看起来以后做什么都能轻而易举地成功。你啊，就只是个会下棋的孩子。"

裴以恒无奈地笑了："所以您是觉得我笨，才会这么关心我？"

程颐点头："就是。你看你哥哥多厉害，考上了Ａ大，现在又在剑桥念书。本来他就比你聪明。"

"这种话，您是不是应该当着我的面说，才显得有诚意呢？"

裴知礼站在门口，望着屋子里的两人，清俊的面容上挂着浅笑。

程颐望着他，有些不好意思。

她看着他说："阿礼，妈妈是不是从来没跟你说过对不起？"

姿态潇洒地倚在门边的男人身体一僵，在程颐开口时，他的鼻尖已经开始泛酸。

"阿礼，对不起。妈妈只是个普通人，所以有时候会忽略了你。但妈妈保证，以后一定不会了。"

裴知礼撇过头，过了许久，他终于走过来，弯腰抱住了程颐。

"妈妈。"

"这个周末就是圣诞节了，好快呀。"陈晨望了一眼的手机，突然说道。

颜晗正无聊地玩着手机。

之前，裴以恒给她发了条信息，告诉她自己在老师家里，山里信号特别不好。

倪景兮瞥了陈晨一眼："你也想过圣诞节？"

一旁的艾雅雅笑了起来："你还不知道她呀，肯定又想她的知礼哥哥了呗，英国圣诞节可是放三周的假，说不定裴知礼已经回来了呢？"

颜晗身体一僵。

这几天裴以恒那边的信号不好，两人就跟七仙女和董永似的，鹊桥没了，只能遥相思念，以至于她完全忘记了裴知礼已经回国这件事。

艾雅雅转头说："颜颜，你好歹也是咱们知礼学长的弟媳妇，你就不能帮我们打听一下裴学长回国了没？"

颜晗深吸了一口气，慢慢转过头，说："前几天，裴知礼跟阿恒去过我家。"

空气明显有片刻的凝滞。

就在陈晨抬手要往颜晗身上招呼的时候，艾雅雅抓住了她的手臂，低声说："好了好了，现在是在课堂上呢。"

颜晗轻咳了一声："那天太晚了，我本来想给你打电话的，真的。"

"可是你没有给我打。"陈晨毫不客气地道。

旁边的倪景兮低笑了一声："她打了电话，你就敢去吗？"

她不敢，呵呵。

颜晗也挺纳闷的："你到底是真喜欢裴知礼，还是只觉得他帅？"

陈晨哀怨地望着她："你说呢？我一定会去英国的。"

"就凭你现在这样，看见裴知礼就躲？那你也只能默默地看着他，等到他谈恋爱了，你再后悔地追忆过去。"

颜晗的话说完，陈晨的脸都垮了。

紧接着，颜晗拍桌定板道："圣诞节不是周末嘛，要不，咱们找个别墅开派对？我问问阿恒，让他邀请一下裴学长。"

"这个主意好。"艾雅雅赞同道。

陈晨睁大眼睛，垂死挣扎道："我没钱租别墅。"

"不用你出钱，我哥名下有一套，他平时也不住，我可以借用一下。"颜晗斜睨了陈晨一眼，"我都帮到这个份上了，就看你敢不敢了。"

倪景兮看着还在犹豫的陈晨，淡淡地摇头道："她不敢的。没事，反正裴知礼这个年纪，要找女朋友也是随时的事。"

"我去。"陈晨立刻拍桌子，一副豪气干云的模样。

下楼的时候，颜晗的手机突然响了，她落后前面三人几步，接通了电话。

"下课了？"对方的声音里透着几分笑意。

颜晗立即眉开眼笑道："你那边的信号好了？"

"嗯。"裴以恒应道。

颜晗一蹦一跳地走出教学楼，全部的心神都被手机里的声音吸引了。

"那你什么时候回来呀？"她问。

恋爱中的人似乎有种无师自通的能力，在跟男朋友说话的时候声音自动软了几分，颜晗本来就软的声音这会儿变成了娇嗔。

裴以恒看了一眼只顾着往前走的姑娘，低声说："你往后看。"

颜晗心里一跳，猛地往后看，却没有看到他，有些失望。

裴以恒见她像小松鼠一样左右张望，偏偏不看自己这个方向，无奈地叹了口气。

他慢慢地走过去。

颜晗终于看见他了，他在她面前站定，小姑娘委屈地说："你站着的是左后方呀。"

"我知道，不是你没看见我，是我没说清楚。"裴以恒宠溺地望着她，顺着她的话说。

颜晗点头，挺自豪地说："我视力很好的。"

她刚说完，裴以恒就伸手在她的眼睑上轻刮了一下，接着，他淡笑着说："难怪眼睛这么漂亮。"

颜晗一下愣住了，待回过神，她恨不得捂住自己滚烫的脸。

这人说话怎么这么撩人。

对于颜晗提议的圣诞节派对一事，裴以恒自然不会拒绝。她还说要把程津南和高尧都叫上，反正人多好玩。至于借别墅，只是颜晗一句话的事。

倒是她在拍摄完圣诞美食特辑的时候，望着那棵圣诞树，对邱戈说："要不，你把这棵树借给我吧？"

邱戈狐疑地看着她："你要这棵树干吗？"

在得知她要办派对的时候，邱戈痛心疾首地道："你也太物尽其用了吧。"

"反正你们也只会把它放在库房里，还是借给我吧。"

于是，颜晗请人把这棵圣诞树送到了颜之润的别墅。别说，别墅的客厅很大，装修又是欧式的，还有个十分华丽的壁炉，圣诞树摆在壁炉旁特别搭。

周六是平安夜，她们几人没事做，一大早就到了别墅。陈晨还特地在网上团购了不少圣诞装饰，几个女生把整个大厅装饰得格外有氛围，落地窗上贴着大大的英文版"圣诞快乐"，还有随处可见的小铃铛，叫人立即想起耳熟能详的圣诞歌。

可刚吃完午饭，陈晨就怯了。

她像是陷入了恐慌："我不行，我看见他一句话都说不出来。"

"又发作了。"艾雅雅无奈地捂脸。

颜晗看着陈晨这副模样，知道她是真的紧张。之前，她们曾鼓励陈晨跟裴知礼表白，就算不表白，先接触起来，最后也能近水楼台先得月，可她太实诚了，她是真不敢。

颜晗亲眼见过她看见裴知礼时，脸红得像被染红的布。

颜晗深吸了一口气，说道："要不，你戴个面具吧？"

本来她是开个玩笑，谁知陈晨听完立马点头："好呀好呀，我觉得戴面具好。我真的很怕，一看见他的脸和眼睛，我就会忘记自己想说什么，谁会喜欢一个连话都不会说的傻子呀。"

颜晗心软了，站起来说："走，我带你去买面具。"

旁边的两人都被她的提议震惊了，倪景兮微微蹙眉道："你真觉得这个办法管用？"

颜晗无奈地道："现在只能死马当活马医了，就算她最后跟裴知礼没成，总得让她跟人家说几句话吧。不然等她老了回忆起来，她跟自己的初恋连一句话都没说过，不会后悔死？"

艾雅雅点头："这个理由说服了我，走，咱们现在就去。"

陈晨这匹"死马"被她们拉上了车。

几人到了一家 cos（装扮）店，除了颜晗，其他三人都是第一次来。

艾雅雅第一眼就看到了美少女战士服，她兴奋地大喊："美少女战士的水手服绝对是直男斩！"

一旁的店员笑了起来，肯定地道："这位美女真识货，这套是卖得最火的。"

颜晗瞥了水手服一眼，谁知艾雅雅喊道："颜颜，你要不要来一套？就当是送给裴大师的圣诞礼物。"

颜晗立刻说："还是先选给陈晨的礼物吧。"

这件事确实是正事，于是大家开始认真地挑选。谁知挑来挑去都没挑到满意的，这时，陈晨突然惊喜地说："你们觉得这个合适吗？"

颜晗走过，一眼就看见了一件黄色露肩长裙。

贝儿公主？她有些诧异地说："贝儿公主没有遮脸的面具吧？"

艾雅雅低声说：“她想要的是那套野兽装吧？”

陈晨开心地点头：“对呀，我觉得这个很适合我。”

那野兽装就跟玩偶装一样，浑身毛茸茸的，一颗脑袋看起来格外厚实。这一套衣服穿在身上，连是男是女都分辨不出来。

众人望向陈晨，她已经请店员把野兽脑袋摘下来了，等她把野兽脑袋戴在头上的时候，颜晗捂住了眼睛，开始后悔为什么要提这个建议。

试过后，陈晨满意地抱着野兽脑袋，可怜巴巴地望着她们，小声地说：“如果只有我穿这种衣服，会不会太傻了？”

“不会。”颜晗毫不犹豫地说。

一向铁面无私的倪景兮也对她露出一抹冷笑：“不会。”

“求求你们了，这可能是我最后一次见知礼哥哥了。”

颜晗很冷静地说：“不会是最后一次，在我的婚礼上，你肯定还能见到他。”

她淡然地说完这句话，所有人都转头看向她，艾雅雅激动地说：“你们已经到了谈婚论嫁的地步了？”

颜晗想说没有，她和裴以恒在一起还没多长时间呢。

可她刚才说出那句话的时候是那么理所当然，好像她就该跟裴以恒结婚一样。

或许这就是他给她的感觉，水到渠成。

也不知是谁先妥协了，最后她们心甘情愿地选起了服装。

陈晨指着野兽装旁边的贝儿公主的衣服说：“颜颜，你穿这套，你皮肤白，穿黄色好看。”

颜晗还没来得及拒绝，店员已经把衣服拿了下来。

她嫌换衣服麻烦，看了下尺码，干脆直接买了下来。

最后，四人买了一后备厢的衣服回到了别墅。

下午五点，裴以恒打电话告诉颜晗，他们正在来的路上。陈晨听到后叫了一声，就跑回她的房间去换她的战斗装备了，颜晗也被艾雅雅赶回了房间。

幸亏别墅里有暖气，她们进房间后，即使只穿着薄毛衣，也不会觉得冷。

此刻，颜晗穿上了裙子。虽然在店里没有试就直接买回来了，可穿在身上大小正好。

颜晗将长发挽起来，盘在发顶。她的头发本来就浓密，盘起来后更是厚实。那家店还送了配饰，颜晗用黄色发带在自己的盘发上绕了一圈，发带有些长，落在身后微微飘荡。

最后，她拿起桌子上的黄色短项链，项链有点儿粗，但颜晗的脖子修长纤细，配上这样的项链反而更有气质了。

紧接着，她听到楼下似乎有说话的声音，大概是男生们到了。

颜晗瞬间有种换回衣服的冲动，她发誓，这是她所有提议里最傻的一个。

楼下的声音越来越大了。

几个男生一打开门，就看见了一个穿着怪兽玩偶服的人，她站在最后面，好像要把自己藏起来，但还是十分显眼。

倪景兮穿了一身白色西装，是怪盗基德的服装，既英气又美艳。

艾雅雅则穿着一个日本动漫人物的服装，不过很日常，不会特别突兀。

于是，几个男生都看向陈晨。

程津南问道："这是陈晨还是颜晗？"

"颜颜在楼上。"陈晨回答道。

高尧觉得挺好玩的，笑道："你们这是干吗呢？"

"我们觉得只过圣诞节挺无聊的，就加了一个变装主题。"艾雅雅立即说。

裴知礼饶有兴趣地望着穿野兽服的人。

裴以恒正准备给颜晗打电话，刚低下头，就听到了一声惊呼。他一抬头，就看见一个穿黄裙的少女扶着楼梯扶手，缓缓地走下来。裙摆的长度刚刚到她的脚踝，明艳的黄色衬得她的肌肤越发白皙，水晶吊灯下，她整个人仿佛都在发光。

颜晗望着镜子里的自己，肩膀纤细，连带着锁骨都格外明显，胸脯微微隆起，身体的曲线恰到好处。

华丽复古的欧式大厅里，少女犹如一个公主般缓缓登场。

偌大的客厅里不断响起惊呼声。

裴以恒慢慢走过去，此时，他虽然只穿了一件黑色大衣，头发上还沾染着水雾，却像风雪夜归人去迎接他的小公主。

颜晗望着他，有些不好意思地眨眨眼，见他扬眉浅笑，她的心随着他嘴角扬起的弧度跳动得更厉害了。

"你真漂亮，我的小仙女。"

第二章

他会花一辈子时间哄她

外面暮色沉沉，不时有风呼啸而过。圣诞树上挂着的小彩灯都亮了起来，一旁的壁炉里也生起了火，整个客厅显得格外明亮温暖。

裴以恒松开颜晗，脱下自己的外套披在她身上。

他的衣服过于宽大，她整个人被笼罩其中，显得十分娇小。

他双眸含笑地望着她："但是我觉得保暖更重要。"

整个别墅里都有暖气，温暖如春，他还让她保暖……

对于他这种公然秀恩爱的行为，众人给予了强烈的谴责。

艾雅雅喊道："麻烦你们考虑一下单身人士的心情，咱们这里应该不是只有我单身吧？"

程津南立即说："我和高尧都是单身。"

艾雅雅用手肘轻抵了下倪景兮，故意问道："倪大人，你也是吧？"

倪景兮看着她拼命给自己使眼色，又看了看对面的裴知礼，低声说："嗯，我是。"

"裴学长，你呢？"艾雅雅接着问道。

裴知礼轻笑道："虽然不想承认，但我也是。"

"哇，难道除了他们两个，剩下的人竟然全是单身吗？"本来艾雅雅只是想帮陈晨打探一下裴知礼的情况，没想到发现了这样惨烈的事。

谁知程津南突然说："学姐，我们才大一，上大学之前父母都不让谈恋爱，我们也没办法。"

几个大三的学姐心里仿佛被扎了一刀。

虽然不想承认，但不得不说，到大三还没恋爱，在学校里恋爱的概率也确实不大了。

"真不好意思，学姐没给你们树立好榜样。"艾雅雅咬牙切齿地道。

程津南立即转移话题，问道："对了，你们怎么突然想起玩变装了？"

颜晗很认真地说："这样看起来，是不是特别有趣？"

裴以恒低头看了她一眼，正好看到黑色大衣下她微微隆起的胸口。她穿着露肩长裙，裙子的领口正好卡在胸口处，竟还有一条明显的沟。

他下意识地撇过头，可脑海里，这幅画面久久未消失。

他侧身将她挡住，又把大衣往上拉了拉，低声说："衣服要穿好，别冻着了。"

"我不冷。"颜晗看着他绷着的脸，故意道。

明知道他是什么想法，但颜晗就是想逗他一下。

谁知他脸不红心不跳，理所当然地说："我觉得你冷。"

颜晗错愕地睁大了眼睛，清澈的鹿眼里闪过一丝笑意。

这世上竟然还有一种冷，叫"你男朋友觉得你冷"？

"晚上我们吃什么？"这时，程津南问道。

高尧捂了捂脸，一副没眼看的样子："你怎么跟个吃货似的，这才刚坐下就问晚上吃什么。"

他话音刚落，门边的电话就响了起来。

颜晗立即走过去接起电话。

"我们的晚餐到了。"

五分钟后，几个身强体壮、穿着统一制服的小伙子将一盘又一盘东西搬了进来，最后由两个人抬进来的是一个做成木船模样的东西，底下铺着厚厚的碎冰，冰上则是各种刺身，小青龙、牡丹虾、海胆、三文鱼、北极贝，铺在船头的是薄如蝉翼的透明鱼片。

其他菜肴都是已经烹制好直接拿过来的。

众人目瞪口呆地望着这一幕，其中也包括颜晗。

本来她跟颜之润借了别墅打算自己做饭，可颜之润知道她是跟朋友一起来玩后，便让她专心玩乐，晚餐由他负责。

一旁的艾雅雅问："颜颜，这些都是你订的？"

"是我哥哥帮忙订的，这别墅也是他的。"颜晗如实说道。

艾雅雅眨了眨眼睛，惊讶地道："你还有个这么厉害的哥哥？"随后她笑嘻嘻地问："你还缺嫂子吗？"

听到这话，颜晗瞬间想到了那天颜之润面对简槿萱时的样子。

别墅的餐桌是长桌，八个人正好够坐。当其他人入座后，穿着野兽服的陈晨却独自站在一旁，而裴知礼旁边正好空着一个位置。

裴知礼抬头望着她，笑着问："你戴着头套应该没法吃饭吧，要不把头套拿掉？"

颜晗叹了一口气。如果她能拿掉头套，她就不是陈晨了。

在众人的注视下，陈晨勉强坐了下来。因为她的衣服太肥大，她一坐下，自然挤压了旁边的空间。颜晗瞧见野兽服竟搭上了裴知礼的手臂，当然，陈晨自己是感觉不到的。

颜晗眼疾手快地拍了一张照片。

裴以恒正好坐在她身边，不明白她拍照干什么，于是淡淡地说道："这有什么好拍的？"

"这你就不懂了吧？"颜晗下巴微抬，得意地小声说，"陈晨连话都不敢跟你哥说，要是让她知道她碰到了你哥的手臂，她不得高兴疯了。"

她说着笑了起来，眼眸都放光。

谁知她刚说完，裴以恒就用手肘碰了她一下。

颜晗正低头发微信，准备把照片传到群里。裴以恒的手肘碰到她时，她还以为是自己坐得太近，挤到了他，于是往旁边让了让。

她刚动了下，裴以恒又用手肘抵了她一下。

颜晗抬头看着他，低声问："怎么了？"

"我这么碰你，你会高兴吗？"男人淡淡地说。

在水晶吊灯璀璨的灯光下，少女柔和的五官一览无余，她眼底的惊讶一分不差地落在了男人眼中。

颜晗眨了眨眼，似乎是没想到他会问这个问题，随即她"扑哧"笑了一声，问道："你羡慕？"

随即她点点头，认真地望着他，哄道："高兴。"

说着，她也用手肘轻轻碰了一下男人的臂弯。

或许这就是喜欢吧，明明是很幼稚的一件事，可两个人做起来是那样理所当然。

这一顿饭，众人吃得格外开心。

之后，有人送来了酒。颜晗一看见酒就咬了咬牙。

她跟这些朋友在一起，按理说，颜之润应该关心她的安全，可他竟然送来了酒。所以，当程津南提议开香槟的时候，颜晗立即道："这里没有开酒器。"

艾雅雅指了指一旁的盒子，笑道："刚才那个小哥走的时候说了，这个盒子里就有开酒器，你们想要吗？"

程津南过去拿起开瓶器，高尧站起来把瓶身猛地晃了晃，随后打开，金色液体迅速翻涌变成白色泡沫喷涌出来。瓶口对着餐桌，此刻坐着的人都遭了殃。

颜晗正想躲开，裴以恒伸手一把将她拉到怀里，周围响起了一阵尖叫声。

吃得差不多后，大家干脆转移了阵地，聚集到客厅的壁炉旁边。地上铺着厚实的地毯，沙发上的靠垫也被扔了下来，不想坐在沙发上的人就靠着靠垫坐在地上。

　　茶几上摆了八个玻璃杯，透明玻璃杯上雕刻着繁复的花纹，跟香槟酒瓶上的花纹相得益彰，显得既复古又华丽。

　　颜晗拉住裴以恒，低声说："你不要喝酒哦。"

　　"我知道。"裴以恒望着她一脸严肃的模样，低声笑了笑。

　　过了会儿，有人提议看电影，有人提议玩游戏。

　　颜晗指了指楼上，说："二楼有专门看电影的房间，你们要去吗？"

　　众人纷纷点头。于是，一行人端着各自的酒杯转战二楼。

　　就在颜晗准备进去的时候，裴以恒拉住她的手腕，将她拽了过来。两人没有去看电影，而是去了二楼的阳台。

　　阳台是圆弧形的，摆着圆弧形的长沙发，可以躺在上面。

　　颜晗拢了拢身上的大衣，开口问："你是不是有话要跟我说？"

　　裴以恒笑了："我就不能只是想跟我女朋友在一起？"

　　"当然可以了。"

　　颜晗拉着裴以恒仰躺在沙发上，头顶是玻璃窗，夜空一览无余，星辰犹如闪耀的钻石般一颗一颗地镶嵌在上面。

　　"颜颜。"裴以恒伸手摸了下她的耳朵，低声道。

　　颜晗的声音里带着浓浓的委屈，她道："你不是说只是想单独跟我在一起吗？那现在就不要说话。"

　　裴以恒微怔，随即安静了下来。

　　"你能分辨出星座吗？"不知过了多久，颜晗突然开口问。

　　裴以恒对星座没有研究，摇头道："不能。"

颜晗十分开心地说："我也不能,原来不是只有我这么笨。"

被她强行归类于"笨蛋"的裴以恒张了张嘴,没说话。

四周安静下来,头顶的星空耀眼依旧。

过了一会儿,裴以恒再次开口:"颜颜。"

颜晗猛地坐起来,裴以恒以为她又要阻止自己,正打算停下这个话题时,颜晗低头看着他,认真地说:"现在,你可以说了。"

裴以恒见她绷着小脸,一脸严肃的样子。

他低笑了下,干脆也坐了起来,伸手按住她的肩膀,低声说:"颜颜,我只是想跟你说……"

"你是不是决定重回赛场了?"颜晗打断他。

裴以恒瞬间怔住,而后,眉梢、眼尾,甚至连嘴角都开始上扬。

这世上再没有比你喜欢的人懂你更让人觉得开心的事了。

对裴以恒来说,围棋是他始终无法割舍的。

他从来不会幻想什么,可偶尔看到江不凡,看到那些白发苍苍却还在下棋的人,他也曾想过,或许他也会一直下棋,直到七十岁、八十岁。

他轻轻点头。

颜晗立即说:"真好。"

过了片刻,大概觉得这两个字太敷衍了,颜晗又补充道:"从知道你是裴以恒开始,我就觉得你应该回到赛场。读书什么时候都可以,可你作为职业选手的生涯很宝贵,你能回去真的很好。"

她将最后几个字的音咬得格外重,脸上的笑容特别灿烂。

可几秒后,颜晗突然把整张脸埋进了他胸口。

"颜颜。"裴以恒垂下眼睑,伸手将她的脸抬起来,才发现不对劲。

刚才还笑得格外灿烂的少女此时脸完全垮了下来,嘴角的弧度也不再上扬，唇瓣紧紧闭着。她垂着眼睛，他瞧不见她眼里的情绪，只能看到她轻颤的睫毛。

裴以恒的身体僵住了，他没想到颜晗会是这个反应。

良久，他低声问："你不赞同？"

他话音刚落，颜晗立即摇了摇头，她抬起头，撞上他的视线，心底又莫名觉得难过。

她吸了下鼻子，本来想把眼泪憋回去，可谁知生理反应像是故意跟她作对一样，刚一眨眼，眼泪就一颗接着一颗往下掉，完全没有停下来的意思。

裴以恒不是第一次看见她哭，可还是觉得心疼。

他伸手抹掉她的眼泪，轻声问："我回去参加比赛，你不开心吗？"

颜晗带着哭腔说："对不起，我是不是特别没用？"

裴以恒叹了一口气，他的心都快被她哭化了。

"我不是不赞同你回去，你决定回去，我其实比谁都开心。但一想到以后再也不能天天跟你在一起，不能跟你一起吃饭，我就有点儿难过。"

之前，只要她愿意，她总是能在学校或者家里看见他，他总在她抬头就能看见的地方。

可是若他回到赛场，那就不一样了，他会成为陌生的裴以恒九段，成为众人期待的围棋天才，成为世界第一。他会到处参加比赛，或许她一个月都看不见他一次。

她知道，作为他的女朋友，这些都是她应该适应的，即便只是普通的上班族夫妻，也有要出差的时候。可要她突然接受这种改变，真的好难。

颜晗狠狠地揉了一把自己的脸颊，低声说："我不难过，真的……顶多也就一点点难过。"她用指尖比了一下，想让裴以恒相信她真的只有一点点难过。

可裴以恒并不说话，只是安静地看着她。

颜晗软软地说："裴以恒，你哄哄我吧。你哄哄我，我就不难过了。"

裴以恒再也克制不住，低头吻了吻她的额头，接着是她沾着泪水的眼睛、她的鼻尖，然后是她的唇瓣。

他会花一辈子的时间来哄她。

第二天一大早，众人还在沉睡时，裴以恒听到楼下有人喊他，他迷迷糊糊地睁开眼睛，穿上大衣走到阳台上。

他的房间是二楼唯一一个有阳台的，颜晗昨晚偷偷告诉他，这是他作为她男朋友的优待。

待他在阳台上站定，就看见楼下的姑娘穿着大红色羽绒服、牛仔裤和雪地靴，头上还戴着毛线帽，帽顶上那颗绒球正随着她挥手的动作不断晃悠。

"阿恒。"颜晗开心地冲他挥手。

此时，裴以恒才发现昨天夜里下雪了，整个世界都裹上了一层雪白。

颜晗在雪地里开心地跳着，她旁边还有个跟她差不多高的雪人，雪人戴着一顶红色圣诞老人帽，身体上插了两根树枝。

花园本来应该是一片雪白的，此时却被人踩出了几个巨大的字。

"阿恒，加油！"

裴以恒将那四个字看得格外清楚。

颜晗的声音也吵醒了隔壁和楼上的人，大家打开窗后，看见底下红色精灵一样的姑娘喊道："阿恒，一定要拿冠军。"

众人跟着喊了起来。

随后，他们又听到颜晗清脆的声音："然后来娶我。"

这个圣诞节令所有人都无比难忘，甚至回到学校后，大家还没回过神来。

颜晗晚上约了邱戈，之前说好的直播终于定了下来，因为直播收益会捐给贫困山区的儿童，她觉得很有意义，所以就答应了下来。

至于邱戈那边，早就开始宣传人气美食博主"书沉"的直播首秀。

之前邱戈问过颜晗，为什么把网名取为"书沉"。

她没告诉他原因，这是属于她的一个小秘密。

她还记得第一天去幼儿园时，她的自我介绍是"我爸爸叫颜书，妈妈叫齐沉"。

书沉，颜书的书，齐沉的沉。

就在她给邱戈发信息告诉他下课时间时，陈晨突然喊道："颜颜，你上热搜了！"

颜晗心里"咯噔"一下，第一反应是，难道她掉"马甲"了？被人发现了美食博主的身份？

不知是因为害羞还是因为别的，她至今没有告诉裴以恒她还是个美食博主的事。

艾雅雅立即凑过去："我看看是怎么回事。"

"我真是服了这个记者，现在都没网警管管吗？胡说八道也要有个限度吧，这能叫新闻？"陈晨都气笑了。

颜晗和裴以恒的事情，她并不是都知道，但他们是怎么认识的，她一清二楚。

这个叫孟可的记者在文章里把裴以恒描述成了为爱痴狂的人，为了能跟自己的女朋友长相厮守放弃比赛，进入 A 大读书。

艾雅雅看了后，说道："新闻记者的名声都是被这帮人毁掉的，我都不好意思跟别人说我是学新闻的了。"

她们都是新闻系的学生，在学校里尚且怀着一腔热血，毕业后想成为能关注民生、真正为人民和社会发声的记者。不敢说是社会良心，但起码不是这种靠编造谎言而活的记者。

颜晗前几天就看见了这篇文章，本来她没当回事，但现在裴以恒的名字稳稳地挂在热搜上，还连带着她的名字一起。裴以恒的粉丝在围棋圈里是出了名的霸道，这篇报道的作者被骂得不轻，颜晗也没能幸免。

这些记者是怎么回事？人家只是学姐，根本不是女朋友，我们裴九段一直是单身呀。

不约，我们不约。

只有我一个人觉得他跟这个学姐的关系很可疑吗？

哇，这个女生不就是上次聚餐事件中的那个学姐吗？连证件照都这么漂亮。

陈晨看着评论说："颜颜，你家裴大师的女友粉也太多了吧，你完蛋了。"

"裴大师的'超级话题'在体育榜一直是第一。"艾雅雅说道，她经常玩微博，自然懂这些。

总结起来就是一句话：粉丝非常多，未来很艰难。

陈晨望着颜晗说："我现在都能想象到你们公布恋情后，粉丝是如何强烈反对的。"

颜晗一听，笑了："那怎么办？他现在都是我的人了。"

裴以恒此时正在棋院。

自从决定回归赛场后，他就着手准备报名参加比赛了。因为有半年没有参加任何比赛，他的世界排名已经跌出了前二十，如今是韩国李俊值九段排名世界第一，中国的薛斐九段则紧随其后。

国家队的韩主任高兴地道："你能回来参加比赛，我们真的特别高兴。本来今天邹院长要亲自跟你聊聊的，结果昨天临时去云南了。"

裴以恒轻声道："麻烦您了。"

韩主任年轻的时候也是职业棋手，跟江不凡是老朋友，他笑着说："你老师昨天还给我打电话了，他最近还好吧？"

"老师平时就是种种菜、下下棋。"

韩主任拍了下大腿，笑道："他就爱躲在乡下图清静，跟乡下的那帮老人下棋，你说，他这不是欺负人家嘛。"

裴以恒跟着笑了笑。

"'中兰杯'明年三月就要开始了，你是卫冕冠军，可不能像上次'天星杯'那样缺席。"韩主任郑重地道。

"中兰杯"是由中国棋院承办、中兰集团赞助的比赛，历史很悠久，世界各国的棋手都非常重视。

"中兰杯"两年一届，赛制跨年度。裴以恒在今年上半年拿到了"中兰杯"的冠军，明年三月，"中兰杯"第一阶段的比赛又要开始了。

裴以恒一脸虚心受教的模样："我知道，您放心。"

"前几天，'中兰杯'的赞助商还跟我联系了，怕你不参加。"

裴以恒毕竟是围棋界的第一明星选手，不仅实力强劲，更有大量粉丝，影响力巨大，有他参加的赛事跟没有他参加的赛事，关注度根本不能相提并论。

赞助商不是做慈善事业的，自然希望赛事越多人关注越好。

韩主任得到他的承诺后，笑道："那我现在可以给对方一个准信了。"

之前他不敢轻易答应，毕竟裴以恒是个极有主见的人，他决定的事情一般人改变不了。当初他要去读书，多少人劝都没用，这种事情还是得他自己想通才行。

聊完之后，韩主任亲自送他出了办公室。这时，薛斐跟一个戴着眼镜的棋手从训练室里走了出来。

戴眼镜的棋手惊讶地道："那是裴以恒吧？"

薛斐没好气地说："看我干吗？我又不知道。"

"他不会是要回来下棋了吧？"戴眼镜的棋手扶了扶眼镜边框。

薛斐一脸冷漠。

"'中兰杯'就要开始了，他可是卫冕冠军，回来参加比赛也正常。"那人又说。

裴以恒上了自家的车，让司机送他回学校。

最近程颐的身体好了不少，又有裴知礼在家陪着她，所以裴以恒最近还是住在学校附近。毕竟，如果他真的要回归赛场，陪颜晗的时间会变得越来越少。

他没有直接回家，而是敲了敲对面的门，却没有人开门。

他又给颜晗打了个电话，颜晗接通后问道："怎么了？"

"你不在家吗？"裴以恒问。

"你已经从棋院回来了？我很快就到家了。"

"不用着急。"裴以恒回道。

此时，会议室里，邱戈看着颜晗，面无表情地说："你不会现在就要走吧？"

"不是已经说完了吗？"颜晗眨了下眼睛。

邱戈立即反驳道："没有，我们刚开始说。"

"半个小时可以说完吗？"颜晗双手合十，很认真地说，"拜托了。"

一旁的闵静小声道："老大，裴以恒真的是你男朋友吗？"

邱戈猛地转头看向闵静，仿佛没听懂她在说什么。

颜晗想了想，认真地反问："你能帮我保密吗？"

闵静立即点头，脑袋点得跟捣蒜似的："他是不是就是上次我在学校见到的那个帅哥？"

颜晗没想到她记得这么清楚，笑眯眯地开口："不告诉你。"

"干吗呢？"被忽略的邱戈很不满，他转头看着颜晗，一脸震惊地道，"颜晗，你真的谈恋爱了？"

闵静夸张地道："准确地说，是老大有绯闻了。"

邱戈干笑了一声。之前颜晗也传过绯闻，但完全是捕风捉影。

她毕竟是个美食博主，虽然大家都知道她很漂亮，但她一直没有露脸，很多粉丝是真的喜欢看她做菜，不过大家也都期待着她能露脸。

闵静看着邱戈，说："跟我们老大传绯闻的可是裴以恒九段，是围棋天才，人家十几岁时就是世界冠军，蝉联世界第一好几年。"

即便早就知道裴以恒的出色，但是从别人嘴里听到关于他的事情，颜晗还是没来由地觉得骄傲。

这就是她喜欢的人呀，全世界最会下围棋的人，优秀得独一无二。

裴以恒听到开门声，一抬头，就看见一个人影冲过来将他抱住了。

颜晗的脸颊贴在他的脸上，裴以恒伸手搂住她，脸上的笑怎么也止不住："回来了。"

"我好想你呀。"

裴以恒把她抱得更紧："我也是。"

原来跟一个人在一起之后，真的会满脑子都是她。

裴以恒这般专注的人，刚才下棋的时候竟然也走神了。

裴以恒低头，看见她脚上只穿了一双袜子，便哄道："去把拖鞋穿上，别着凉了。"

颜晗笑道："裴大师，你现在一点儿都不高冷了。"

裴以恒立即反驳："我本来就不高冷。"

"哪有，你知道你刚开始有多高傲吗？"颜晗直起身体，下巴微抬，露出一个高傲的表情，"你脸上就写着四个字——生人勿近。"

她刚说完，裴以恒一把将她抱了起来，走到玄关，把一双粉色拖鞋从鞋架上拿了下来。

之前，颜晗每次来裴以恒家都是穿一次性拖鞋，并没有专门的拖鞋。

她指着拖鞋，问道："你买的？"

说着话的时候，她已经把脚伸了进去，毛茸茸的拖鞋又暖又软，上面还有两只萌萌的兔耳朵，大小也正合适。

颜晗惊喜地道："为什么以前都没有？"

"因为现在你是我的女朋友了呀。"男人低声道。

颜晗眨了眨眼，原来这是女朋友的待遇。

她仰起头，恬不知耻地问："女朋友只有一双拖鞋吗？"

裴以恒拉着她的手来到客厅，只见桌子上摆着两只马克杯，一只白色的，一只粉色的，一看就是一对，沙发上还有软萌可爱的情侣抱枕。

对于眼前的一幕，颜晗感到吃惊不已。

她记得昨天过来的时候还不是这个样子，难道这些都是他今天买的？

颜晗完全无法想象裴以恒挑选这些东西时是什么样子。高大英俊的男人在满是女孩的店里一样样地挑选女朋友可能会喜欢的东西，细致又温暖。

颜晗推开洗手间的门，发现洗漱台上并没有成双成对的东西，她看向裴以恒，男人下意识地别开脸，避开了她的眼神。

从前几天喊出那句"然后来娶我"之后，颜晗就有种豁出去了的感觉。她直接问道："为什么洗手间里没有我的牙刷，没有我的杯子，没有我的毛巾？"

裴以恒没说话，直到她伸手去扯他的衣袖，他才无奈地开口："等我们结婚了，我都给你买。"

颜晗看了一下裴以恒家里的冰箱，决定做简单的意大利面和牛排。

裴以恒正准备问要不要帮忙，茶几上的手机就响了起来。

他一接通电话，程津南恼火的声音就传了过来："阿恒，这家媒体太过分了，你想告的话我绝对支持。正好我堂哥就是律师，要不，我把他电话给你？"

裴以恒微怔，下意识地问："告谁？"

"就是这次热搜上面写文章的人呀。"程津南重新点开热搜，看了一眼，"对，就是这个叫孟可的记者。"

"是网上的新闻吗？"裴以恒问。

程津南这才听出来，原来裴以恒还不知道那篇报道，他惊讶地说："这都在微博上挂了一天了，我以为你早就知道了。你等一下，我把这篇文章的网址发给你。"

伴随着一声振动，裴以恒收到一条新的微信消息。

他挂断电话，点开网址，看完之后，一向沉稳冷静的他也坐不住了。

他转头看向厨房的方向，颜晗从头到尾什么都没跟他说。

就在裴以恒起身准备去厨房的时候，手机再次响了起来，这次打来电话的是裴知礼。

"阿恒，网上的报道你看了吧？"电话接通后，裴知礼开门见山地道。

裴以恒低声道："程津南告诉我了。"

"你别担心，妈妈已经找人在处理了。"裴知礼无奈地说，"之前妈妈找人撤过一次这篇报道了，没想到这个记者还不死心。"

撤过一次？

裴以恒想起蓝思嘉去家里那次，难道就是那天？他本来以为蓝思嘉只是想诋毁颜晗，原来那时候这篇报道就出来了。

"你不用生气，我们会尽快处理好的。"裴知礼安慰他道。

之前裴以恒输掉比赛时，批评他的报道并不少。只是，那都是正常的新闻，是出于善意，即便是批评，他也不甚在意。可这篇文章完全是凭空臆想，随意捏造事实。

裴以恒忍不住问："你们想怎么处理？还是只撤掉这篇文章吗？这次撤掉了，下次她又发出别的报道呢？"

"那你的意思是？"

"我认为最好的处理方法，是让她明白新闻记者该有的职业操守。"

裴知礼沉默了一会儿，才说："你的意思是告她？"

以前也出现过关于裴以恒的不实报道，但他专注于围棋，有时候流言已经满天飞了他也不知道，就像这次这样，要不是程津南给他打电话，他压根不会知道。

这还是他第一次态度这么强硬。

裴知礼自然表示支持，他让裴以恒别担心，他会找律师来处理这件事。挂断电话之前，裴知礼突然问："阿恒，你是因为这个记者造谣才告她，还是因为她造谣的对象是颜晗？"

裴以恒揉了下眉心，低声说："她什么都没跟我说。"

裴知礼一怔。

"所以，我更不想让她受这种莫名其妙的委屈。"

裴以恒刚挂断电话，颜晗就把意面端了出来，见他站在窗口发呆，颜晗喊道："男朋友，过来吃饭了。"随后，她又把煎好的牛排端了出来。

待两人在桌边坐下后，颜晗刚吃了两口，就感觉对面的人一直盯着自己。

她一抬头，见裴以恒并没有开吃，而是看着自己。

"怎么了？"颜晗放下叉子，双手托着下巴，压低声音说，"是不是突然觉得我秀色可餐？"

裴以恒低笑了一声，终于开口道："你为什么不跟我说？"

颜晗一时间没反应过来，眨了眨清澈水润的眸子，反问："和你说什么"

"热搜的事情。"裴以恒说。

裴以恒相信，就算她不知道，她寝室里另外两位喜欢八卦的姑娘应该也会告诉她。

颜晗这才明白他指的是什么，她淡然地说："这件事啊，我觉得没什么。"

真不是她矫情，也不是她故作云淡风轻，让裴以恒心疼她，她就是觉得做一个名人挺难的，现在这些网红分个手还不时上热搜呢，更别说裴以恒这种明星级别的职业棋手了。

况且，她早就有心理准备了，做名人难，做名人的女朋友肯定会更难。

"不用忍着。"裴以恒盯着她，意味深长地说，"如果再发生这种事情，你可以直接跟我说。你跟我在一起应该是开心的，不应该受这些委屈。"

本来颜晗都要大手一挥，表示没什么了，可男人突如其来的一句话，让她突然有点儿鼻酸。

她在心底默默谴责自己，怎么人家一句话就能让你想哭呢？矫情。

可她望着裴以恒时，脑海里回荡着的是他刚才说的那句话。

她嘟囔道："我不委屈。"

裴以恒干脆站了起来，走到她身边的椅子上坐下了。两人离得很近，他的手臂轻轻地蹭着她的肩膀。

颜晗垂着脑袋，又小声地嘀咕："是真的。"

裴以恒伸手将她拉进了怀里。

房间里开着暖气，她只穿了一件海蓝色海马毛毛衣。此刻，他的手心贴着她的后背，隔着一件薄薄的毛衣，她能感受到他手心里的温度有点儿滚烫。

他靠近她，贴着她的脸颊说："如果可以，我希望我带给你的都是开心。"

颜晗微微抬起眼睑，浓密的睫毛像两把小扇子。

颜晗凑到他耳边，轻声说："阿恒，从决定跟你在一起的那天起，我就告诉自己不要轻易放弃。"

"我会保护你的。"裴以恒认真地说。

颜晗拍拍他的肩膀："我也是。"

三天后，颜晗几人正吃着午饭，刷着微博的陈晨突然喊道："哇，孟可道歉了！"

我是记者孟可，几天前我发布了一篇名为《天才之路，何去何从》的报道，其实我是在完全没有采访过任何一位当事人的情况下听信了所谓知情人士的爆料，才写出了这篇不实的报道。在此，我想向被无辜牵连的人真挚地道个歉。

艾雅雅赶紧凑过去，看完道歉微博后，她托着腮帮子道："你们说这是不是'活久见'，这个胡说八道的记者居然还会道歉？"

作为新闻系的学生，她们经常被标题党新闻和故意制造噱头的新闻气个半死。不过，她们倒真没见过几个出来道歉的。毕竟有时候闹得虽大，但只要风头过去，再出来又是一条好汉。

孟可那条微博底下的评论也是一片叫好声。

陈晨正翻着评论，突然说："这个记者不会无缘无故道歉吧？"

"这叫无缘无故道歉？"艾雅雅哼了一声。

陈晨立即说："我不是这个意思，我是说，是不是有人去找了她，她才会出来道歉？"

陈晨和艾雅雅转头看向颜晗，艾雅雅压低声音说："我跟你们说一件事。"

陈晨凑近她，一脸急切地说："你说。"

"我听说，"艾雅雅故意卖关子，看见陈晨抬手准备打她后，她才赶紧说，"裴以恒他们家很厉害，据说他爷爷是经常上电视的那种人。"

陈晨翻了个白眼："不要胡说八道。"

艾雅雅压低声音说："是真的，这还是蓝思嘉跟别人炫耀时透露的。据说裴大师的爷爷真的很厉害，他爸爸是做生意的，还掌管着一家上市公司。"

陈晨怒道："怎么，蓝思嘉还想继续挖颜颜的墙脚不成？"

"也不一定要挖颜颜的墙脚呀。"艾雅雅瞥了她一眼，笑道。

陈晨一脸疑惑："你什么意思？"

"裴家有两个儿子，又都那么优秀。既然弟弟被抢走了，那就转向哥哥呗。"

陈晨猛地拍了下桌子，怒道："她也太不要脸了吧！"

颜晗生怕她把面前的砂锅掀翻了，赶紧安抚道："别，她逗你的。"

陈晨喃喃道："我还不是怕裴学长被人骗了嘛。"

"那要不，你先把他骗了？"颜晗叹了一口气。

陈晨登时露出不好意思的表情，他伸手推了颜晗一把，结果手一滑，就把桌上的醋碟打翻了，满满一碟醋都洒在了颜晗身上。

孟可几乎是颤着手把这条微博发了出去。发完之后，她愤恨地将手机磕在桌子上，这时，一个新人小声说："孟老师，主编让您过去呢。"

"又干吗？"孟可暴躁地说。

小新人也不敢多说："我也不知道，您还是过去吧。"

说完，小新人就赶紧跑了。

孟可起身，理了一下头发，在其他人的注视下，昂首挺胸地走进了主编办公室。

她一进去，主编就问："让你发的道歉微博，你发了吧？"

"您找我就为了这事？"孟可没想到主编叫她来，还是为了这件事。

主编有点儿恼火，指着她说："一开始就说让你撤了撤了，你不死心，非要发，你说你图什么啊？"

"图什么？当然是图新闻热点了。裴以恒突然离开赛场去上大学，你说说哪个媒体记者不想知道原因？凭什么我不能挖？"

虽然已经发了道歉微博，但她心里并不服气。

主编也被她这个劲儿弄烦了，没好气地说："所以你就胡编乱造了一通？"

孟可一下被噎住了，过了半天才说："我也是被别人的爆料骗了。"

"未经查证的消息，你就敢直接发出去？"主编冷笑，"对方这次说要告你，那条公开道歉微博，你一个月内都不许给我删。"

孟可气道："我知道了。"

走出主编办公室后，她越想越生气，随即拨通了一个电话。

对面一接通，她就劈头盖脸地骂道："蓝思嘉，我平时对你不薄吧，你就这么害我？"

蓝思嘉委屈地道："孟老师，我没有。"

"你没有？你是不是觉得拿我当枪使挺好玩的？"孟可没想到自己一个三十多岁的成熟女人，居然会被一个未出校门的学生耍了。

蓝思嘉既然敢这么做，也就别怪她孟可不够意思了。

蓝思嘉气得浑身发抖。

她没想到孟可会打电话来骂自己，那条微博她也看见了，她本来打算撇干净的，谁知孟可没放过她。

而这边，律师将跟孟可聊过的事情如实地告诉了程颐。

程颐不敢置信地问："你是说那个记者说，是蓝思嘉爆的料？"

"对。"律师点头，将一支录音笔放在程颐面前，"这是那位记者提供的证据，您知道的，他们记者做事，随时携带着录音笔。"

程颐听了一会儿录音，脸色就变得很难看，她伸手将录音笔关掉了。

裴以恒见状，示意律师先出去。

"抱歉，我本来不想让您这么难受的。"裴以恒低声道，他知道程颐挺喜欢蓝思嘉的，只是，他不希望蓝思嘉再出现在程颐面前，说一些诋毁颜晗的话。

程颐点头："我懂你的意思。妈妈知道她心思重，只是没想到她竟做出这种事。"

蓝思嘉这么做，就是想通过这篇报道中伤颜晗。

程颐说："妈妈拎得清，以后她不会再出现在咱们家了。"

裴以恒伸手抱了抱她。

程颐突然抬头望着他，轻声道："你不是要请那位小姑娘来家里吃饭吗，怎么还不带人回来？"

"她叫颜晗。"裴以恒认真地道。

程颐点头，就听他又说："她性格很好、很开朗，也很会做菜……"

裴以恒似乎认真地想要夸赞颜晗，但他很少夸别人，一时竟想不出来夸赞的话。

程颐忍不住笑了："我儿子喜欢的姑娘，那肯定是最好的。"

第三章

我永远是支持你的那个人

眼看着期末考试即将来临，众人都变得格外忙碌。颜晗她们更是，因为她们的作品以破千万的播放量成功地进入了大赛的总决赛。而参加总决赛时，她们需要拿出新的短片。

好在总决赛是在二月份，也就是下个学期开学之后，大家现在可以专心准备期末考试。

裴以恒虽然已决定回去参加比赛，不过，他仍会参加期末考试。

于是颜晗陪着他一起在家复习，两人都没去自习室，因为裴以恒早已经不戴口罩和帽子了，而且自从媒体报道之后，他在 A 大读书的事情就不是秘密了。

颜晗她们虽然平时上课爱坐后排，但几个人的学习成绩都还不错。

"有什么不懂的，可以尽管问学姐。"颜晗嬉笑着道。

裴以恒斜睨了她一眼，然后在她脸颊上轻轻弹了一下："不许闹了。"

颜晗一听，扬眉道："怎么就是闹了？我难道不是你的学姐吗？"

确实是学姐，不过从认识颜晗开始，裴以恒就没叫过她学姐。显然颜晗也意识到了，她凑近他，眨了眨眼睛，小声问："你是不是害羞了呀？"

裴以恒却忽然笑了。

颜晗望着面前的人，他清俊的面容上带着温柔的笑，眉眼舒展，如冰雪融化般让人倍感温暖。他伸出手指扣住她的下巴，倾身靠近，温热的气息登时铺天盖地地席卷而来。

裴以恒垂眸，吻住她的唇，舌尖悄然描绘着她的唇形，颜晗顿时红了脸，一时间竟毫无招架之力。

似乎每次他这样做，她的脸颊、耳朵都会红透。

预想中的深吻并未来袭，颜晗感觉到他的唇瓣离开了，她缓缓睁开眼睛，就看见面前的人正安静地望着她。

颜晗眨了眨眼睛。

裴以恒低笑了一声，轻声道："现在，到底是谁在害羞？"

颜晗目瞪口呆，她是真的被震惊了，她没想到这个人的胜负欲居然这么强，连谁更害羞都要比一下。

她也绝不认输。

颜晗的动作比想法更快，她几乎是扑过去，双手捧着他的脸颊，猛地吻住他的唇。

两人看着彼此，眼睛都有点儿红。过了好半天，颜晗才声音微哑地说："现在，你觉得是谁比较害羞？"

裴以恒完全没想到她会突然这么说。

一瞬间，旖旎的气氛消失殆尽。

他哭笑不得地望着颜晗，伸手在她头顶轻敲了一下，宠溺地道："我，是我比较害羞。"

胜负欲一向很强的裴以恒，第一次心甘情愿地认输。

学校放假之后，颜晗跟裴以恒见面的时间更少了。裴以恒每天都会去棋院的训练室对局，经常一下就是一整天。

快到年末了，不管是颜之润还是老爷子，都希望颜晗早点儿回家。

所以，放假之后颜晗就搬回了家里住。

"二狗子，把我的拖鞋还回来！"颜晗从楼上追下来，比她跑得更快的，是那条仗势欺人的狗。

二狗是老爷子的爱宠，在家里咬任何东西，保姆阿姨们都是敢怒不敢言的，以至于它都敢闯进颜晗的房间，抢走她的拖鞋了。

正在打扫卫生的彭阿姨见状，赶紧跟着喊道："二狗，回来！"

颜晗只穿着一只拖鞋，准备追出去把那只小短腿狗逮回来。

"小姐，外面冷，我去追。"彭阿姨赶紧拦住她。

颜晗气得咬牙切齿地道："它最好别回来，要不然……"

"要不然你就怎么办？"身后突然传来一道苍老的声音。

颜晗转身，无奈地说："爷爷，二狗太不像话了，它居然跑到我房间，把我的拖鞋叼走了。"

老爷子瞧着颜晗，一点儿没动怒，呵呵地笑道："不就是一只拖鞋嘛，让彭阿姨明天给你重新买一双就是了。我们二狗可是这一片最听话的狗了。"

颜晗觉得老爷子这护短的劲儿实在是要不得，她正色道："爷爷，这可不是一只拖鞋的问题。"

老爷子瞅了她一眼，说道："那不然，为了一只拖鞋把它打一顿？平时这个家里冷冷清清的，也就二狗不嫌我这个老头，乖乖地陪在我身边。"说罢，他长叹一声，别提多伤感了。

颜晗没想到老爷子居然在这儿等着她呢，她哭笑不得地说："爷爷，我错了。"

老爷子也没想到她居然这么轻易就认错了，立即说："你错哪儿了？"

颜晗回道："我不该不经常回来陪您。可是我觉得二狗这样，真的应该好好教育。"

老爷子立即点头："确实该教训，你等着，我去找我的拐杖。"

颜晗一听他要找拐杖，又觉得这惩罚太重，赶紧说："没必要动手，教训一下就好。"

"要教训谁？"这时，颜之润从门外走了进来，手里还拿着一只浅灰色的拖鞋。

颜之润本来还想问彭阿姨这是谁的拖鞋，结果刚进门往颜晗脚上一看，得，不需要问了。

他把鞋子扔过去，笑道："是要教训二狗吗？它现在去祸害咱们家花园了。"

"哥哥，你今天回来得好早呀。"颜晗挺开心的，没想到这才下午，颜之润就回来了。

颜之润笑道："是爷爷让我回来的。"

颜晗看了老爷子一眼，老头从容淡定地说："我想我孙子，不行吗？"

因为颜之润的父亲是上门女婿，所以颜之润跟着颜明真姓。

到晚餐时间，院子里又响起了汽车的声音。

今天还有人来？

不一会儿，颜明真就进来了，她穿着一件浅米色过膝大衣，手里拿着黑色爱马仕包，整个人看起来雍容华贵。

连颜晗都不得不赞叹，她姑姑虽然年过五旬，但依旧优雅漂亮，看起来只有三十来岁。而且颜明真并不沉迷于追求年轻，她眼角也有皱纹，但是整体状态很好，看起来既年轻又优雅。

"您回来了。"颜晗立即打招呼。

颜明真朝颜晗看了一眼，淡淡地点了下头。

老爷子没好气地说："不是让你早点儿回来吗？咱们一家人一起吃顿饭。"

"又不是逢年过节。"颜明真一边脱外套一边说。

这会儿阿姨们正在往餐桌上摆放菜肴，颜家是做餐饮起家的，所以一家人的嘴巴都特别挑，颜家厨子的待遇自然也是极好的。

众人落座之后，便开始安静地吃饭。

没一会儿，松鼠鳜鱼上来，老爷子指着那道菜，对颜明真说："这不是你最喜欢吃的？"

颜明真望着那道菜，有些晃神。

说是她最喜欢的，其实也是颜书最喜欢的。虽然家里以前是开饭店的，可是她和颜书两人并不能经常吃到父亲亲手做的菜。

但是他们最喜欢看父亲做这道松鼠鳜鱼。将鱼肉片成菱形之后，滚上干淀粉。之后他们就会屏住呼吸等着父亲把鱼倒拎着拿到烧热的油锅旁边，然后将滚热的油一遍又一遍地淋在鱼肉上。渐渐地，鱼肉像是有了生命一样，慢慢翘起来，变成金黄色。

与其说她喜欢吃这道菜，倒不如说，她是喜欢看做这道菜的过程，像是一场行为艺术。

许多年过去，如今做菜的人还在，跟她一起看的那个人，却早已经不在了。

颜明真下意识地看向颜晗，此刻她正安静地吃饭。

"这还是我小时候喜欢的。"颜明真板着脸说。

老爷子瞧着她的表情，哼了一声，有点儿得意地对颜晗说："想当初爷爷可会做这道菜了，每次只要有客人点，你姑姑还有你爸爸都特别喜欢看我做。"

颜晗抬头，正好跟老爷子的视线撞上，她立即笑着说："那您教我怎么做吧？"

"那可不行，你已经从我这里学了很多东西了，回头把我这个老家伙掏空了，那真是教会徒弟，饿死师傅。"

颜晗没想到老爷子会这么说，当即瞪大了眼睛："爷爷，您的手艺不是应该传下来嘛，哥哥又不会，肯定得传给我呀。"

"那行，手艺都传给你。"老爷子笑呵呵地道，接着他看了一眼颜晗，又扫了一眼颜明真和颜之润母子，轻声说，"公司我可就给你哥了。"

一时间，饭桌上的人都怔住了。

颜明真的太阳穴跳动了一下，虽然近年来老爷子逐渐放了权，但他依旧是公司最大的股东，也是公司董事会主席。因为他老人家的身体还很硬朗，所以股权的事情没人敢提。

颜晗仿佛没听懂老爷子的话，她冲着老头甜甜一笑，重重地点了下头："好呀，不过爷爷您可不能藏私，您会做的菜都得教我才行。"

颜明真握着筷子的手都在微颤。

一旁的颜之润也反应了过来，低声说："爷爷，这种话您再过十年说也不迟。"

他并不是那种紧紧盯着长辈兜里东西的人，况且他从来没打算撇开颜晗，独占这份家业。

就像颜明真还记得她跟颜书小时候的事情一样，颜之润至今也还记得颜晗第一次回家时的模样。

之前他们每年都会见面，颜之润很喜欢这个长相甜美可爱、说话轻声细语的妹妹。可是自从颜晗父母去世后，她整个人就都变了。小姑娘瘦骨伶仃的，像一只找不到家的小猫崽子，可怜又无助。

颜之润是真心疼她。

那时候颜之润正在上大学，父母关系不好，工作又繁忙，他们根本无暇顾及颜之润，所以颜之润有大把时间跟颜晗在一起。

那时颜晗刚转到新学校，她长得漂亮又沉默寡言，一下成了班里女生的公敌。那些看似无害的小女孩，恶毒起来比成年人还甚。她们故意把颜晗的文具丢掉，往她的水杯里扔粉笔，甚至有一次把颜晗反锁在洗手间里。

校园暴力就是这样，受害者越是忍耐，欺压者反而会越发大胆。

直到颜晗第一次被打。

颜之润那天正好去学校接她，在校门口等了许久，都没见到她出来。于是他干脆进去找，没想到在学校停自行车的地方，看到她被人围着推来推去。

那一刻，颜之润的脑子"嗡"的一下就炸开了。

虽然他从小到大都不是个校霸，但也没人敢在颜少爷面前造次。他没想到，颜晗在学校里竟然被人这么欺负。他直接冲了过去，那是他这辈子第一次对女生动手。

"你们干吗呢？"颜之润吼道，脸色难看至极。

几个小女生没想到突然来了个高高大大的男生，她们你看看我，我看看你，都没有说话。

颜之润一把将颜晗拉过来，见她的辫子都被扯散了，好在脸上没什么伤痕。他恼火地道："你傻了呀？她们欺负你，你不知道还手吗？"

他是真生气了，这虽是他第一次撞见，但不代表这是颜晗第一次被欺负。

颜晗浑身都在发抖，她一把推开他，自己跑了。

颜之润回头指着几个女生怒道："你们要是再敢欺负颜晗，一定会死得很难看。"

二十多岁的男人冲着几个小姑娘放完狠话，就追着颜晗去了。

回家之后，不管颜之润怎么问，颜晗都不说自己什么时候被欺负了。颜之润气不过，怒道："明天我就去你们学校，找你们老师，太不像话了！"

"不要。"一直趴在书桌上写作业的颜晗突然说。

颜之润愣住了。

颜晗抬头看着他，眨巴眨巴眼睛，许久之后，终于带着哭腔说："很丢人，被人欺负很丢人。"说着，颜晗伸手狠狠地揉了一下自己的眼睛。

明明爸爸妈妈还在的时候，她是个既漂亮又讨人喜欢的孩子，怎么爸爸妈妈不在了，她就变得这么惹人讨厌呢？

颜之润道："觉得丢人就打回去。谁打你你打谁，要是出事了，哥哥给你兜着。"

几天之后，颜之润接到颜晗班主任的电话，让他去一趟学校，说颜晗把同学打得鼻血都流出来了。

等颜之润到了学校，了解了情况才知道，今天做课间操的时候，有个女生从后面撞了一下颜晗，还骂了她一句。然后平时默不作声的颜晗突然一下子扑倒了她，吓得周围的同学都不敢拉架。

整个操场上的人都被这场混乱吸引了，最后还是老师赶来把颜晗拉开了。

班主任特别生气，毕竟这件事情的影响太恶劣了，当时整个学校的学生都在操场上。

颜之润可不管这些，说出了自己那天在自行车棚撞见的事情，班主任本来还不太相信，把那几个女生叫过来一询问，三两下就全审了出来。

最后学校没有处罚颜晗，当然，颜晗打架的名声也传出去了。谁都知道初中部有个大姐头，叫颜晗。

或许就是从这件事之后，颜之润跟颜晗变得要好了起来。

颜之润不是那种什么都要霸占着的人，再说，他什么都要，不就是变相地欺负颜晗吗？所以老爷子这么说，他第一个反对。

谁知老爷子像是打定了主意，又道："明年我打算卸任董事局主席的位置，彻底退休。"老爷子转头看向颜明真："本来我是想把这个位置交给你的，可是你跟杨卫平的婚姻到现在还没处理好，所以这个位置，我不打算交给你了。"

颜明真深吸了一口气，心想，她也没打算要。

此刻她望着老爷子，似乎生怕从他嘴里听到一个她不愿意听到的字眼儿。

"我准备把这个位置交给之润，他如今也快到而立之年，虽然年纪还轻，但也到了该担起责任的时候。况且你是颜家唯一的年轻男人了，你妈妈和你妹妹都需要你护着。"

颜之润立即说："爷爷，我们说过，这件事以后再谈。"

"至于颜颜，毕业之后也进公司吧。之润你也别觉得这个位置现在是你的，以后公司也是你的。要是颜颜做得好，你小子也未必坐得稳。"

老爷子说的每一句话，都像是惊雷砸在他们心头。

颜晗当即说："我不要。"

老爷子转头看着她："长者赐，晚辈哪有拒绝的道理。"

颜明真的脸色很难看，让颜之润继承她是乐见的，可是老爷子显然还没改变想法，想让颜晗也进入公司。

颜晗低声说："爷爷，我真的不要，您答应过我的。"

"我答应过你什么？我说过，你要是下棋能下过我，我就答应你的要求，可是你下过我了吗？"老爷子理所当然地道。

颜晗咬着嘴唇："我早晚有一天会赢你的。"

"那你最好趁早，免得我老头子入土了。"老爷子笑了一声。

老爷子如同交代后事一般的做法，叫几人心里都有点儿难过。

颜晗也是第一次发现，看似硬朗的爷爷，如今真的老了，以至于到了第二天，她的心情还不好。

裴以恒给她打电话的时候，听出她声音里的不高兴，于是问道："怎么了？"

颜晗并没有瞒着他，但也只是说昨天爷爷在饭桌上说了一些话，让她觉得很难过。

"你想打败爷爷吗？"裴以恒问。

颜晗说："当然了。"

裴以恒："要来训练室吗？"

颜晗一愣，旋即明白他的意思："我能去训练室吗？那不是你们职业棋手下棋的地方吗？我去会不会打扰你们呀？"

"没关系，这里平时也有普通市民过来。"裴以恒安慰她，然后他低笑了一声，"况且，你那么乖。"

挂了电话后，颜晗立马换了一身衣服，然后开心地叫司机送她去棋院。

到了棋院后，她没有看见裴以恒，于是就在外面等着。一个穿蓝色大衣的少年从她身边走过去，突然又倒退了几步，走到颜晗跟前。

少年长着一张很好看的脸，唇红齿白，年纪看起来也很小，冲着她笑的时候，清新又阳光，十分可爱。

"小姐姐，你是来找人的吗？"少年热情地说。

颜晗点头，不过她没好意思说自己是来找谁的，毕竟裴以恒的粉丝太多，谁知道她会不会被当成他的狂热粉丝。

少年笑眯眯地问："姐姐是来找谁的？我可以帮忙哦。"

颜晗望着这个一脸笑容的少年："你也是职业棋手？"

"对啊，我叫韩书白，姐姐应该不知道我吧？"韩书白扬起一张讨喜的脸。

"颜晗。"这时，台阶上面传来一道声音，没一会儿，一只手压在了颜晗的肩膀上。

韩书白的视线从颜晗身上转移到了裴以恒身上，他有点儿吃惊地看着裴以恒揽着颜晗的手臂。

裴以恒："这是我女朋友。"

颜晗望着男孩离去的背影，裴以恒往旁边走了一步，正好挡住她的视线。颜晗好奇地问："他也是职业选手吗？"

裴以恒拉着她的手腕道："来了怎么也不给我打电话？"

"没关系，你这不是来了吗？"

裴以恒意味深长地看了她一眼，颜晗被他看得有些蒙，又想起刚才他那句"这是我女朋友"。

颜晗脑子里突然闪过一个念头，她伸出细长的手指，指尖戳在他乳白色的大衣上，轻声道："阿恒，你刚才是不是在宣示主权呀？"

"什么？"裴以恒淡淡地道。

颜晗还想捣乱，裴以恒却伸手抓住了她的手，他的手掌很宽厚，几乎能把她的手包住。他低头看了一眼："怎么这么凉？"

说罢，他的指腹在她手背上轻轻磨蹭了两下。

颜晗抿嘴，不再说话，脸上却挂着笑。

这是她第一次来棋院，还挺激动的。以前，她学围棋纯粹是出于功利目的，并不关心围棋。如今因为裴以恒，她想更多地了解这项他深爱着的运动。

棋院里有一面荣誉墙，经过那面墙，就仿佛经历了一整个时代。墙上贴着早期的黑白照片，照片上的人衣着朴素、眼神坚定。那一幅幅照片，是中国围棋一代又一代国手。

"这位是你老师，江不凡九段吧？"颜晗在看见一张照片时，有点儿兴奋地问。

裴以恒顺着她的手指看过去，那是江不凡赢下第一个世界冠军时拍下的照片。

他点头，随后望着颜晗，轻笑道："你认识？"

"我可是上网搜过的。"颜晗下巴一扬，眉宇间带着点儿得意。

他们继续往前走，颜晗又开心地说："这个是你师兄吧，宋明河九段。"

颜晗往前走了一步，认真地看着那张照片。

照片上，宋明河正拿着奖杯，对着镜头，笑得一脸憨厚温和。

"这是大师兄第一次拿国内冠军后拍的照片。"裴以恒点头。

颜晗又往前走，终于，她像是找到了什么一样，松了一口气："前面都没有女选手的照片，我还担心没有你师姐的呢。"

简槿萱一头利索的短发，透着一股英姿飒爽的劲儿。她的眼睛看着镜头，眼神亦如前面所有照片中的人那样，坚定又执着。

裴以恒也看着那张照片，说："这是师姐参加'中兰杯'比赛时的照片，她是'中兰杯'历史上第一个进入四强的女选手。"

围棋这项运动，虽然有专门的女子围棋比赛，但世界大赛是不分男女的，相较于男选手骄人的战绩，女选手的成绩并不太突出。

不过每年都会有女选手参加这些比赛，她们一次又一次地证明着自己。

颜晗轻声说："她是世界上最年轻的围棋八段吧？"

如今各国棋院的规则有所更改，不少棋手在拿到世界冠军之后，段位会直接升至九段级别。女棋手中成为九段的人，全世界不过三位，实属凤毛麟角。八段选手也不多，不少选手在三十岁之后才能晋升到八段。简槿萱二十五岁时即成为八段，当时震惊了棋坛。

颜晗走着走着，最后在一张照片前停了下来。

在这面照片墙上，她看过好多人举着奖杯的照片，那一刻的荣耀与辉煌，被定格在照片中，也永存于这黑白世界里。

偏偏这张照片里的少年与众不同，他坐在棋盘旁，手指上捏着一枚黑棋，正准备落在棋盘上。他的眉眼依旧是少年模样，但整个人看起来极沉稳，是那种透过照片都能让人感受到的沉稳淡然。

这个模样，颜晗看了好多遍，可是每一次，她都会沉迷其中。

颜晗看得极认真，裴以恒看了她一眼，本来淡然平静的表情，硬生生被染上了几分说不出的情绪。

裴以恒没有开口，他知道有很多人专门来这里看他的照片，可是颜晗跟其他人都不同。看着她此刻的神色，裴以恒心里有几分说不出的羞涩。

颜晗转头看向他，轻声问："这是你什么时候拍的照片呢？"

"十六岁的时候，我中盘大优，眼看着就要拿到第一个世界冠军……"说到这里，裴以恒顿住了。

颜晗一愣，她已经看过太多次他的人生履历，知道他六岁学棋，九岁拜师，十一岁定段，直到十七岁拿到第一个世界冠军。

此刻他说，这是他十六岁时的照片……

裴以恒的目光仍停留在那张照片上，说："我被翻盘了。"

短短的五个字，道不尽一个少年的绝望和无助。哪怕是沉稳如裴以恒，也只能眼睁睁地看着唾手可得的冠军化为泡影。

在运动员的职业生涯中，多少人看到了逆风翻盘时的精彩和坚持，却从未在乎过被翻盘之人的心情。

颜晗安静地望着他，她无法想象那时候的他是怎样的心情。如果不是太过深刻，他也绝对不会选择将这张照片挂在这里——这面墙壁记录着棋手最重要的时刻。

很多人选择了记录自己的荣耀与辉煌，唯有他，选择记住自己曾经的失败。

只要从这里经过，他就会看见这张照片，提醒着自己不要忘记。

颜晗想了想，轻声说："阿恒，你应该知道我为什么会学围棋吧？"

不是因为喜欢，而是因为想赢爷爷。曾经的她并不喜欢围棋，只是把它当作工具，为了达到自己的目的。

"可是因为你，我想重新认识围棋，想认识那些为围棋一直努力的人。"颜晗看着他，声音格外甜软，"你从小就喜欢围棋，并把它当作自己一生的事业和目标，我特别羡慕你，真的。"

裴以恒安静地看着她。

颜晗再次开口："我就是希望你能一直喜欢围棋，哪怕有输有赢。我知道赢很重要，可是没人会永远不败。所以即便输了，你也别太过自责。我知道失败也很重要，应该记住失败，但是我希望你能试着忘记失败。你已经足够好了，不需要再让自己背负着巨大的压力。反正不管输赢，我永远都是支持你的那个人。"

裴以恒笑了，他往前走了一步，竟直接抱住了她。

颜晗的心脏像漏了一拍，猛然顿住。她下意识地看看四周，刚想轻声提醒她，这是在棋院呢，裴以恒已经松开了她。

当初棋院要选照片贴在墙上的时候，挑了很多张他夺冠时的照片，他都没有同意。这张照片，是他亲自挑选的。

当年输掉比赛之后，不少人安慰过他。那之后，虽然他如愿拿到了世界冠军，可这场失败依旧悬在他的头顶，时刻提醒着他失败的滋味。

但此刻，少女甜软的声音似一缕春风，吹进了他心底最深处。

或许，忘记才能更好地前进吧。

热闹的春节仿佛还在昨日，一眨眼，已进入了新的一年。眼看着二月就要到了，颜晗她们的短片也准备得差不多了。这一次，她们并没有摒弃入围赛的主题。

依旧是传统文化，依旧是围棋，依旧是那光华璀璨的黑白世界。

只不过，她们的目光从围棋棋手身上，转移到了围棋本身——棋子。

之前颜晗她们也讨论了很久，本来是想拍摄别的主题，谁知她偶然看到了云子的制作过程，然后就被深深地吸引住了。于是，她跟几个室友一商量，大家也都同意以云子为切入点。

随着社会的发展，很多中国传统文化渐渐没落了。

古有琴棋书画，如今棋道不断没落，这项传承了两千多年的运动，沉寂到让人忘记了对弈的乐趣，还有棋盘之上你来我往的智斗。

随着比赛的临近，她们将最终短片递交了上去。

这次大赛，进入总决赛的共有三十二支队伍。A大有两支队伍同时入选，一支自然是颜晗她们，另一支则是蓝思嘉所率领的团队。

三十二部总决赛短片再次上传到网上。

让不少粉丝失望的是，裴以恒并没有继续出演这部短片。

你看，我就说他们是普通的学姐学弟关系吧。谢谢学姐照顾我们裴九段，我们会支持学姐的短片的。

这部短片还是讲的围棋的故事呀，我觉得他们真的有什么关系吧？一般人谁会这么推广围棋呢？

对呀对呀，我觉得这个小姐姐颜值好高，人家真的是郎才女貌呀。

拒绝。我希望小裴能像李昌镐那样，三十岁之后再考虑结婚的事情。

对呀，谈恋爱很容易分心的，你看看职业棋手里，有谁那么早谈恋爱的。十九岁的少年着什么急，麻烦给我冲事业好吗？中兰杯，加油！

等等，我们裴九段要参加"中兰杯"吗？

啊啊啊，真的吗？我"老公"要回来了吗？

这段粉丝之间的对话很快被截图传到了围棋论坛，很多人在询问裴以恒是不是要回来参加比赛了。

颜晗正趴在沙发上，把粉丝夸他们郎才女貌的评论看了好几遍。可惜她没有小号，如果用大号点赞的话，只怕会引起轩然大波，于是她克制住了自己点赞的欲望。

她抬头望着对面的人："你收拾好了？"

"就几件衣服。"裴以恒走过来，在沙发旁边坐下。

颜晗坐起身来，狐疑地望着他："你不会是不会整理行李吧？"

"我会。"裴以恒肯定地说。

颜晗突然想起这人第一次敲她家的门，是因为不会用燃气灶。所以，他不会整理行李的概率有多大呢？

"以前是谁帮你整理行李的？"

裴以恒抿唇不语。

颜晗看着他，认真地说："阿恒，你不会真的没自己收拾过行李吧？"

说着，颜晗强拉着他进了房间，果然，那只箱子躺在地上，空空如也。

裴以恒忍不住说："没关系的，我明天会整理好，我只是今天不想整理。"

"下次你可以直接跟我说。"颜晗抿嘴，她真不想戳穿裴以恒。

颜晗拉开他的衣柜，找出了他的外套和衬衫。他每套衣服都是搭配好的，甚至连搭配什么样的鞋子都准备好了。这么细致的事情，绝对不是他会做的。

看着那些搭配好的衣服，颜晗"扑哧"一声笑了出来。

裴以恒坚定地道："我以后会学的。"

她知道，他并不是因为懒才不做这些的，他是不在意。他只专注于围棋，所以对于穿着打扮都不在意。

颜晗笑道："你不会也没关系，只要努力下棋就好了，反正，咱们以后可以请保姆阿姨呀。"

裴以恒微怔，随即浅浅一笑，点头："我会努力赚钱的。"

微电影决赛的日子跟"中兰杯"开幕仪式正好是同一天。颜晗知道，如果裴以恒出现在会场，肯定会引起轰动。但是她想，如果得了奖，能第一时间跟他分享该多好。

这次微电影比赛的主办方实力雄厚，请来了好几位当红明星，宣传阵势非常大，A大论坛里关于这次比赛谁能夺得冠军的话题十分火热。

"没想到咱们在学校论坛上的支持率居然这么高。"陈晨惊讶地道。

一大清早她们就被拉过来了，因为晚上就是决赛了。她们昨天还去了现场彩排，不得不说，现场的灯光舞美都做得特别棒。

主办方之所以大力宣传这场比赛，也是为了推广自己的短视频app（手机软件）。

她们作为夺冠大热门，自然受到了主办方的优待。

陈晨转头看着颜晗："颜颜，你怎么不邀请裴大师一起过来？好歹他也是帮助咱们进入决赛的最大功臣呀。"

"他有事情。"颜晗说。

裴以恒重回赛场的事，官方并没有透露分毫。之前虽然有粉丝说过，但是大家都认为这是粉丝一厢情愿的想法。所以裴以恒要参加"中兰杯"一事，至今还是个秘密。

　　颜晗她们到达会场后，因为有明星要来，所以主办方给她们分配的都是共同的休息室。她们都是大学生，当然没那么多要求。大家凑在一起，虽然都是竞争对手，却并没有那么大的敌意。

　　颜晗她们一行只有四个人，是人数最少的一支队伍，且还都是姑娘。当大家得知她们就是《黑白世界》的制作团队时，房间里出现了一瞬的安静。

　　有个电影学院的男生笑了一声，打破了有些安静的氛围："没想到这么厉害的团队里都是这么漂亮的姑娘，我真是输得心口服。"

　　一旁有个卷发女生笑道："难不成拍片子还要看长相不成？是不是长得丑的姑娘，你就输得不甘心？"

　　方才还算愉快的气氛一下子凝滞了。

　　"我觉得这里有点儿热，先出去透透气。"颜晗站起身来，轻声说道。她懒得跟这些人计较。

　　她说完，其他三个人也跟着站了起来。她们一走，整个房间瞬间炸了锅。

　　"难怪裴以恒愿意出镜，那个颜晗长得也太好看了吧！"

　　"我就说主办方的赛制太不公平了，有些人就是在走后门吧。"

　　有个女生笑着问："思嘉，你不也是A大的吗，你怎么没请裴以恒出镜呀？"

　　坐在角落里的蓝思嘉感觉周围人的视线都若有似无地往她这边投了过来，她道："我可没那个本事，毕竟有些人做事情很舍得的。"

众人的脸色登时精彩起来。

另一个人问："不是说他们是情侣吗？"

蓝思嘉淡淡地道："那个记者不是已经辟谣了吗？"

"对，我也记得那个记者已经道过歉了，两人肯定不是情侣。"有个女生突然低笑了一声，挤眉弄眼地道，"说真的，就裴以恒那样的，要是让我献身的话，我也愿意。"

蓝思嘉站起身来，坐在她身侧的一个戴眼镜的女生也跟着站了起来。

戴眼镜的女生低声说："咱们都是A大的，你这么说颜晗不太好吧？"

"我说什么了？"蓝思嘉毫不在意地说。

那女生一愣，她有些难以启齿，但最后还是说："你说颜晗做事很舍得，这不是让人误会吗？"

"她本来就很舍得啊，我听说她们这次为了拍决赛短片，自费去了一趟云南，我这是夸她呢。"蓝思嘉说完，不再理会那个女生，径直离开了。

当颜晗她们重新回到休息室的时候，连陈晨都感觉到很多人在看她们，但她们并没有在意。

休息室里的电视不知被谁调了个频道，转到了体育频道。

此刻，一张清俊的面容出现在屏幕上。

"今天，'中兰杯'举办了开幕式。出席开幕式的一干名将中，裴以恒九段最引人关注。众所周知，裴以恒九段在最近这半年里并未参加任何比赛，而这一次他将以卫冕冠军的身份，接受来自全世界围棋名将的挑战。"主持人说完这段话后，进入了媒体提问环节。

即便有很多棋坛名手参赛，但是媒体关注的焦点始终是那个英俊的男人。

裴以恒穿着一身黑色正装，修身的剪裁极其合身。西装里面是白色衬衫，只是并未系上领带，反而解开一粒扣子，有种淡然随性的感觉。

那张在电视上依旧清俊冷漠的面孔，深深地吸引着休息室里所有人的目光。

陈晨深吸了一口气，低声说："我怎么觉得，我不太认识裴大师了？"

电视里的裴以恒有种陌生的感觉，以前在学校碰见时，虽然他也很耀眼，可是因为他跟颜晗的关系，还觉得挺亲近。此刻，镜头里的他漆黑眼眸淡淡扫过，是真的震慑人心。

"裴以恒九段，对于日前关于你的种种传闻，你有什么想说的吗？"记者问。

裴以恒沉默了几秒，然后认真地看向镜头："我希望大家只关注我的围棋就好，谢谢。"

他顿了一下，继续道："重新回到赛场，我只想更好地享受围棋，享受比赛，不论输赢，我都会为了支持我的人而战。"

艾雅雅压低声音道："太苏了，苏爆了！"

颜晗看着屏幕，忍不住笑了。

她知道，他最后那句话是说给她听的。

第四章

咱们会一直在一起吧

颜晗垂眸浅笑时，周围的人都往她这边看过来。

"你嘴巴真够紧的。"艾雅雅道。

要不是现在看到新闻，她们都不知道裴以恒已决定重回赛场呢。

颜晗轻声说："他没有对外宣布，我也不太好多说。"

陈晨斜眼望着她，"啧啧"几声，然后缓缓道："你瞧瞧这个护短的劲儿。"

艾雅雅附和道："别人都是老婆奴，怎么到你这儿，就这么宠裴大师啊？"

几个人笑闹了一会儿，就被叫出去彩排了。今天有当红明星来，整场比赛都会在视频网站上直播。很多人是第一次参加大型比赛，都有些紧张。颜晗倒没什么感觉，毕竟她作为美食博主，经常会录制视频。

之前她还参加过几次直播，上次邱戈让她开的公益直播，前期宣传加上颜晗本身粉丝不少，一开播，在线观看人数就达到了几十万。当然，她没有露面这件事仍被不少人诟病。

开播之前，颜晗让邱戈宣传的时候，特别强调这次直播不会露脸。

好在她声音甜润，即便没有露脸，支持的人也不少。

颜晗这会儿不觉得紧张，一旁的艾雅雅却深吸了一口气，颜晗安慰她："没事的，别太紧张。你就这样想，万一咱们没得奖呢？不用上台，也不用发表获奖感言。"

站在一旁的工作人员闻言笑了起来："哪有这么安慰自己的，今天来参加比赛的，谁不想得奖？"她朝颜晗看了一眼，又说："我觉得你的声音好耳熟呀。"

颜晗微怔，随即轻笑道："大概因为我是大众嗓吧。"

"我不是这个意思。"那个工作人员赶紧摇头，看得出来她是刚踏入社会，"我是觉得你的声音特别好听，好像在哪里听过一样。"

只是一时半会儿她想不起来在哪里听过了，好在大家也没在意，继续准备彩排的事情。

又过了一会儿，刚才那姑娘跑过来，将手机举到颜晗面前，开心地道："我说怎么觉得你的声音特别耳熟呢，你知道美食主播书沉吗？"

手机里正播放着一段做菜的视频，伴随着锅灶上的声音，一个温柔甜润的声音响起："这次直播的所有收益，都会捐赠给山区儿童，谢谢大家的打赏。"

小姑娘特别激动地说："你听，是不是特别像？"

颜晗干笑了一声："好像是有一点儿，不过不是很像，我的声音肯定没人家的好听。"

那姑娘本来还想说什么，却被人叫走了。

颜晗刚松了一口气，一转头看见了三双眼睛，三人目光灼灼地望着她，颜晗立即扬起手里的东西："要不然咱们再对一下……"

"颜颜，你说实话吧。"艾雅雅突然凑近道。

陈晨说："颜颜，别装了。"

"我装什么呀？"颜晗满脸疑惑的模样。

倪景兮都看不下去了："这个美食博主书沉的声音，我们之前就听过了。"

陈晨压低声音道："我们一致觉得跟你的声音一模一样。"

不熟悉颜晗的人，被她随便一忽悠也就混过去了，但她们跟颜晗相处已经快三年了，对她的声音非常熟悉。陈晨第一次看到书沉的直播时，就呆住了。

"你们看过直播？"颜晗恨不得捂住自己的脸。

陈晨望着她："不仅看过，我还是书沅的粉丝。第一次听到书沅的声音时，我以为自己听错了，就把她们两人拉过来一起看了。"

她们看了一整场直播，最终确定，颜晗和书沅的声音非常像。

当然，三人并没直接跟她确认这件事，直到刚才工作人员跟颜晗说话的时候，颜晗露出尴尬又不失礼貌的微笑，三人才确定了——她就是书沅。

"你竟然不跟我们说。"陈晨谴责她。

"太不够意思了。"艾雅雅跟着道。

颜晗无奈地道："我是没找到合适的机会。"

"我们认识三年了，你都没找到合适的机会？"陈晨拔高了声音。

颜晗微微叹了一口气，真不是她故意不说，确实是没找到机会。毕竟，她总不能直接跟她们说"我就是网上有几百万粉丝的美食博主书沅"吧，那算怎么回事，炫耀吗？还是提醒几个室友，赶紧抱住她的大腿？一开始没说，时间长了，也就忘记说了。

颜晗想了下，道："阿恒他也不知道。"

倪景兮淡定地说："如果你是准备安慰我们，那恭喜你，你成功了。"

显然，另外两人也很满意这个答案，毕竟连装大师都不知道，她们也就没那么委屈了。

陈晨伸手揽住颜晗的肩膀，笑道："这次咱们要是拿奖的话，你就做一桌菜犒劳一下我们吧。"

"凭什么我拿了奖还得干活？"颜晗无语。

"我可是你粉丝呀。"

艾雅雅举手："我也是，我也是，我之前还半夜看过你做菜的视频，真香。"

陈晨立马戳穿她："她一开始还跟我说，你做的东西肯定就是看着好看，根本不好吃。"

　　颜晗立即哼了一声，正要让艾雅雅把这几年吃过的她做的东西都还回来的时候，她手机响了。接通后，对面的人显然听到了这边的嬉笑声，低声问："你们在彩排吗？"

　　"对呀。"颜晗慢慢走到一边，垂眸望着自己的鞋尖，轻声说，"我看见你们的发布会了。"

　　裴以恒微怔，似乎有点儿不知道说什么，"哦"了一声。

　　"没想到我男朋友在电视上居然那么帅。"

　　裴以恒坐在休息室的沙发上，耳边是她软乎乎的声音，他微微勾了下嘴角："那你应该看一下现场比赛。"

　　颜晗一怔，他的意思是，比赛现场的他比发布会上还要帅？这人真是越发不知道谦虚了呀。

　　挂断电话后，裴以恒将手机放进兜里，起身往外走去。

　　在路上的时候，他正好撞上刚接受采访回来的几位棋手，其中就有简槿萱。她虽然是女棋手，但连续几年都参加了"中兰杯"。

　　"阿恒，你干吗去？"简槿萱看到他便问。

　　裴以恒冲着众人点头打了招呼，然后说："我得回A市。"

　　"现在？"简槿萱惊诧地道。

　　裴以恒回道："颜颜晚上有个比赛，我得去看看。"

　　简槿萱愣住了。

　　现在已经是下午，他这个点赶回去，难道连今天的晚宴都不参加了？

　　"我已经跟大家说过了，晚宴就没办法参加了。我怕她第一次参加比赛紧张。"裴以恒眉心微蹙。

简槿萱望着裴以恒，满脸的不敢置信。她又不是不认识颜晗，那小姑娘会紧张？

不过，她也不想再看他秀恩爱，便挥挥手说："去吧。"

本来以为这件事这样就算完了，谁知，他们回到休息室后，有人问起裴以恒，刚才和简槿萱同行的一位棋手说："裴九段说他女朋友晚上有比赛，他先回 A 市了。"

休息室里瞬间鸦雀无声。

有个人不敢置信地问："你说裴九段？裴以恒九段？"

回答的人点头："对呀，刚才槿萱姐问他的时候，他是这么说的。"

如今活跃在棋坛上的都是年轻一代棋手，大部分人是二十出头。很多人与裴以恒是同时期的选手，大家打小就认识，经常一起参加各种比赛。

听到这话，众人都觉得有点儿恍惚，看起来不食人间烟火的男人居然谈恋爱了？

这时，坐在角落里玩手机的韩书白突然说："我见过裴九段的女朋友。"

所有人齐刷刷地转头看去，就连最喜欢跟裴以恒唱反调的薛斐都下意识地看了过去。韩书白露出一个思考的表情，而后他笑着说："漂亮。"

众人本来聚精会神地等着，谁知只等来两个字，登时一脸失望。

韩书白继续道："是真的很漂亮，不知道怎么形容，就跟……小仙女一样。"

听他这么一说，所有人一下子都对那位未曾谋面的小仙女产生了极大的好奇。

晚上七点，微电影决赛正式开始，而且是现场直播。后台很快热闹起来，导演组让参加比赛的选手尽量不要乱跑。

这时候，陈晨明显感觉有点儿不对劲。

她左右看了几眼，低声说："咱们是不是被孤立了？"

之前大家还其乐融融的，现在明显各自有了熟悉的人，但唯独没人跟她们攀谈。

颜晗怕她们紧张，故意笑道："估计是咱们给他们的压力太大了。"

过了一会儿，颜晗去饮水机旁接了一杯水，正好遇到一个参赛的男生，他戴着不少耳环，颇有艺术生的颓废感。他离她很近，还跟她打招呼："你好。"

颜晗往旁边让了让，有点儿不悦。谁知耳环男凑近她，低声说："比赛完了我们准备聚一下，你要去吗？"

颜晗对这个人丝毫没有印象，冷淡地道："谢谢，不用了。"

她已经接好了水，正准备离开，谁知耳环男低笑一声，用特别轻佻的语气说："别这么害羞嘛，咱们就是交流交流，毕竟以后中国电影说不定还得靠我们呢。"

颜晗气笑了，她抬头望着他，不客气地说："那我觉得，中国电影大概没有指望了。"

"耳环男"登时恼羞成怒，厉声说："不是挺玩得开吗？你要是没用手段，装以恒愿意给你拍片出镜？跟我这儿装什么呢，是不是觉得我不是名人，不值得你献身？"

颜晗脑子里"轰"的一下炸开了，她的手猛地握紧，手里的纸杯都被捏变了形，杯子里的水洒得到处都是。

颜晗扬起手里的水杯扔过去，还准备踹过去时，谁知她一下被人拦腰抱住，抱住她的人望着耳环男，喊道："还不快走！"

"松开。"颜晗挣扎开的时候，耳环男已经跑走了。

那人估计也怕真的闹出事，毕竟比赛还没开始呢。

颜晗回头，看见一个陌生又熟悉的面孔。之所以熟悉，是因为这个女孩跟她是同校的，而且是新闻（2）班的学生，但她叫不出这个女生的名字。

女生看着她道："我叫韩婷，是新闻（2）班的。"

此时，周围本来在看戏的人纷纷转过头，先前那股和乐融融的气氛已消失殆尽，毕竟大家都巴不得能少一个对手就少一个。

韩婷说："你别生气，那种人就是人渣，现在最重要的是比赛。"

颜晗还生着气，她生气并不是因为自己，而是因为裴以恒。那个人竟敢用那样的口吻诋毁裴以恒，她绝不能忍受。

韩婷看着她，想了下，还是道："之前你们离开的时候，蓝思嘉说了一些让人误会的话，你最好小心点儿。我觉得，她对你没什么善意。"

颜晗怔住了，她没想到韩婷居然会告诉她实情。

韩婷看着她的表情，轻笑道："我跟你也是三年的同学，很多大课咱们是一起上的。虽然没有什么深入接触，但是我觉得你很好。而且她那样说不仅诋毁了你，也诋毁了 A 大学生的形象，我不喜欢。"

韩婷在蓝思嘉的团队里属于任劳任怨的那种人，蓝思嘉之所以愿意拉着她一起，也是看中了她的能力和肯干事不多话的性格。

不过这种性格的女生很执拗，是非曲直有自己的判断，不会轻易改变。

说完后，韩婷就转身离开了。

颜晗深吸了一口气。

她脑子里还嗡嗡响着，整个人处于爆炸的边缘。

待回到休息室的时候，颜晗扫了一圈，没看见蓝思嘉。陈晨几人见她刚回来又转身离开了，心里都有一种不妙的感觉。一旁的韩婷看见后提醒道："我觉得你们最好去看看。"

三人赶紧跟了上去。

蓝思嘉正在跟人聊天，她长袖善舞，到了这种陌生的环境，能很快结交到不少朋友。这会儿她正站在走廊上跟两个男生说话，她微微靠着墙壁，纤细的双腿从短裙里露出来。

"蓝思嘉。"颜晗走过去喊道。

蓝思嘉回头，脸上闪过一丝惊讶，又转头对旁边的人说："没事，你们继续说。"

她这是打算无视颜晗。

颜晗冷漠地说："趁我现在还能好好说话，你最好跟我过来，要不然在这里跟你当众扯头发，我怕你太丢人。"

"你有病吧。"蓝思嘉猛地回头，她没想到颜晗敢当众威胁她。

颜晗冷漠地看着她，双手揪住她的大衣领子。颜晗的长相太过甜美，看起来没有什么攻击性，以至于让人总是忽略了她高挑的身材。此刻她站在蓝思嘉面前，微微低头，眉眼如霜。

"两位同学，女生之间谈话，你们是不是应该先离开？"颜晗转头，对那两个男生说。

两个男生一脸震惊地望着她，这么漂亮的姑娘，生起气来竟像是带刺的玫瑰。

两人对视了一眼，还是决定先离开。

蓝思嘉挣扎着，想摆脱颜晗的钳制，可她显然低估了颜晗。

颜晗嘴角微微勾起，露出一抹冷漠不屑的笑，她恶狠狠地说："我看你是要被教训一顿，才知道什么叫作厉害。"

"颜晗，我警告你……"她话还没说完，整个人就被猛地拽离墙壁，身体被带着转了一圈后，再一次狠狠地撞在墙上。蓝思嘉整个人被撞得头昏眼花。

"你现在搞清楚没，到底是谁在警告谁？"

蓝思嘉眼里终于露出了一丝慌张，显然，颜晗跟她认识的女生的套路完全不一样。

在她的世界里，女生可以钩心斗角，可以在背后耍心机，但大家起码还会维持表面的和平，就算撕破脸，也不过是相互扔几句狠话。

她从没想过颜晗会这样对她。

颜晗自然注意到了她表情的变化，冷笑一声："怕了？这还只是开始，如果你还打算在我们背后耍小花招的话，我一定会让你好看。"

颜晗知道被人欺负的滋味，女孩们表面温和可爱，背地里却极尽所能地诋毁、嘲笑她。直到有一天，她再也不打算忍。既然她们喜欢嘲笑别人，那她就好好教训她们，让她们也尝尝这样的滋味。

父母去世之后，颜晗的内心世界里有一套属于她自己的规则——人生在世，总会遇到不痛快的事情，刚开始没关系，我可以忍，但若是触碰了我的底线，那我就不客气了。

蓝思嘉之前做的事情，她觉得无所谓，也不在意，小女生的手段可笑又愚蠢。但这一次不行，她触碰了她的底线。

颜晗凑到蓝思嘉耳边，压低声音说："我最后再说一次，不要再做无聊的事情。要不然，我会让你明白什么叫作过分。"

蓝思嘉愣在原地。

颜晗转身离开时，蓝思嘉浑身颤抖着说："如果他真的喜欢你，为什么他不承认你是他女朋友呢？"

在蓝思嘉看来，孟可的道歉微博以及裴以恒在"中兰杯"发布会上说的话，都没承认颜晗是他女朋友。如果他真的喜欢颜晗，又怎么会不承认呢？

颜晗没搭理她，直接离开了。

陈晨站在不远处，听到蓝思嘉的话，她恼火地道："她这么诋毁你，还算是个人吗？"

"真够恶心的！"艾雅雅怒道。

倪景兮望着她们："既然她这么看颜晗不爽，看来咱们得拿到冠军才行，如此，作为眼中刺的分量才会更足吧。"

到了晚上正式比赛的时候，等待着所有奖项开启的众人都紧张不已。

虽然决赛作品早已投放在网上，但决赛当晚才会公布所有作品的最终播放量。比赛依次放出作品的播放量，最先出现在大屏幕上的作品就意味着最先出局。

第一组作品出现时，台下有惋惜声，也有庆幸的声音。惋惜的是自己支持的队伍第一轮就被淘汰了，而庆幸的自然是自己喜欢的作品没有出现。

颜晗几人紧张地等待着，直到剩下最后两部作品。

陈晨说："是不是只剩下咱们和蓝思嘉她们的作品？"

这下连颜晗都不知道是天意还是孽缘了。最终，两支队伍被主持人请到了台上。

主持人微笑着问道："你们觉得谁会是今晚的冠军？到底是《黑白世界》这部有关传统文化传承的作品，还是《故人》这部与青春有关的怀旧作品呢？"

主持人正准备继续说话，这时台下突然响起一阵莫名其妙的欢呼声。

欢呼声是从后面传来的，渐渐地，整个会场似乎都被感染了。颜晗看见了一个黑色身影，正从最侧边的走道慢慢往前走。

"哇，是裴以恒！"

"我的天哪，我没看错吧？"

"男神，我爱你！"

欢呼声越来越大，丝毫不比当红小鲜肉出现时的欢呼声小。

裴以恒在前排的位置落座后，抬眸，与颜晗的视线对上，随后他冲她浅浅一笑，仿佛在说：别担心，我来了。

颜晗旁边的陈晨激动得直拉她的衣袖。

主持人赶紧放出了夺冠的短片，一个黑白剪影缓缓出现，现场的欢呼声险些掀翻了屋顶。

"让我们恭喜《黑白世界——云子》获得本届全国大学生微电影大赛的最佳作品大奖！"

突然，大屏幕上出现了一个清俊的面孔，导播把画面切给了裴以恒。

欢呼声再次响起，所有人都清楚地看到裴以恒将手贴在嘴边，做了一个"飞吻"的动作。

裴以恒整个人隐没在明暗的光影之中，有种沉如山海的淡然之感。颜晗不禁眨了眨眼，望着底下若无其事地坐着的男人，怀疑刚才那一幕是她的错觉。

台下的尖叫声依旧此起彼伏。

"下午裴大师不是还在参加发布会吗？"陈晨压低声音问颜晗。

颜晗也满脑子疑问，她知道裴以恒今天要参加"中兰杯"的发布会，所以她从没想过他会出现在这里。

"现在，我们请《黑白世界—云子》的团队发表一下获奖感言。"主持人笑着说道。台下的欢呼声更大了。

主持人也不知是故意还是无意，等其他三人都说完之后，才将话筒交给颜晗。

舞台上的灯光在这一刻集中在小姑娘的身上，台下是沸腾的欢呼声，她缓缓地抬起头，视线落在舞台下的男人身上。他安静地坐在那里凝视着她，即便隔得那般远，她似乎也能看见他漆黑眸子里浅淡又宠溺的笑意。

颜晗握了下话筒，轻声开口："感谢我的团队，是我们所有人一起努力，才拿到了这个冠军。"

台下的观众似乎猜到她要说什么，尖叫声更大了。

"在这里，我还要特别感谢一个人，因为从决定参赛开始，他就给予了我很大的帮助。也是因为他，我才更想了解围棋，这项传统又充满智慧的运动。我也希望我们团队拍摄的短片能让更多的人关注这项运动。当然，哪怕只有一个人因为看了我们的短片而对围棋产生兴趣，我觉得我们拍摄这部短片的目的也达到了。"

谁都知道她在说裴以恒，可谁都想亲耳听到她说出那个名字。

终于，颜晗轻声说："谢谢你，裴以恒九段。"

台下的男人微微抬起眼眸看着她，轻声笑了。

下了舞台之后，颜晗赶紧拿出手机给裴以恒打电话。谁知第一次居然没人接，她又准备拨第二次的时候，身旁的艾雅雅用手机抵了抵她，小声道："颜颜，你转身。"

"等一下，我先打个电话。"颜晗又拨打了一次。

熟悉的铃声在她身后响起，颜晗一转身，就看见裴以恒站在她身后不远处，深邃的眉眼带着浅笑望着她。

颜晗的心跳一下就加速了，她眨了眨眼睛，脚下却没有动，明明刚才不断打电话的人是她，可是现在不动的也是她。

裴以恒望着她，浅笑道："恭喜你，颜颜。"

颜晗终于扑过去，抱住了他。

裴以恒没想到，众目睽睽之下颜晗会抱住自己。被她搂住的瞬间，他全身的肌肉都紧绷起来，呆呆地立在原地。少女的脸贴着他柔软的大衣，她似乎还嫌不够，更用力地搂了一下。

颜晗深吸了一口气，趴在他的怀中，轻声说："其实该说谢谢的人是我。"

因为是裴以恒，所以她愿意往前踏出一步，这是她第一次尝到喜欢一个人的滋味。

裴以恒将下巴搁在她头顶，轻轻地摩挲了一下。刚才坐在台下望着她时，他的小姑娘是那样明艳动人。他突然有种想把她藏起来的冲动，不想让其他人看到她的好。

可他又希望她能得到她想要的一切。

他带着这份纠结赶来，没想到迎接他的是她的拥抱。

这是裴以恒第一次在公众面前直白地表现他的感情。过去，围棋对他来说就是全部，他习惯了沉默，也习惯了处之泰然。这是第一次，他向全世界宣告这是他喜欢的姑娘。

颜晗松开裴以恒后才注意到周围的人，她的脸唰地一下就红透了。

陈晨用手背捂着自己的眼睛："我这种单身的人不配看。"

艾雅雅叹道："明明是一起拿的冠军，可怜了咱们这几个人。"

裴以恒轻声说："恭喜大家拿到冠军，今天我请大家吃夜宵。"

"哇！"陈晨和艾雅雅立即欢呼，笑得特别开心。

到了地下停车场，没一会儿，司机就把车开了过来。

三个女孩坐在后排，裴以恒坐在副驾驶座上。司机朝外面看了一眼，满脸笑容地说："阿恒少爷，包厢我已经给你们订好了，到时候直接过去就行了。"

"谢谢你，张叔。"裴以恒点头。

突然，颜晗的手机响了，她低头看了一眼，是她们寝室群有人说话。

陈晨：今天坐到了阿恒少爷的宾利，宝宝很开心。

艾雅雅立即回复：雅雅也很开心。

颜晗：别闹了。

艾雅雅嬉笑着回道：陈晨，你可以让你的阿礼少爷开宾利来接你呀，反正都是他们家的。

过了一会儿，陈晨才回复：以后不要开我跟裴学长的玩笑了。

颜晗看着"裴学长"三个字，显然陈晨这句话是认真的。平时跟她们在一起的时候，陈晨都是"知礼哥哥""知礼哥哥"地喊着。大家都感觉到了陈晨的不对劲，于是识趣地没再回复。

好在到了吃饭的地方，陈晨看起来依旧如常。她们进了店里才发现这是一家火锅店，不过这间店装修得挺华丽，跟别的火锅店看起来不一样。

等翻开菜单的时候，几个人都沉默了。

中途，裴以恒接了个电话，于是起身出了包厢。

陈晨拍了拍胸口，压低声音说："我刚才翻开菜单，以为自己瞎了。"

"我也是，简直不敢相信自己看到的。"

同样是火锅，这家店里的东西就敢比别家贵十倍。

陈晨想起刚才裴以恒让她们随便点，不要客气，她下意识地说："咱们真的能随便点吗？"

颜晗刚才一看见这家火锅店的时候，就大概猜到了价位。她虽然没来过这家店，但她对食物颇有研究，所以 A 市比较有名的餐厅她都有所了解。而且颜家是做餐饮起家的，不仅有适合大众的平价餐厅，也有顶级连锁餐厅。

颜晗眨了眨眼睛，想到了自己男朋友的身价，之前搜索裴以恒的时候她曾搜到一条新闻——他拿到的冠军奖金有四十万美元。

此外，他还是国内身价最高的棋手，据说广告收入在运动员里也处于一线。

围棋虽然很小众，但他用颜值和实力把围棋带进了大众视野。

颜晗："要不，想吃什么就点什么？"

陈晨伸手箍住她的脖子，哈哈大笑道："颜颜，你真的够哥们呀！"

"没事，你吃完之后卖身给我，去我家洗一年碗吧。"颜颜淡淡地道。

回到学校已经是夜里一点多了，本来比赛就结束得很晚，她们又吃了一顿夜宵，虽然宿舍楼是刷卡出入，但是会有记录。颜晗本来是想让她们去她家里住，但三人都不愿意去。

颜晗只得请司机把她们送到学校，她和裴以恒则回自己家。

下车之后，颜晗望着渐渐远去的商务车，心情一时间有点儿复杂。

裴以恒见她盯着车子看，便问："东西丢在车上了？"

"没有。"她摇头，但是回头看着裴以恒时，又是一副欲言又止的模样。

裴以恒觉得她这个样子挺好笑："你想问什么？"

颜晗看了他一眼，终于说："刚才那个，是你家的司机吗？"

裴以恒点了点头。

颜晗神色很复杂地问："那他知不知道，其实我是自己住在这里？"

她这话说得挺奇怪，她不是自己住在这里，难道是谁帮她住在这里吗？裴以恒挑眉，直觉告诉他并没有这么简单。

颜晗幽幽地叹了口气，无奈地说："我是怕他误会我跟着你一起下车，是已经跟你同居了。你最好帮我跟他解释一下，我家也在这个小区。"

裴以恒哭笑不得："你一天到晚都在想什么呢？"

"你以为这是一件小事吗？"颜晗微微拔高声音。

裴以恒牵起她的手："走吧，回家。"

颜晗跟在他身边，还在强调："你一定要记得跟他说呀，要不然我怕他误会。"

进了电梯，颜晗还在喋喋不休地说这件事。裴以恒靠在电梯厢壁上，单手插在兜里，斜睨着她："这个对你来说很重要吗？"

颜晗郑重地点头："当然很重要。"

裴以恒笑了，颜晗以为他不在意，有点儿生气，不说话了。

电梯到达楼层的时候，颜晗迈开步子走了出去，把裴以恒一个人甩在身后。裴以恒喊道："颜颜，你怎么了？"

颜晗埋头输入自家的密码，门打开后，里面黑漆漆的。她顿了顿，还是转过身，看着他道："我不想让你妈妈不喜欢我。"

裴以恒沉默了。

颜晗安静了很久，然后缓缓说："我妈跟我奶奶的关系就不好，所以我想给你妈妈留下好印象。"说完，她直接进了自家，准备关门。

谁知她反手还没关上门，一只脚就挡住了门，裴以恒站在门口轻声说："所以，你因为这个生气了？"

　　颜晗有点儿不好意思，她一个大学还没毕业的人，就开始考虑婆媳关系，好像确实有点儿太早了，可她就是不想给裴以恒妈妈留下哪怕一点儿不好的印象。

　　裴以恒推开门，伸手揽住她："我刚才不是在嘲笑你，而是想告诉你，我知道了。"

　　颜晗一愣，这才意识到自己错怪他了。其实，有些事情总是在不经意间影响着她，她总担心自己会重走妈妈的路。

　　裴以恒轻声说："我不是跟你说过吗，我妈妈很喜欢你，因为她知道你是我喜欢的姑娘，她相信她儿子的眼光。"

　　颜晗被他哄得笑了出来，她有点儿不好意思地在他怀里蹭了蹭。

　　"我是不是特别斤斤计较？"颜晗觉得，在他的事情上，她总有点儿患得患失。

　　裴以恒轻轻叹了一口气："我知道，你是太在乎我了。"

　　在一片漆黑中，男人清润的声音听起来格外动人。颜晗打趣他："裴大师，我发现你的男朋友包袱越来越重了。"

　　裴以恒松开她之后，颜晗伸手打开灯，柔和的光线瞬间倾泻而下。

　　颜晗回头，一下愣住了——偌大的客厅里摆着一束巨大的玫瑰花。

　　她回头看向裴以恒，惊喜地问："这是你准备的？"

　　裴以恒看着她，轻声说："我本来想在比赛现场送你的。"

　　颜晗微怔，她转头望向那束一个人都抱不动的花，说："你本来打算送给我的？这有多少朵呀？"

　　裴以恒说了一个数字——一千三百一十四，既俗气又带着美好寓意的数字。这是他第一次送花给女孩，当他发信息问程津南的时候，程津南告诉他，一定要送一千三百一十四朵，没有女生能拒绝这么多朵花。

"你以为你可以抱一千三百一十四朵花去现场给我？"颜晗吃惊地又问了一遍。

还没等裴以恒说话，颜晗又笑了起来。她发现，他明明很高冷，可做起事来好像总是容易脱线。她一边笑一边说："裴大师，你是不是被人骗了？"

裴以恒看着她，猛地伸手揽住她的腰，将她整个人带到自己怀里。

颜晗抬起头来，原本滚圆的大眼睛弯成了两道可爱的月牙。

她还在笑。裴以恒压低声音说："颜晗。"

颜晗眨了眨眼睛，仰着的小脸上笑意微敛。

裴以恒望着她，许久，才呢喃着道："我本来想再忍忍的。"

颜晗眼里闪过一丝惊讶，似乎在问：忍什么？

下一秒，她的唇被吻住，整个人被压在了沙发上。

窗外响起雨滴打在玻璃上的声音，这突如其来的夜雨也挡不住一室的馨香温暖。

颜晗喜欢暖黄色的光线，客厅里的吊灯就是她自己挑选的。然而，她从未想过，这样的光线会晕染出如此迷离又叫人无法挣脱的氛围。

裴以恒轻轻地咬住她的唇瓣，像是带着惩罚一样咬了一口。

他微微松开之后，低声问她："颜颜，你多大了？"

颜晗不知道他为什么会这么问，她咬着唇瓣小声说："十九岁。"

裴以恒在她的脖颈上蹭了一下，温热的肌肤相贴，有种暖进心窝里的感觉。然后，他贴着她耳朵，轻轻地叹了一口气，气息滚烫。

颜晗的身体轻颤了一下。

"你还太小了。"说完，他在她耳后轻轻吻了一下。

颜晗抬起头望着他，轻笑道："说得好像你年纪很大一样。"

"颜晗，我现在是在给你找借口。"裴以恒定定地望着她。

颜晗一下愣住了，她要找什么借口？

裴以恒的脸颊贴着她的脖颈又蹭了下，这一次的感觉跟上次完全不一样。最后他停下的时候，颜晗感觉到他的唇在她脖子上极轻地嘬了一下。

颜晗的太阳穴猛地跳了两下，这下，她终于明白了裴以恒刚才那话的意思。她眨了眨眼睛，一副完全蒙了的表情。

倒不是她如何单纯和不谙世事，而是她完全没朝那个方向想。她连未来的婆媳关系都已经考虑到了，却忘记了，谈恋爱不是牵牵小手、亲亲小嘴这样简单。

情侣之间会有更想做的事情，只是她没把这件事跟裴以恒联系起来。他是那种看一眼就觉得冷淡又骄矜的人，天生自带禁欲气质。

颜晗在心底无助地叫了一声，轻声说："那个，你还小呢。"

空气似乎凝滞了，颜晗抬起头看向他的时候，正好跟他的视线撞上。

颜晗立即又开口，可是一张嘴磕巴了起来："我的意思是……我们年纪都还小。"

裴以恒倒在旁边的沙发上，闷声笑了起来。

颜晗觉得特别丢人，干脆不搭理他，谁知裴以恒伸手握住她的手掌，轻声说："颜颜，咱们会一直在一起的吧？"

"那当然了，除非地球爆炸。"颜晗干脆地说。

她想了一下，又道："不是，就算地球爆炸，我也会跟你在一起的。"

两人安静地靠在沙发上，颜晗突然想起一件事，问他："今天不是'中兰杯'的开幕仪式吗，你突然回来没关系吗？"

"没事，晚上只有晚宴。"

"比赛呢？"

"我不用参加第一轮的比赛。"裴以恒淡淡地道。

颜晗微怔。

他轻笑了一下："我是卫冕冠军，首轮轮空。"

"中兰杯"比赛是跨年度的比赛，第一年的三四月份是第一轮和第二轮的比赛。

参加第一阶段比赛的一共二十四人，其中有八人是可以首轮轮空的，另外十六人对决，胜者进入第二轮。第二轮也是两两比赛，胜者进入八强。

第二阶段比赛在十一月份举行，也就是决出四强。最后的冠亚军以及三四名的比赛，则会在次年的上半年开赛。所以目前他只需准备第二轮的比赛，也就是十六进八的对战。

颜晗轻吐出一口气："那你们的赛程还挺轻松的，这么久才比赛呢。"

"要看一下我今年的参赛日程吗？"裴以恒问。

颜晗眨了眨眼睛，有点儿不好意思地问："我能看吗？"

"当然可以。"裴以恒伸手了捏了捏她的耳垂，"你是我的女朋友。"

颜晗笑着拿过他的手机，看到他手机里的日程表时，她忍不住使劲眨了眨眼睛，以为自己看错了："这些都是你要参加的比赛吗？"

裴以恒点了点头，还怕她看不懂，指了指用颜色标注的日期："这是去日本比赛，这是去新加坡，还有韩国。"

颜晗虽然多多少少了解一点儿职业棋手的生活，但这是她第一次直面作为选手需要面对的生活。职业棋手不仅要承受赛场上的压力，还要面对如此繁重的赛程。

颜晗犹豫着问："职业棋手都要参加这么多比赛吗？"

"很多职业棋手喜欢用比赛代替训练。"

颜晗理解地点点头，毕竟平时练习得再多，如果不能在比赛中发挥出来，也不过是无用的。况且参加比赛，还能锻炼选手的心理素质。

颜晗叹了一口气："你们真的好辛苦。"

毕竟作为职业棋手，不仅要面对日复一日的训练，还要参加各种各样的比赛，日积月累下来，对选手的身心都是巨大的考验。

颜晗突然问："你是十一岁定段的吧？"

她记得裴以恒是国内最年少的定段者，他的纪录至今还无人打破。

"定段之后，你就一直参加比赛吗？"

裴以恒望着她眼巴巴的模样，从唇边溢出一声低笑："刚开始没这么辛苦，因为棋力不足，只能参加国内的比赛。参加国内联赛的时候，我也不是主将。"

相较于新闻上的只言片语，那些苍白的文字都不如从他口中说出来，让颜晗觉得震撼。在她的脑海中，光芒万丈的男人渐渐缩影成并不出众的少年。

他是天才少年，是所有人关注的对象。而他刚踏入棋坛的时候，身边都是身经百战的前辈，比起那些人，他不得不面对失败。

他不断努力，从国内的小比赛开始赢，直到最后赢下世界冠军。

"辛苦吗？"颜晗望着他，很认真地问。

裴以恒愣了下，眼底露出些许惊讶，大概是诧异她为什么会这么问，可是她问了，他也忍不住认真思考起来。

或许是因为这么久以来，从来没有人问过他，在努力成为世界冠军的路上辛苦吗？在朝着最好的棋手努力的过程中会觉得累吗？人们只关心他又获得了第几个冠军，关心他离前辈们的纪录又近了一步，却没人理解他的艰辛。

裴以恒点了点头："很辛苦。"

一瞬间，颜晗感觉眼睛特别酸涩，连带着声音也有点儿哽咽。

她本不是那种爱哭的性格，可是听到他说出"辛苦"两个字的时候，她觉得很心疼。

裴以恒这么说，其实是存了私心的，他就是想让颜晗心疼自己，可是他没想到颜晗的反应会这么大，她眼里雾蒙蒙的，整个人都蔫巴了，别提多可怜。

他叹了一口气："颜晗。"

颜晗那双明亮的大眼睛就跟会说话似的，满眼都是心疼。

裴以恒轻声说："辛苦是很辛苦，不过职业棋手的生活，我很快就适应了。而且我也从不后悔自己的选择。你不是说过要选择我喜欢的吗？我很喜欢下围棋。"

因为喜欢，所以能忍受日复一日的枯燥生活，不会觉得无聊，反而觉得很有趣。棋局上的诸般变化，即便跨越了千年，也无人能真正参透。

颜晗听裴以恒这么说，心底知道他是在安慰自己。她知道他是真的喜欢围棋，她见过他坐在棋盘旁边的模样，是发着光的，耀眼又夺目，谁都无法遮住他的光芒。

颜晗伸手搂住裴以恒，埋头在他的脖颈，轻声说："我会一直给你加油的，只给你一个人加油。"

第五章

往后余生，我会照顾你

第二天早上，颜晗是被手机铃声吵醒的。

"恭喜你，颜老师，第 N 次喜提热搜！"电话那边，传来陈晨兴奋的声音。

颜晗磨了磨牙："你如果不想死的话，就赶紧给我挂掉电话！"

陈晨一愣，随即尖叫了一声，道："对不起，我忘了昨晚你是和裴大师一起回去的。"临挂断时，陈晨用一种别有深意的口吻说："替我跟旁边的裴大师问好，我就不打扰你们了。"

颜晗叹了一口气，望着床的另一边——空空如也。

大学还真的是个染缸，想当初大一寝室夜话的时候，陈晨还羞答答地说她从来没有谈过恋爱，虽然现在她依然没有谈过恋爱，但是心已经被污染了。

挂断电话后，颜晗本来打算继续睡觉，却没什么睡意了。于是她打开微博，点开了热搜。果然，裴以恒和她的名字都出现在了热搜上，他俩名字的后面还有一个红通通的爱心。

热搜第一条就是昨晚裴以恒飞吻的动态图。

一脸淡然冷漠的男人突然笑了，手掌抬起，贴着嘴唇做出一个"飞吻"的动作，放下手之后，又恢复了冷淡的表情。

下面的评论都快炸了。

"对，就是这个动作，我昨晚看到的时候以为自己瞎了，就是一眨眼的工夫。"

"说真的，裴九段对谁都是一张禁欲冷漠脸，我到现在还是不信他会飞吻。"

"心疼粉丝，前几天还各种辟谣，结果正主直接公开了。"

"长得这么好看还是世界冠军，最重要的是他还这么甜，这种男朋友请问去哪里领？"

也有不和谐的声音。

"只有我觉得裴以恒找的这个女朋友太秀了吗？'中兰杯'刚开赛，别的选手都在准备比赛，裴以恒却在跟女朋友秀恩爱。"

"看到这么多喊甜的，我以为是我瞎呢。他不好好地准备比赛，干吗呢？"

"说真的，我不看好裴以恒这次的复出，半年没打比赛不说，现在还闹这么一出。"

裴以恒的粉丝不能忍受这种评论，已经跟这些人吵了起来。

"楼上是薛斐的粉丝吧？上次你家正主说那种话，是还没被骂够？"

"对呀，都是运动员，少聊场外的事了，我记得薛斐跟咱们裴九段的战绩是一比六吧？"

这个事情颜晗倒是知道，上次她特地搜过关于薛斐的视频。

薛斐和裴以恒在正赛中遇到过七次，裴以恒的战绩是六胜一负，而且薛斐那一胜还是好几年前的事情，所以裴以恒已经送给了他六连败。

对于网上的这些是是非非，颜晗并不在意，裴以恒的粉丝那么多，要是真没一点儿讨论的声音，她才会觉得不正常。

裴以恒凑到她身边，她看得太入神，好一会儿才察觉到旁边有人。一声尖叫后，她看着身边的人，惊魂未定。

裴以恒皱眉问："ABO 是什么？"

刚才颜晗正好刷到有人写裴以恒和韩书白的同人小说，别说，粉丝的文笔还不错。她看得聚精会神，以至于都没察觉到裴以恒凑过来了。

颜晗眨了眨眼睛："我也不懂，就随便看了两眼。"

"把手机给我看看。"裴以恒伸手。

就在颜晗想着该怎么转移裴以恒的注意力的时候，她的手机响了，颜晗简直犹如得到了拯救一般立即接通了，却不小心点到了免提键。

颜之润的声音立即传了过来："颜颜，你赶紧回来吧，爷爷知道你谈恋爱了，特别生气。最好把你那个小男朋友也带回来，我看老爷子这回是真的动怒了。"

颜晗刚想问爷爷为什么生气，颜之润已经挂断了电话。颜晗看向裴以恒，一脸迷茫。

裴以恒却很淡然，他拨了下她的刘海，柔声说："去换一件衣服。"

颜晗愣了一下，问道："干吗？"

"不是让我跟你一起回去吗？"裴以恒轻笑。

颜晗点头："对，不入虎穴，焉得虎子。"

虽然嘴上说着不怕，可是颜晗心底还是有点儿忐忑，毕竟她爸爸的事给她留下了很大的阴影。如果爷爷真的不同意她跟裴以恒在一起，她要怎么办？也像爸爸那样，为爱离家出走吗？

一路上，颜晗都在长吁短叹。下车的时候，裴以恒伸手握住她的手掌，坚定地说："别怕，有我在呢。"

两人一进别墅，就见一条短腿柯基冲了出来。

"我爷爷养的蠢狗。"颜晗对裴以恒说。

颜晗心里有事，自然没搭理活泼的二狗子。她战战兢兢地领着裴以恒进去，一进门就见阿姨等在门口，瞧见他们后，阿姨高兴地说："颜颜回来了啊。"

颜晗小声问："阿姨，我爷爷呢？"

她话音刚落，老爷子就从一楼的书房出来了，他看了他们一眼，然后走了过来。

颜晗发誓，她从没见过她爷爷走得这么快。

难道因为她谈了个恋爱，老爷子就迫不及待地想打她？

颜晗正想着，老爷子已经走了过来，他望着裴以恒，激动地问："您就是裴大师吧？"

裴以恒立即冲着老爷子微微鞠躬行礼。

老爷子一把拉起他的手，激动地说："我是您的粉丝，您每场比赛我都看。"

颜晗完全蒙了，老爷子看到裴以恒，真的犹如看见偶像的小粉丝。

老爷子握着裴以恒的手，语重心长地道："裴大师，您的围棋真是艺术。特别是去年，您在'龙星杯'夺冠的第二盘棋，我看了复盘，真的是行云流水。"

颜晗实在没想到，向来很严肃的老爷子，有一天会这么吹捧一个比他孙子还小的人。

"颜颜，你怎么回事？也不请裴大师进来坐，怎么还在门口站着呢。"颜晗正出神呢，老爷子突然转头，轻声斥责她。

裴以恒被老爷子拉到沙发上坐下，老爷子又吩咐保姆阿姨赶紧端茶上点心、水果。

他笑眯眯地问："喜欢喝茶吗？"

裴以恒点头，神色淡然却又不失谦卑："我很喜欢喝茶。"

老爷子一拍大腿，笑道："我就说嘛，您必定是爱喝茶的，毕竟茶和棋就如一对儿。小彭，把我的大红袍拿出来，泡一盏茶好好招待裴大师。"

裴以恒适时地道："爷爷，您是长辈，叫我以恒就好。"

颜晗坐在沙发另一边，愣愣地看着裴以恒。

平时她跟他在一起，他虽然身上也有沉稳淡然的一面，可终究是少年人的气质占据上风。这会儿他端坐在沙发上，不管是说话还是举止，都透露着一种典雅的风骨。

恰恰是这种气质，让老爷子看他怎么都觉得好。

老爷子朗声大笑，忍不住道："那我就不跟你客气了，直接叫你以恒。你的老师江大师，现在身体怎么样？"

裴以恒眼里露出些许惊讶，他轻声问："您跟老师认识？"

老爷子说起这个还挺开心："我年轻的时候也爱下棋，只不过那时候条件艰苦，没有机会经常下棋。之前有幸跟江大师切磋过几盘，他实在是厉害。"

颜晗在一旁插嘴道："我爷爷下棋很厉害的，就是他那个年代环境不好，要不然他也可能成为职业棋手呢。"

她这话纯粹是拍老爷子马屁，毕竟颜晗打小就听老爷子感叹，他是被时代耽误了。

裴以恒道："难怪颜颜也喜欢下棋，原来是受您的影响。"

颜晗心里虽然还在想着颜之润那通电话的事情，不过此时，既然老爷子这么喜欢裴以恒，她便顺势说道："爷爷，您要不要跟阿恒下一盘？"

"那怎么能行呢？以恒的棋力肯定远在我之上。"老爷子摇头，可眼底的欣喜已经藏不住了。

颜晗笑道："没关系的，我都跟他下过很多次。"

老爷子听到这话，登时转头瞪了她一眼，估计觉得眼神的威慑力还不够，他又说道："你以后可不能再这么耽误以恒。"

"爷爷，不带您这么偏心的。你看看清楚，到底谁是您亲生的。"

这时候，裴以恒开口说："要不，我与您手谈一局？"

老爷子转头看着他，布满皱纹的脸上绽放出大大的笑容。

颜晗这么瞧着，突然有点儿莫名的伤感，她已经许久没有见过爷爷这么高兴了。

老爷子高高兴兴地把裴以恒领进了他的书房。

颜晗准备等彭阿姨沏好茶，她再帮忙端进去。

这时，颜之润从门外进来了，他身上穿着一套运动服，额头上布满细密的汗珠，脸颊微微泛红，看起来是刚运动完。

瞧见他，颜晗登时想起早上的那通电话，她站起来准备找他算账，谁知颜之润眼疾手快，连鞋子都没脱，直接蹿上了楼。

颜晗立即跟着跑上去，她伸手去拧他房门的门把，但房门从里面锁上了。

"哥哥，你开门。你要是不开门，我就下去找锤子了。到时候我自己敲开门，你可别怪我。"

正在脱衣服准备洗澡的颜之润顿住了，他觉得这事颜晗真的能做出来。于是他认命地又把衣服穿上，走过去给颜晗开门。

颜晗问："你怎么回事？"

"嗯？"颜之润疑惑地看着她。

颜晗又说："你知不知道，你早上那通电话差点儿把我吓死了。"

颜晗是真被吓着了，颜之润说爷爷特别生气的时候，她一下就想到了她父母的事情，当初就是因为爷爷奶奶不同意她爸爸妈妈在一起，爸爸才带着妈妈离开的。虽然这跟爸爸去世没有直接关系，可颜晗知道妈妈直到去世，都很遗憾爷爷奶奶没有认可她这个儿媳妇。

颜之润低头看着她的脸："真被吓着了？"

颜晗点头。

"好了好了，是哥哥不好，哥哥跟你道歉。"颜之润伸手捧着颜晗的脸颊，故意拉了下她的眼角，顺势把她的脸搓揉成不同形状。逗完她之后，他又道，"我不是故意这么说的，是爷爷怕你不把裴以恒带回家，指使我这么说的。"

都说姜还是老的辣，老爷子竟对她这个孙女耍手段。颜晗默默腹诽。

书房里，老爷子正聚精会神地盯着棋盘。喜欢下棋的人是真的有瘾，能跟高手下棋更是过瘾。好在这不是比赛，不用计时。老爷子岁数有些大了，每落一子都要思考许久。不过裴以恒也不着急，只耐心地等着老爷子落子。

没一会儿，彭阿姨把茶水端了进来。清冽的茶香沁入鼻尖，裴以恒端起茶盏，轻抿了一口。他老师也爱茶，甚至爱到自己去学炒茶。

老爷子喝了一口，幽幽地开口问道："你跟颜颜是怎么认识的？"

裴以恒自然知道，老爷子把他叫进来，绝对不只下棋这么简单。他轻声说："去年我进入 A 大读书，颜颜是帮忙带大一新生班的学姐。"

"你们还是姐弟恋？"没想到老爷子还挺时髦，连这个都知道。

裴以恒以为老爷子很介意，立即说："我只是高中毕业之后没有立刻进入大学，实际上我比颜颜大几个月。"

"对，你是职业棋手，应该专注于围棋。"老爷子表示理解，"要是以围棋来论，就是给你颁发一个教授证书，你也是配得上的。"

过了一会儿，老爷子又问："你知道颜颜的家庭吗？"

裴以恒微怔，有点儿不明白他的意思，他抬头，很认真地说："爷爷，您是指哪方面？"

也许是因为自小学习围棋，又过早地进入成年人的世界，裴以恒养成了坦率的性格。他没听懂老爷子的话，他也不会故作聪明地去猜测，也不会不懂装懂，所以他直白地问了出来。

老爷子喜欢跟这种聪慧的人打交道，他说："颜颜父母的事情，颜颜父母去世的事情，你知道吗？"

裴以恒点头："她跟我说过。"

"她爸爸很早就走了，只留下这么一个小女孩。我很疼爱她，也会照顾好她。只是父母双亡这件事，到底是遗憾。谈恋爱还好，要是真的谈婚论嫁，你父母会介意吗？"

不怪老爷子想得远，作为长辈，总希望自家孩子的路走得更顺坦些。要是对方父母介意这点，那么不如趁早说清楚，长痛不如短痛，别让颜晗因为这个受伤。

"不会。"裴以恒看着老爷子，斩钉截铁地说，"您尽管放心，不仅是我，我的父母也不会介意。这是她人生的一部分，我很替她难过。但是请您放心，我会尽全力照顾她。我明白，谁都无法代替她父亲的角色爱护她。"

颜晗站在书房门口，定定地望着门缝里裴以恒的侧影。她听到他说："但是往后余生，我会成为保护她的那个男人。"

裴以恒跟老爷子的这盘棋到底是没下完。

老爷子说，这是裴以恒头一回到家里来做客，他要亲自下厨做几个菜给他尝尝。

"怎么能这么麻烦您。"裴以恒立即说道。

老爷子望着他，问道："你吃过颜颜做的菜吧？"

裴以恒点头，并夸赞道："特别好吃。"

老爷子笑呵呵地说："她的厨艺跟我比，那可差远了。"

裴以恒想起之前颜晗说过她爷爷会做菜，于是问道："颜颜说，她的手艺是跟您学的？"

　　"可不是？她要是能有我一半的功力，以后就不怕被饿死了。"老爷子说着，来了兴致。

　　两人走出书房，正好撞见颜之润下楼，老爷子指了指颜之润，跟裴以恒介绍："这是颜颜的哥哥，你们还没见过吧？"

　　"见过。"颜之润先开口。

　　老爷子愣了一瞬，回过神来后道："你见过裴大师？"

　　颜之润淡然地说："之前去颜颜家里，正好撞上。"

　　老爷子一听这话，就转头朝裴以恒看去。

　　裴以恒顿时想起颜晗之前担心的那件事，没想到反而是自己先被误会了，立即解释道："我住在学校附近的公寓，跟颜颜正好是对门。"

　　"这可真是缘分。"老爷子一听，笑了。

　　老爷子知道颜晗住在学校外面，只是没想到裴以恒跟她是邻居。

　　老人家挺相信缘分这事的，而且颜晗父母的事情之后，他和老伴儿也想了很多。当初他们觉得颜晗的母亲齐沅是个孤儿，而且性格太过执拗，并不是良配。可是如果当年他们能接受齐沅，颜书出事之后，她也不会那么绝望，不至于万念俱灰地跟着颜书一起离开，连带着颜晗也成了一个父母双亡的孤儿。

　　人步入老年之后，便会开始反思当年的过错。

　　老爷子这么刚强的一个人，在先后失去儿子和妻子之后，也如那些垂垂老矣的老人一般，只希望自己的孙子孙女能过得开心幸福。

　　老爷子左右瞧了一圈，对颜之润说："颜颜人呢？你先陪以恒说说话，我去做几个菜。"

"爷爷，您要下厨？"颜之润诧异不已。

老爷子点头："以恒第一次来家里，我亲自下厨，才能体现咱们家的待客之道。"

颜之润望着裴以恒，叹道："我爷爷往常只在过年的时候才会下厨，而且只做几道菜。"

老爷子可不管这些，已经开心地招呼两个阿姨给他准备食材了。

颜之润瞧着老爷子风风火火的模样，忍不住说道："我爷爷挺喜欢你的。"

"这是我的荣幸。"裴以恒不卑不亢地道。

颜之润神色复杂地望着裴以恒，想到他不仅是颜晗的男朋友，还是简槿萱的师弟。他轻咳了一声，问："她怎么样？"

这么没头没脑的一句话，让裴以恒愣住了。

裴以恒想了想，淡声问："你是问我师姐吗？她一直很好，'中兰杯'比赛她也要参加，她还会参加下个月的世界女子围棋大赛。"

颜之润点点头："挺好的。"

她曾亲口说过，围棋比他重要多了。

颜之润看起来心情不好，他指了指外面："颜颜在花园里。"

裴以恒走到花园的时候，颜晗正抱着拼命扭动的二狗，她指着柯基的鼻尖，低声斥道："不许动了。"

二狗显然不习惯跟她这么亲近，又扭了一下。

颜晗在它屁股上轻拍了一下，二狗终于老实下来。

裴以恒站在不远处，安静地看着颜晗温柔地给二狗抚背。

春日里的花园植物翠绿，一派生机勃勃的景象。颜晗坐在白色秋千架上，双脚轻轻地蹬着地面，来回地悠荡，一副轻松又惬意的模样。阳光洒落在她浓密的长发上，她的头发很黑，在阳光下泛着鸦青色。

不知过了多久，颜晗抬起头，发现了站在不远处的裴以恒。

少女本来表情清冷，似乎沉浸在心事里。看到裴以恒的一瞬间，她眉眼上扬，眨眼之间笑意爬上她的脸，明亮的大眼睛扑闪扑闪地望着他，透着一股子甜蜜。

裴以恒走过去，颜晗抬起头望着他，笑着问："你跟我爷爷下完棋了？怎么这么快？"

裴以恒在一旁的长条椅上坐下，嘴角一勾，低笑道："因为爷爷说他很喜欢我，要亲自下厨给我做几道菜。"

颜晗惊讶得张大了嘴，不敢置信地问："爷爷说要亲自下厨？"

"对啊。"裴以恒双手插在兜里，两条长腿支在草坪上。

她伸出双手，轻声说："阿恒，你过来。"

裴以恒望着她软乎乎的模样，心底如同被暖暖的阳光照着，整个人都软了。他慢慢地走过去，颜晗搂住他的腰，低声说："让我抱抱。"

不知过了多久，裴以恒终于挣开她的怀抱，半蹲下来，目光与她平视。

他问："怎么了？"

颜晗觉得有点儿不好意思，于是转移了话题："你居然想当我爸爸？"

这又是什么话？别说裴以恒了，连颜晗自己都蒙了。

她不是这个意思，她只是想起刚才裴以恒说谁都代替不了她爸爸，但是他要照顾她那句话。

裴以恒望着手足无措的她，叹了一口气："我的意思是，谁都不能代替你爸爸。"

她咬着唇轻声说："不是还有一句吗？"

像是生怕裴以恒没听懂，颜晗又提醒道："就是你跟我爷爷说的那句话。"

裴以恒微微蹙了蹙眉："你偷听我们说话了？"

颜晗耳根微红，虽然她不是故意偷听的，不过她确实听到了裴以恒和爷爷的对话。

她微嘟着唇，心想，算了，他肯定是害羞了，反正她也亲耳听到了，即便他不是对着她说的，但也是为了她说的。

她正这么安慰着自己，对面的男人却勾唇笑了。

"往后余生，我会一直照顾你。"他看着她的眼睛，缓缓地说道。

"中兰杯"的第二轮比赛很快开始，这是裴以恒休赛之后第一次出战，不管是媒体还是棋迷，都十分关注。而且，他这次签运不算好，抽到了一名韩国四段选手，这位选手虽然并不知名，但是从"中兰杯"的预赛到正赛，都表现得非常出色。

之所以说裴以恒的签运不好，是因为他有个弱点，就是他时常会输给一些黑马棋手。他虽然可以连克三四个职业九段的棋手，却也会输给一些并不出名的选手。

这次抽签结果一出来，大家就都不看好他的签运。如果这次他抽到薛斐或者其他职业九段，他获胜的概率反而更大。毕竟他时常跟这些人对局，在战绩上占据极大优势。

看到抽签结果出来之后论坛上的评论，颜晗觉得很生气，因为有个人大放厥词，说如果裴以恒这次比赛能赢，他就把脑袋割下来。

"就算他把脑袋割下来给我当球踢，我也会嫌弃。"颜晗厌恶地说。

一旁的陈晨同情地望着她，伸手揽住她的肩膀安慰道："算了，颜颜，别看了。"

颜晗实在搞不懂这些网友的心思，说："这些人为什么这么想他输？"

陈晨认真地思考了下，说："或许是享受看见天才坠落的那种痛快感吧。虽然很多人都很平庸，但他们拒绝承认自己的平庸，觉得这个世界上没有天才，像裴大师这种人就是他们的眼中钉肉中刺，因为他不仅是天才，还长了一张好看的脸，你说，他能不引起公愤吗？"

"照你这么说，我还得替阿恒感到高兴，因为他足够优秀？"颜晗面无表情地说。

陈晨点头："对，就是这个意思。"

艾雅雅从手机上抬起头，问："颜颜，这次比赛你会去看吗？"

"不去。"

陈晨和艾雅雅立马转头望着颜晗，都不敢相信这是她说的话。

"这可是我们裴大师复出之后的首战，你真的不去看？"陈晨问。

"人家比赛呢，我去凑什么热闹？"颜晗硬邦邦地说。

其实她也想去，可是她怕自己会影响他。

陈晨"啧"了一声："你不会以为，你去看比赛裴大师就会分心吧？做什么美梦呢，你真当自己是妲己附体，能祸国殃民呀？"

颜晗到达拍摄地点的时候，还在纠结到底去不去看裴以恒的比赛。

今天拍摄的主题是青团，因为下个月就是清明节了。为了应景，颜晗这次的美食主题就是清明。说来也巧，本来今天天色阴沉沉的，没想到他们到达拍摄地点的时候，天空竟飘起了小雨。

颜晗经常来这里拍摄，知道有落地窗，镜头一打，就能拍出小雨飘然而落的美感。

因为大家配合得很好，第一条短片很快就拍好了。

颜晗过去看回放，这是她的工作习惯。当她看了一大半的时候，口袋里的手机突然振动起来。

邱戈倒是挺贴心的，冲她挥挥手："去接电话吧，我帮你接着看。"

"不好意思。"她冲着导演点了点头，走到一旁接起电话，"你练习结束了？"

裴以恒似乎在跟别人说话，过了一会儿，他才开口："嗯，刚结束。"

想到后天就要比赛了，颜晗叹了一口气。

裴以恒问："叹气干吗？"

她轻声说："你比赛加油。"

"你会来看吗？"裴以恒终于问了出来。

其实他本来没想到这么多，只是今天训练的时候，有位年轻棋手打趣地问他女朋友会不会来看他比赛，裴以恒才想起自己一直没问过颜晗这件事。

颜晗问道："你下棋的时候会想我吗？"

站在窗口捏着手机的人怔住了。程津南跟他说过，恋爱中的女孩子总是会问些奇奇怪怪的问题。

比如，她和妈妈一起掉进水里，他先救谁？又或者是副驾驶的位置应不应该只让女朋友坐？

裴以恒沉默了半晌，所以，这是新题型吗？

颜晗见他半天没回答，幽幽地道："我是怕你比赛的时候会因为我而分心，所以才不敢去看你的比赛。"

听到这话，裴以恒的一颗心总算落回了原处，他低笑了一声，说道："不会的，你来吧。"

颜晗没有回应，裴以恒想了半晌，轻声问道："颜颜，你不开心了？"

女朋友不说话，十有八九就是因为她不开心了。

颜晗听着他试探的语气，抿嘴笑了下。她希望他在比赛的时候比任何人都要专注。

颜晗知道，虽然有很多粉丝支持裴以恒、希望裴以恒赢得比赛，但也有很多人怀着恶毒的心思，想要看见他从神坛上跌落。

颜晗认真地说："阿恒，你一定要加油，我想看你拿冠军。"

裴以恒忍不住笑了："颜颜，现在才是十六强比赛呢。"

颜晗立即说："我可不是给你压力，我相信你。"

小姑娘软乎乎的声音透过电波传到裴以恒的耳畔，虽然看不见她现在的模样，可是她笑起来眉眼弯弯如月牙、浓密睫毛犹如蝶翼扑扇的样子，缓缓出现在他脑海中。

裴以恒垂眸，淡漠的眉眼间染上了一层温柔的光。

挂断电话后，颜晗便回去继续拍摄。

他们拍视频，每次会一次性拍摄一个月的量。因为今天的拍摄主题是清明，所以颜晗特别制作了青团。

青团是江南一带的传统小吃，古时是用作祭祀的食物。

颜晗把准备好的艾草拿出来，因为是美食视频，所以要把准备食材的每一步都拍出来。颜晗的视频一直注重传统，在制作青汁时，她也是利用传统的石灰水。

青嫩的艾草被放入大锅内，又放进石灰水蒸煮，这是为了去除艾草的苦涩味。

之后，她过滤掉石灰水，重新加入清水，把艾草煮烂，直至将清水煮成深绿色青汁。待青汁水煮熟之后，倒入糯米粉，然后将糯米粉搓揉成面团。

青汁是绿色的，揉面的时候颜晗试了几次，发现在镜头里呈现出的颜色都不太好看。

其实很多美食广告的拍摄并不是用真正的食物，而是利用各种道具呈现出最终的效果。不过颜晗拍的是美食视频，并非广告。她是跟粉丝分享这道美食的制作过程，并非单纯地追求好看，所以并不需要弄虚作假。

导演见她皱眉，便问："书沉老师，你觉得不好？"

"我再试一下吧，抱歉，给您添麻烦了。"颜晗微微颔首。

导演并不在意，因为他拍摄的费用都是按天计算。他笑着说："我也跟其他美食博主合作过，您是最认真的。"

说起来，这个导演还是颜晗捧红的，她一直跟这个导演合作，因此，当她红了之后，不少业界拍摄美食广告或者美食视频的人爱找这个导演合作。

导演拍得多了，自然也看得多了，清楚有些美食博主并不是真正地在分享美食，纯粹是为了出名。不过，做网红想出名很正常，反倒是颜晗这样的才是另类。

这么个漂亮的姑娘，却不愿意在拍视频的时候露脸，也是奇了怪了。

视频拍完后，颜晗正和助理闵静说着话，一个人从门外走了进来。

"哟，这都拍完了呀。"来人的声音有些尖细。

邱戈回头一看，登时皱起眉头，不过转瞬他又笑道："马克，你怎么来了？"

颜晗抬头看了那人一眼，觉得有点儿眼熟。她低声问："这个人是谁啊？"

闵静惊讶地望着她，低声说："老大，你没开玩笑吧？你不认识他？"

颜晗笑了下："我必须认识这个人吗？"

闵静道："这是咱们公司的总监，姚马克呀。咱们公司的好多网红是他带的，而且，据说最近公司有意转型成为娱乐公司，所以正在招练习生，这也是他负责的。"

颜晗点头。

邱戈手底下也有几个网红，不过都不怎么红，唯一一个拿得出手的就是颜晗，但她为人低调，又没什么上进心，所以邱戈在公司里一直被姚马克压了一头。

姚马克走来打量了颜晗一番，幽幽地叹道："书沉老师可真是神秘，别说公司那些艺人，就连我都很少见到。"

他一挑眉，颜晗就想起来了，她确实见过这个人，只不过上次见面的时候，她看见的还不是这张脸。

颜晗看着他过分突起的山根和微尖的下巴，忍不住感慨，整容确实厉害呀，之前她见到的姚马克还有点儿朴实，如今已完全变了一个人，难怪她刚才没有认出来。

颜晗点头："你好，姚总。"

"叫什么姚总。"姚马克"扑哧"笑了，随即又认真地打量着颜晗，幽幽地叹了一口气，"书沉老师，其实我真替你感到可惜，像你这样的小美人儿……一直不露脸，多可惜啊。"

颜晗被他那拖着长调的声音弄得浑身发毛，鸡皮疙瘩都起来了。她强忍着颤抖的欲望，冷淡地道："我习惯了。"

姚马克本不是专门为颜晗而来，他只是听说书沉在这里，平时又很少见她去公司，于是就想过来聊聊。

于是他不再拐弯抹角，笑着说："书沉老师，之前你做的公益直播反响挺好的，咱们想给你打造一个首次露脸直播的活动。好几家直播平台对你感兴趣，在挑选合作平台的时候，咱们会尊重你的意见。"

尊重她的意见？颜晗被姚马克这句话逗乐了，她干脆地道："如果真的尊重我的意见，我现在就可以给你意见，哪家我都不签。"

颜晗当初提出的签约条件很苛刻，比如录制视频不露脸，不参加直播，也不参加线下活动，等等。跟邱戈签约之后，她在收入分成上做了让步，不过这并不代表谁都可以对她指手画脚。

听到这话，姚马克的一张脸瞬间变了颜色，本来他觉得自己这是礼贤下士，谁知颜晗这人敬酒不吃想吃罚酒。

于是他指着颜晗，拉下脸怒道："我告诉你，不听话的人我见得多了，都被我治得服服帖帖的。你别以为你是个名人，有好几百万的粉丝就了不起。"

邱戈见两人快要吵起来了，赶紧出来打圆场："马克，这件事咱们不是说好了，我会跟她沟通的，你何必这么着急？"

姚马克白了他一眼："你来处理？这都几年了，她既不出镜，也不参加别的活动，你还这么纵容着，她真以为自己是个大小姐啊？"姚马克睨了颜晗一眼，不屑地道："若是觉得自己是小公主，就别出来干这行。"

几个工作人员闻言，都有点儿尴尬。

颜晗很生气，但她越生气就越冷静。她觉得自己犯不着跟这种人生气，否则会把自己的情商和智商都拉低到对方的高度。

因此，颜晗准备转身离开。

姚马克气坏了，当即冲邱戈发火："我看你真是越来越没长进了，说起来咱们还是同一年进公司的，你瞧瞧你手底下那几个臭鱼烂虾，我都替你觉得丢人！"

邱戈虽然脾气急，但他尊重颜晗，但凡颜晗不想做的事情，他都会替颜晗兜着。颜晗之所以能做这么久的美食博主，也是因为觉得邱戈很不容易。现在姚马克骂邱戈，就是欺负她的人，所以颜晗又转身回来了。

她在姚马克面前站定，淡淡地望着他："要是你觉得我什么地方做得不好，可以直接以公司的名义跟我解除合作关系。你要是趾高气扬地让我接受你的命令……你算什么？"

看着这样的情形，一旁的小助理闵静头皮都快发麻了。

颜晗不常待在公司，所以没什么感觉，可她天天上班，看惯了姚马克在公司里作威作福的模样。每次姚马克对邱戈明嘲暗讽的时候，闵静都在心里骂他一顿。

"还有，现在混得好不代表你一辈子都能压着他，说不准过几天你就得叫他爸爸。"颜晗不屑地道，心想，就这么点儿战斗力，还跑过来耀武扬威，瞧不起谁呢？

邱戈望着颜晗，一时间心情复杂。

邱戈知道颜晗这是在为他出气，他心里很高兴，但是颜晗太不懂世道艰险了。姚马克这种小人，说实话他也不喜欢，可是那又能怎么办？姚马克不仅在圈内很厉害，而且在公司里他也算是上司，颜晗这么维护他，只怕是要被穿小鞋。

邱戈想着他是该和颜晗一样羞辱姚马克一番，还是稍微缓和一下氛围。他正犹豫着，颜晗突然笑了："还不走，难不成你真想叫他爸爸？"

邱戈看着气得脸色发青的姚马克，知道这梁子是结下了，于是他说："算了算了。"

姚马克像个受尽了委屈的小媳妇，尖声说："你说算了就算了？就算你现在道歉，我也不接受。"

邱戈愣了一下，随即淡定地说："我是想说，比我还老的儿子我就不要了。"

上车后，颜晗拿出手机打开网页，突然听到旁边传来一声幽幽的叹息。

邱戈叹到第三声的时候，终于忍不住对颜晗说："你就不能看我一眼吗？"

颜晗抬起头，看了他一眼，真的只是一眼，然后又低下了头。她正在钻研机票和酒店，一番纠结之后，她还是想去看裴以恒比赛。

十六强比赛，对于久经赛场的裴以恒来说稀疏平常，不过，这是他们在一起之后，颜晗第一次亲眼看到他踏上围棋赛场。

"你是心大，还是真的一点儿都不在乎？"邱戈问她。

坐在后排的闵静凑过来说："老大，邱哥的意思是，姚马克特别小心眼，你这次把他得罪了，他很可能会给你穿小鞋的。"

颜晗毫不在意地道："所以他打算怎么报复我？曝光我的黑历史？"

颜晗认真地想了想，她有黑历史吗？

闵静激动地说："老大，你今天真的帅爆了，简直气场全开啊！"

虽然平时"老大老大"地叫着，可闵静还是觉得颜晗就是个温和又低调的小姑娘，脾气还好。今天她护短的时候简直是气场全开，特有女王范儿。

颜晗挑眉："真的？"

"当然了，特别帅，我当场都想跪着唱《征服》了。"

颜晗的手指在屏幕上滑了下，淡然地道："下次吧。"

邱戈一听，头皮都炸了："还有下次？你还要教训谁？"

颜晗想了下，平静地说："我这个人虽然脾气挺好的，但谁要是觉得能随便欺负我，我一定会让他后悔。"

颜晗终于确定了机票，司机把她送到了楼下，她回去后便开始收拾东西。

好在大三下学期的课程她差不多快修完了。她们系里曾经有个厉害的人，在大二的时候便修完了大学四年的课程。颜晗在大三修了大部分课程算是正常的，毕竟到了大四，很多人要么准备出国读书，要么准备考研，再不济也应该要实习了。

颜晗所坐的飞机晚点了。

十六强比赛从早上十点正式开始，没有午休时间，选手会下到整盘棋结束。对于选手而言，比赛不只是脑力运动，更是体力运动。

早上，所有选手一起到达了赛场。媒体记者早已经等候多时，选手一出现，闪光灯就接连亮起。场外不仅有媒体，还有从各地赶来的粉丝。几个脸上贴着卡通头像的小姑娘，在看见裴以恒的时候开心地尖叫起来。

薛斐见状，冷笑了一声。

简槿萱作为唯一的女棋手，本就备受瞩目，现在跟裴以恒走在一起，更加引人关注。

裴以恒没往外面看，反倒是简槿萱环视了一圈，笑着问："小姑娘没来看你比赛？"

"师姐。"裴以恒淡淡地道，"你的对手是安永浩八段，他前段时间取得了八连胜。"

简槿萱本来想戏弄裴以恒一下，没想到被他戳中心窝，她面无表情地说："哦，谢谢你提醒。"

两人进入比赛场地后，就见偌大的场地里整整齐齐地摆着八张桌子，是给十六位对战棋手准备的。

"中兰杯"十六强选手中，只有简槿萱一位女棋手。在现场这么多男棋手中，穿着白色西装的她显得高傲又醒目。

“师姐，加油。”裴以恒看着她道。

简槿萱愣住了，回头看了一眼裴以恒，这不是她第一次跟裴以恒一起参加比赛，可是之前他从未跟她说过这句话。以前的裴以恒只专注于围棋，犹如一台冷冰冰的机器。

如今的他似乎真的变了。

简槿萱微微抬了抬下巴：“你也加油。”

上午十点整，比赛正式开始。

第六章

这就是我的愿望

颜晗赶到比赛现场的时候，不少人正坐在外面等着。颜晗手上还拖着行李箱，她遇到了航空调配，整整耽误了四个小时，所以这会儿才赶到。

颜晗戴着帽子，故意压低了帽檐。她看了一眼手表，比赛应该已经进行两个小时了。

一旁有几个年轻人在等着，看起来像是记者。颜晗小心翼翼地凑过去，打算偷听一下现在的战况。

只听有个人说："我看韩书白这次晋级八强最轻松。"

"薛斐也是，目前他领先的优势还挺大的，他中盘太过凌厉了。"

颜晗在心底暗暗喊道：裴以恒呢？

这时，另外一个人又说："没想到简槿萱的棋力进步这么大，看来这次她又能突破十六强，真不愧是国内第一女棋手。"

几人聊得起劲，可谁都没提到裴以恒，颜晗在旁边急得直跺脚。

突然，一个小姑娘的抽泣声传来，吓了偷听的颜晗一跳。

另一个人拍了拍哭着的小姑娘，安慰道："不要担心，他不一定会输。"

"就是呀，咱们裴九段又不是没过过大逆转的棋。"

颜晗望着脸上贴着卡通贴的小姑娘，仔细看了看那张卡通贴，竟是裴以恒的人物卡通图。他要输了？

"哎，裴以恒这次应该是凶多吉少了。"

"到底是离开了赛场半年，他还是太任性了。虽然之前不少人不看好他，可我仍相信他，没想到……"

听到这里，颜晗赶紧拿出手机，她知道像这种比赛，各大围棋论坛还有贴吧都会有人讨论。

果然，她在网上看到了目前的局势。裴以恒执白棋，他的对手是一位韩国四段选手，韩国选手执黑棋，如今的局势竟是黑棋占据明显优势。

"韩国选手的黑子领先太多了吧，虽然他比裴以恒用时长，可是布局很稳。"

"完蛋了，裴以恒总是输给不知名棋手的毛病又犯了。"

"这位韩国四段的成名战要来了。"

颜晗刷了半天评论，猛地收手。

此刻，一旁的小姑娘已经安静了下来，但大家看起来都很焦虑。颜晗干脆松开箱子，像旁边小姑娘一样席地而坐。

不知过了多久，突然，一道小小的声音响起："要喝水吗？"

颜晗一愣，转头一看，是脸上贴着卡通贴的一个小姑娘。她将一瓶水递过来，水瓶上面也贴着裴以恒的卡通贴。

颜晗伸手摸了下，笑了起来。

小姑娘开心地说："我就说你肯定也是小裴的粉丝。"

颜晗一愣，就听小姑娘压低声音说："现场好看的小姑娘都是喜欢我们裴九段的。"

颜晗环视了一圈，其实来到现场的棋迷并不多，毕竟围棋比赛的用时太长了，等在现场的大多是媒体记者。要说好看的小姑娘，还真就只有她们这几个。

"谢谢。"颜晗强忍着笑意道。

小女孩可爱又活泼，头发上还别着一个草莓发卡。

颜晗转念一想，这么可爱的小姑娘是来看她的阿恒的，她心里又有点儿不是滋味。

过了一会儿，颜晗问那个小姑娘："棋手都不午休吗？"

"不午休。他们真的特别辛苦，比赛从早上十点开始，一般会持续到下午两三点。比赛场里提供水和零食，饿了就吃点儿，渴了就喝点儿。"

小草莓皱眉，一副心疼的表情。

围棋就是这样，有些棋手甚至在比赛结束后直接昏了过去，更有棋手到了需要吸氧的地步。

比赛还在进行。

有个人从媒体室里走了出来，走到颜晗左边的沙发边，那里坐着很多媒体人。

"现在怎么样？"大家焦急地问。

"薛斐和韩书白都快进入收官阶段了。"这两人今天一直处于领先的局势，很稳定。

有个人着急地说："裴以恒九段呢？"

"进入长考阶段了。"

虽然这句是围棋术语，但颜晗听懂了。

长考，顾名思义就是长时间的思考，在围棋没有规定时间之前，也就是棋圣吴清源那个时代，有时候思考一步棋需要几个小时，甚至一整天。到现代围棋后，一旦进入长考阶段，走一步棋也会思考十几分钟甚至几十分钟。

因为对手在前半段下得格外谨慎，目前裴以恒剩余一个小时，遥遥领先于对手。

颜晗轻吐出一口气，双手紧紧握住，就在她闭上眼睛准备祈求上苍时，现场突然起了一阵骚动。

她睁开眼睛，就见一脸意气风发的薛斐走了出来。

他赢了。

薛斐的对手投子认输了，因此，他成了第一个晋级八强的人。之后的半个小时，陆续有棋手离开比赛场地，最后还剩下两个人。

谁都没想到，不过是一场十六强比赛，竟如此焦灼。

"这场比赛可真够漫长的。"不知是谁感叹了一句。

不过到了现在，谁都不再着急，因为赛场上的裴以恒正一点点地扳回局势。在谁都不看好他的情况下，他依旧不认输，一点点将本来已经站在悬崖边上的自己拉了回来。

终于，赛场大门再次打开，众人一下子躁动起来。

"出来了，出来了，裴九段赢了！"小草莓开心地喊道，她伸手扯了扯颜晗的衣袖，笑着说，"走啊，咱们去要个签名吧，裴九段人可好了。"

旁边的几个小姑娘已经冲了过去，颜晗也想站起来，可是她盘腿坐了太久，两条腿一点儿知觉都没有了。

小草莓虽然着急要签名，但并没有扔下颜晗，反而蹲下来给她捏了捏腿，关心地问："现在好点儿了吗？"

颜晗望着小姑娘可爱的模样，心里很感动。

她差点儿都忘记了，她来这里不是为了交朋友，而是来看男朋友比赛的。

这时，周围忽然嘈杂起来。

颜晗看见穿着一身黑色西装的男人缓缓地走过来，走到她面前，垂下眼眸，望着坐在地上的她。

小草莓已经呆住了，这是她第一次距离裴九段这么近。

在众目睽睽之下，裴以恒蹲下身去，看着颜晗，轻叹了一口气："要我抱你吗？"

周围的人都惊得张大了嘴，纷纷看向他们。

记者和粉丝都知道裴以恒的性格，他是个连跟粉丝拍照都不会搭着人家肩膀的人，现在竟然主动要求抱一个小粉丝？

颜晗戴着帽子，身边还竖着个箱子，大家都以为她是个狂热的小粉丝，为了心爱的裴以恒九段不远千里跑来，坐在这里等了好几个小时。

裴九段好心抱她好像也说得过去？

反而是颜晗自己，本来腿就麻了，这会儿更是整个人都僵住了。

她想强撑着站起来，可是腿一动，那股麻劲儿简直钻心。

"你真没事？"小草莓担心地问。

颜晗摇头，装作一副淡然的模样："我没事。"

谁知她刚动了一下腿，整个人就往前倒去，正好倒向了裴以恒。

裴以恒径直接住了她，又是一声无奈的叹息。

颜晗简直想把脑袋埋进地里，恨不得立刻消失在所有人面前。她又低了低头，鸭舌帽的帽檐把她的脸全遮住了。她微微松了一口气，现在谁也不知道她是谁了。

也不知道是谁突然笑了，说道："小姑娘要好好谢谢裴九段，人家这么热心帮你。"

裴以恒微微抬起头，轻声说："不用谢的。"

不知是不是因为刚经历了一场漫长的比赛，裴以恒脸上并没有以往那种淡漠，反而有几分呆萌，他又说了一句："她是我女朋友，专门来看我比赛的。"

这下不仅几个粉丝蒙了，连正围着他的记者也蒙了。

女朋友专门来看他比赛？他这是在炫耀吗？

颜晗本来以为自己能假装一个路人甲，蒙混过关。毕竟在地上坐到腿麻，不小心扑到裴以恒身上这么蠢的事情，真的不太适合作为裴以恒九段的女朋友第一次亮相时做。

她也是要面子的呀。

颜晗欲哭无泪，而等着采访裴以恒的记者却激动疯了，有人甚至拿出录音笔准备采访了。

好在工作人员及时赶过来，八强选手已全部决出，新闻大厅马上要进行八强比赛的抽签，八强选手都要出席。

裴以恒一只手握着颜晗的手，另一只手拉着她的行李箱，问："腿还麻吗？"颜晗摇头。

"你先去休息室等我吧。"裴以恒道，随后又转向工作人员，"麻烦你带她去休息室，我可以直接去新闻厅。"

工作人员一听，赶紧点头。

临走的时候，裴以恒转头对几个小姑娘说："你们是想要签名吗？"

几个小姑娘本来以为要等到八强抽签结束才能拿到签名，这会儿有点儿蒙，但不少人还是赶紧点头，把签名本拿了出来。裴以恒签得很快，字也写得格外漂亮。

签完后，他微微抬起眼睑："早点儿回家，太晚了不安全。"

小草莓激动地数着："'早点儿回家，太晚了不安全'……一共十一个字呢，裴九段居然跟我们说了十一个字！"

裴以恒一向话少，记者每次采访他，都要绞尽脑汁让他多说几个字。

有个人问："刚才那个女生真的是裴九段的女朋友吗？"

"应该是吧。"小草莓点头，感慨道，"我就说哪里来的那么漂亮的小仙女。"

"之前我还说绝对不同意裴九段谈恋爱，可是那个小姐姐太漂亮了，我同意了。"

"对呀对呀，还有，刚才裴老师说要抱她，你们看见小姐姐的脸红了吗？"

"她真的一点儿架子都没有，跟我们一起在这里等，也没有影响小裴比赛。"

一帮小姑娘本来对有人独霸裴以恒很不开心，可一想到是刚才那个小姐姐，好像也能理解了。毕竟两个那么好看的人谈恋爱，真的是一件让人欢喜的事情。

颜晗还不知道，就因为她陪着几个小姑娘坐了几个小时，她们就改变了对她的看法。她被工作人员带到了休息室，前面就是新闻厅，不少人正往那边赶过去。

她实在觉得无聊，于是小心翼翼地站起来，跟着几个记者一起到了新闻厅。

新闻厅很大，晋级八强的选手已经落座。颜晗一眼就瞧见了简槿萱，作为唯一一个晋级八强的女选手，她非常显眼。颜晗拿出手机，偷偷拍了一张简槿萱的照片，随后用微信发给了颜之润。

颜之润没有立即回复，估计在忙。颜晗有点儿惋惜，她倒是挺想看看她哥的反应的。

就在颜晗低头看手机的时候，整个新闻厅突然喧闹了起来。她抬起头，便看到裴以恒从门外进来，闪光灯将整个新闻厅照得发白，连站在后面的颜晗都觉得有点儿晃眼。

裴以恒淡定地走到他的位置上坐了下来，镁光灯再次不断闪烁，他则安静地坐在那里，周身笼着银光。

虽然发布会的主要目的是抽签，不过主办方给记者留足了时间，让他们能一一向选手们提问。一轮提问下来，颜晗发现大部分记者的问题冲着裴以恒去了。

简樘萱作为女选手，是第二受关注的选手。

此时，一个记者问："裴九段，这是您复出后的第一场比赛，想过会这么艰难吗？"

"我不会在比赛开始之前预想任何结果。"裴以恒淡淡地说。

那个记者不死心，又问："您今天是逆转取胜，有想过是什么原因吗？"

颜晗望着握着麦克风的男人，他面无表情地坐着，整个人看起来很沉闷。听到这句话后，裴以恒眉头微蹙，过了几秒，他才道："因为对手很厉害。"

一句话堵得记者哑口无言。

提问继续进行，颜晗的手机突然响了，她没接，挂掉了。没一会儿，对方发来了微信消息。

宇宙第一好哥哥："你在哪儿？"

这个备注是颜之润过年喝多了，强行让颜晗改的，后来她也忘了改回来。

颜晗不紧不慢地回复："你猜。"

宇宙第一好哥哥："你去看她比赛了？"

颜晗抿了抿嘴，她哥哥这是明知故问。

颜晗："准确地说，是来看我男朋友比赛。"

过了一会儿，颜之润才回复："赢了吗？"

颜晗："给我发个红包，我就告诉你。"

此时，提问环节结束，主办方开始准备抽签仪式。颜晗看了台上一眼，待她再低头看手机时，就看到了一个转账数字。

颜晗："赢了。"

消息刚发过去，对面就回了个"冷笑"的表情，然后就再没动静了。即便颜晗告诉颜之润，简槿萱抽到了目前世界排名第一的韩书白，颜之润都没再回复。

裴以恒抽到了国内选手，也是一位年轻选手。

颜晗对那个人不熟，不过她偷听到了旁边记者的讨论。

"裴以恒九段这次的签运不错，他跟柳洋的交手纪录是三胜零负，柳洋还没从他手里获得过一胜呢。"

颜晗开心地笑了，再看向前面的人时，发现裴以恒的视线也落在了她这边，显然已经看见了她。颜晗左右看了一眼，最终举起手，拇指捏着食指，做了个"比心"的动作，做完又偷偷摸摸地左右望望，还好没人发现。

于是她胆子更大了，干脆举起双手，手肘压在胸口，手腕微微前后摆动，"小心心"一个又一个地冲着他飞过去。

裴以恒本来正跟其他几个选手站在新闻板前拍照，看见颜晗偷偷摸摸的小动作后，他先是一愣，随即笑了起来。一旁的简槿萱听到他的动静，转头疑惑地看了他一眼。

裴以恒微垂下眼睑，再抬起头的时候，发现站在后面的小姑娘虽然被前面的人挡住了半个身子，可还在执着地冲他比心，生怕他看不到。他嘴角微弯，勾起一抹笑，本来没有表情的脸仿佛冰雪消融，笼上一层暖意，带着说不出的宠溺。

简槿萱顺着他的视线看过去，就见颜晗正在努力地冲着他挥手。

她忍不住说："你媳妇疯了吗？"

裴以恒嘴角微动，声音几不可闻："是可爱疯了。"

她可爱，他疯了。

颜晗是在发布会结束之前离开的，记者们都忙着关注八强选手，没有人注意到她。她悄悄地离开新闻厅，回到了休息室。

想到刚才那一幕，她坐在沙发上笑了起来。现场那么多人，两人搞得跟偷情似的。

颜晗想着想着，不禁捂住了脸。这时，休息室的门被推开了，颜晗转头看过去，就见一身正装的裴以恒正站在门口。

"结束了？"她问。

裴以恒转身关上门，还顺手反锁了。

看着他这一连串的动作，颜晗有点儿傻眼。

裴以恒走到她面前，抬手捧住她的脸颊，俯身吻住她的唇。说是吻，又有点儿咬的意思，颜晗微微吃痛，张开了嘴。几秒后，她微仰起头，主动抱住了他。

室内的温度越来越高，外面突然传来了拉门的动静，一个人疑惑地道："这间休息室的门怎么锁起来了？"

"算了，用另外一间吧。"另一个人说道。

颜晗紧紧地抱着裴以恒，整个人都僵住了。直到外面的人离开之后，她才松了一口气。她睁开眼睛看向裴以恒，见裴以恒也正看着自己，两人不约而同地笑了。

裴以恒低头在她额头亲了一下，低声说："我还以为你不来了呢。"

"我早上起很早赶飞机，结果飞机延误了。"颜晗有点儿不爽，嘟囔着，"我都没看见你进入赛场的模样。"

颜晗看过裴以恒以前比赛的视频，他一个人从走廊的尽头缓缓走来，伴随着闪烁的镁光灯，说不出的震撼。

裴以恒捏了捏她的下巴："那你怎么不昨天过来？"

颜晗故意说："你没看见我，是不是特别失望？"

其实裴以恒以为颜晗今天不会来了，毕竟他在入场前没有见到她。裴以恒是那种赛前不会想太多的选手，也就是俗称的"大心脏"。但今天入场前，他环视了一圈，没看见颜晗，心底确实有点儿失望。

颜晗见裴以恒不说话，心里"咯噔"一下，低声说："你不会是被我影响了吧？"

裴以恒见她脸上露出惶恐的神色，点了点头，叹了一口气。

颜晗这下真被吓住了，对她来说，没什么比裴以恒赢下比赛更重要。

"我、我……"颜晗磕磕巴巴地开口。

裴以恒看她这样，立即说："我逗你的，跟你没关系。"

颜晗抬眸，眼巴巴地看着他，满眼控诉。

见颜晗似乎真被吓着了，裴以恒贴着她的脸轻轻地蹭了一下。过了会儿，裴以恒看着颜晗，认真地说："颜颜，不管以后谁跟你这么说，你都不要相信。"

颜晗茫然地望着裴以恒。

裴以恒抬起双手轻轻蒙住她的眼睛："我的比赛只跟我自己有关，输了就是我下得差。不仅仅是今天，无论什么时候，我输棋都跟你没关系，谁跟你说你影响了我，都是胡说八道。"

裴以恒虽是第一次谈恋爱，但是他很小就成为职业选手，所以见多了这种事。一些选手下棋输了，他们的另一半就会成为媒体和粉丝攻击的对象，特别是一些顶级选手，这种情况曾发生过很多次。

裴以恒跟颜晗这么说，是希望她以后不要把他输棋的责任揽在自己身上。颜晗眨了眨眼睛，踮起脚，亲了亲他的下巴："我没你想的那么脆弱。"

"你只是个普通的学生，跟我在一起一定会被别人关注。我怕你被别人的言论影响，毕竟你从来没经历过这些。"裴以恒叹了一口气，轻声说道。

颜晗闻言，瞬间愣住了。

她是不是应该告诉他，其实她并没有他想的这么弱不禁风，对于如何面对那些质疑，她甚至比他更有经验？

然而话到嘴边，颜晗还是没有说出口。

如果突然跟他说，自己是个有几百万粉丝的美食博主，会不会显得有点儿嘚瑟？

颜晗正纠结着，休息室的门再次被敲响了。

简槿萱的声音传来："阿恒，如果你再不出来接受采访，这帮记者恐怕会冲进来。"

裴以恒打开门，简槿萱站在门口冲颜晗挥了挥手："弟媳妇，你好呀。"说完，她还歪头思考了一下："我这么喊没错吧？"

颜晗看了看她，点点头："没错。"

一旁的裴以恒反而愣住了。

他回头看着颜晗，瞧见她一脸正气的样子，不由得笑了。

说实话，他现在都快要搞不清楚颜晗的性格了。说她脸皮薄吧，她又能理直气壮到理所当然的地步；可有时候说了没两句，她又能脸红到脖子根儿。

连裴以恒都不知道，下一次她会有什么反应。

喜欢上这么一个姑娘，每天都很新鲜。

对于裴以恒这种太过沉稳的人来说，颜晗就像个大宝藏，光是猜她的反应，就让他觉得其乐无穷。

颜晗完全不知道裴以恒此刻的想法，她笑着说："简姐姐，恭喜你又晋级八强。"

"谢谢。"简槿萱笑眯眯地说，突然想起什么，望着颜晗眨了眨眼睛，"下次什么时候请我吃饭？"

颜晗微怔，简槿萱解释道："上次你做的菜特别好吃。"

"随时，只要你愿意，随时给我打电话。"颜晗笑道。

说着，两人便交换了手机号码。

因为裴以恒要接受媒体采访，所以颜晗继续在休息室等他。

裴以恒从采访室出来的时候，正好碰到了棋院的教练汪建。虽然每个选手都有自己的老师，但棋院也像其他国家队那样，配置了专门的教练。

汪建把裴以恒拉住，走进了旁边的休息室，中国队的几个选手都在。

"主办方准备了晚宴，你们谁要是有空，就都去参加。"

韩书白第一个举手："教练，我没事。"

薛斐坐在角落里玩手机，他抬起头道："我也可以参加。"

其他人也都一一应承了，汪建点头："那行，大家先回去休息一下，晚上七点酒店见。"

这时，裴以恒开口道："抱歉，我女朋友来看我比赛，晚上我想跟她一起吃饭。"

虽然大家多多少少知道一点儿他女朋友的事，但这还是裴以恒第一次亲口说出来。汪建道："晚宴还邀请了不少记者和工作人员，要不你让她一起去？"

"她有点儿害羞。"

颜晗没有订回去的机票，裴以恒的下一次比赛是在一周后，两人没有立即返回 A 市，而是准备留在当地逛一逛。

颜晗查了查当地的景点，发现有一座佛寺非常有名，而且据说这阵子里面的樱花正开得繁盛。

一大清早颜晗就醒了，她愣了一会儿后，才掀开被子爬了起来。

颜晗打开箱子，虽然她本来只打算待两天，可她还是准备了好几套衣服。她选来选去，最终选了一套甜美风格的。

白色衬衫的领口有一根黑色带子，带子可以系成一个蝴蝶结，下装是一条黑色短裙，里面搭着连体裤，虽然裙子还没到膝盖，但丝毫没有走光的风险。

穿上衣服后，她又赶紧扎头发，弄了半天，最终梳成了丸子头。

本来就是看不出年纪的姑娘，现在一打扮，更像个高中生，以至于裴以恒站在门口看见她时，都有点儿惊讶。

他的视线从颜晗的腿上滑过，她穿了一双运动鞋，白袜子只到脚踝，从脚踝到裙子这一段腿是光着的。

裴以恒抬眼，看着她：“你不冷吗？”

颜晗幽幽地叹了口气——直男真是凭实力单身。

难道他看见她的第一眼，不应该是觉得惊艳，然后夸赞她好看吗？

“早上山上的气温挺低的，你换一件衣服吧。”裴以恒说完，见颜晗没有动，他又伸手摸了摸她的头发，哄道，“乖，这么穿不行。”

最后，颜晗被裴以恒拉回了房间，他打开她的箱子，找出一条黑色长裤，递给她：“这条裤子不错。”

颜晗站在原地不动。

裴以恒也不生气，懒懒地说：“要不，我帮你换？”

颜晗闻言，立马转身逃进了洗手间，把短裙换成了裤子。临走的时候，裴以恒还拿上了她的外套。

两人打车过去，司机大叔很健谈，他们一上车就问他们是不是从外地过来玩的。

颜晗点点头，问司机大叔那座寺庙求什么比较灵验。

司机大叔从后视镜里看了他们一眼，"嘿嘿"笑道："小姑娘，别说，你们这样的小情侣还真来对了地方。那座寺庙求姻缘可灵验了，在我们这里特别出名。"

颜晗立即问："求事业灵验吗？"

"都可以求，不过求姻缘比较灵。"司机大叔"呵呵"一笑，聊了一会儿，有点儿疑惑地道，"小姑娘，你男朋友是哪里人？怎么看着有点儿眼熟？"

颜晗看了裴以恒一眼，笑道："可能因为他是大众脸吧。"

这句话惹得司机大叔哈哈大笑："你男朋友这么帅，哪里是大众脸。"

颜晗冲着裴以恒眨了眨眼，黑澄澄的狐狸眼里闪过一丝狡黠。

到了山脚下，颜晗和裴以恒下了车。他们来得很早，不知道是不是因为今天是周末，游客并没有他们想象的那么多。出租车没办法开到寺庙门口，他们便下车走了一段路。

清晨的山上空气很清新，呼吸一口，便觉神清气爽。寺庙建在半山腰上，放眼望去，周围都是一片片绿色。正值三月，草长莺飞，一派勃勃生机的景象。

颜晗和裴以恒也不着急，悠闲地漫步在山道上。

路上的游客不时停下来拍照，有几位中年阿姨脸上都挂着灿烂的笑容，双手拿着纱巾，迎着风做出各种姿势。

颜晗歪头问裴以恒："你有什么想求的吗？"

裴以恒想了下，点了点头。

颜晗登时来了兴趣，她掰着指头道："我想求的挺多的，希望爷爷身体健康，希望哥哥赶紧结束单身……"

作为颜明真眼里的大龄剩男，春节的时候颜之润又被拉去相亲了，不过任由颜明真如何说，他都岿然不动。

颜晗伸手握住裴以恒的手掌，手指扣在他的手指间："还有，希望我的阿恒能拿到冠军。"颜晗将下巴搁在他手臂上，轻声说："我们裴九段有什么心愿啊？"

裴以恒："不告诉你。"

被自己的男朋友呛了的颜晗一下愣住了。

她一路沉默着走到寺庙门口，突然挡住了裴以恒即将踏上台阶的那只脚。颜晗不满地看着他："你不告诉我你打算许什么心愿，我就不让你进去。"

裴以恒挑眉，懒洋洋地笑了一下。他嘴角微微勾起，整个人往前倾，凑近颜晗低声说："真不让开？"

这会儿寺庙门口没什么人，颜晗正好借机跟他耍无赖，她伸手做出拦截的姿势，很坚定地点头："不让。"

她话音刚落，裴以恒便微微抬起头，嘴唇贴上她的唇。

颜晗没想到裴以恒竟敢在大庭广众之下干出这种事情，整个人像是被电击了一样猛地跳开。她瞪大眼睛，灵动的黑眸里闪过一丝惊慌。

做了坏事的人却意犹未尽似的伸出舌尖，轻轻舔了一下唇瓣。

颜晗还在发呆，裴以恒已经像没事人一样径直越过她，迈上台阶往上走了。

颜晗回过神，追了上去："你……"

裴以恒闻声转头，吓得她又往后退了两步，他不由得低声闷笑。

颜晗恼火地说："你这个人怎么回事？"

说完，她不再搭理他，一个人往前走。

寺庙里面很干净，正中央有个很大的铜鼎，铜鼎前面摆着好几个给游客插香的炉子。

他们进来的时候，寺庙送了三炷香，颜晗率先走过去，借着火苗点燃了手里的香。她偷偷看了一眼周围，见大家手里握着点燃的香，朝四个方向恭敬地拜了拜。于是，她也很认真地跟着拜了拜。

裴以恒则将香直接插在了炉子里。

"还生气呢？"裴以恒走过来，伸手拉住要走的人。

颜晗摇头："没有。"她眨了眨眼，终究没忍住，说道："刚才你应该拜一下的。"

裴以恒低笑："心里虔诚就好。"

颜晗愣了下，裴以恒牵着她的手往大殿走去，两人顺着大殿一直往后走，直到走到一棵树下，树上挂满了红布条。

每根树枝上都挂满了红布条，红布条迎风招展，她心想，难道这就是传说中的姻缘树？

随后，她看见一个和尚坐在树下，面前摆着笔墨纸砚，旁边是红色布条。

"两位施主，是想求姻缘吗？"和尚笑眯眯地问。

颜晗点头。

"一条姻缘布八十八元，老僧可以帮忙写上两位的名字。"

颜晗听完，心里第一个念头就是：刚才那个司机大叔该不是寺庙的托儿吧？就这块布条，外面市价一块钱她都嫌贵，就因为写上了两人的名字，就敢卖八十八？

在颜晗发愣的时候，裴以恒开口问："我可以自己写吗？"

和尚显然没遇到过这种要求，一时没反应过来，等回过神来，他笑着点头道："当然可以。"

颜晗没想到，成熟、稳重又聪明的裴大师居然也上当了。她赶紧拉了拉他的衣袖，低声说："阿恒，这都是骗人的。"

裴以恒伸手摸了摸她的脑袋，把她拉到桌子旁边。他伸手拿起毛笔，待松软的毛笔头吸满了黑色汁液后，他提笔落在红布条上。

颜晗站在一旁，只见他手腕微动，运笔如行云流水。

那老和尚都有些看愣了，没想到这么个年轻小伙子竟写得一手好字。

裴以恒微抿着嘴，一脸认真。直到他停笔，直起腰板，颜晗才朝红布条上看去，待看清红布条上的字，她就愣住了。

他低笑一声，道："你不是想知道我的愿望吗？这就是我的愿望。"

清风拂过，本来被压住的红布条尾端轻轻飘起，布条上的字清楚可见——裴以恒，颜晗。百年好合。

第七章

这辈子非她不娶

颜晗回到 A 市后直接回了家。这两天虽然来回折腾挺累的，不过她觉得很开心。

回到家，颜晗坐在沙发上休息，裴以恒为她倒了一杯水，颜晗刚接过，手机就响了。

"怎么了？"她声音慵懒地问。

陈晨"啧"了一声，故意压低声音说："你这个声音……"

颜晗下意识地问："我的声音怎么了？"

陈晨"嘿嘿"笑道："有种你两天没下床的感觉。"

颜晗冷笑了一声。

陈晨知道她不好惹，占了便宜之后，立马说："对了，我跟你说，你不在的这两天，老师布置了一个作业。"

颜晗躺在沙发上，长叹道："又得熬夜了。"

"你还算好的，我最近才忙呢。"陈晨叹了一口气。

挂断电话之后，颜晗低头喝了一口水。裴以恒瞧见她的嘴唇有些干，便道："再喝一口。"

颜晗乖巧地又喝了一口。

喝完水之后，颜晗想了下，还是问道："阿恒，你哥哥最近怎么样？"

裴以恒微微扬眉，竟低声笑了，颜晗觉得莫名其妙。她不知道的是，裴以恒之所以笑，是因为他觉得这句话他曾听过。

他仔细回想了一下，倒是记起来上次是谁问的这句话了。

当时他第一次去颜晗家里，颜之润也问了他师姐的情况。

裴以恒看了颜晗一眼，端着杯子轻抿了一口，然后才缓缓道："很好。"

颜晗有些着急，干脆问道："他有女朋友了吗？"

裴以恒摇头："没问过。"

兄弟之间确实不像姐妹那样无话不谈，如果是姐妹的话，对男生有好感都会告诉对方，可是男生之间就不会聊这些。况且，以裴以恒和裴知礼的性格，他们也不会主动聊这个话题。

颜晗还是不死心："你们就没聊过吗？"

裴以恒看着她，轻笑道："你想知道？"

颜晗叹了一口气。虽然强扭的瓜不甜，但在圣诞节派对上，裴知礼主动跟陈晨说了话，陈晨激动得拉着她们说了一个晚上。谁知后来再问她，她却什么都不说了。

裴以恒靠过来，伸手在她鬓边轻轻抚了一下，将她的碎发别到耳后，说："你别想那么多，如果他们有缘分，不用我们操心，他们也会走到一起，但是……"

裴以恒顿了顿，抬眸静静地望着她。

颜晗点头："我懂。"

她是懂的，感情这种事情确实太过玄妙，如果不喜欢，怎么强求都没用，外人操心过多，说不定反而会造成负担。

之后的几天，颜晗继续去学校上课，而裴以恒则每天去棋院。

裴以恒临走的前一天，程津南和高尧打电话过来，说是好久没见他了。裴以恒正好从棋院回来，便让他们直接去自己家里。他一出电梯，就看见两人站在自家门口。

他走过去，扫了那两人一眼，淡淡地问："怎么不进去？"

大门的密码程津南他们是知道的，谁知程津南轻叹了一口气："现在跟以前可不一样了。"

裴以恒正低头按密码，一声轻响后，门开了，他这才抬头看程津南，眼里满是疑惑。

程津南憋了一肚子的话，等着他的眼神一扫过来，立即戏精上身了。

"毕竟你现在谈恋爱了，我们得懂得避嫌。"程津南一本正经地说。

高尧踢他一脚，说："把东西拿进去，我真是信了你的邪，买这么多。"

两人来之前去了一趟超市，光是啤酒就买了两打，塑料袋被他们装得满满当当的。

程津南进门后左右看了一眼，乍一看还是以前那个样子，跟他想象中被女生粉嫩嫩的东西占据了整个家的场景不太一样。

"你们怎么买了这么多东西？"裴以恒看着放在茶几旁边的袋子，问。

高尧看了程津南一眼，无奈地说："还不是他，非说你马上又要比赛了，不知道得忙到什么时候，要跑来给你送行。"

裴以恒一年参加的比赛有几十场，得全世界跑。

高尧和程津南盘腿坐在地毯上，裴以恒则坐在沙发上。

程津南开了一罐啤酒递过来，裴以恒接是接了，不过没喝，反倒是这两人，说是来找裴以恒喝酒，结果两人拆了好多零食，自顾自地吃喝起来。

裴以恒靠在沙发上，安静地听着他们聊天。

程津南突然问："阿恒，颜晗去看过你比赛吗？"

"嗯，去过。"裴以恒淡淡地道。

程津南有点儿疑惑，回头看着他："我怎么没看到媒体报道啊？"

"是我请记者不要报道的。"

裴以恒似乎有点儿累，捏了下眉心和鼻梁，整个人窝进沙发里。

作为一项需要进行复杂运算的运动，围棋对于脑力的要求极高。每次高强度的一盘棋下完，选手都会觉得特别累。

他上午在棋院下了一盘棋，时间挺久，用脑过度，现在是真觉得累了。

上次颜晗去看他比赛，确实被不少记者还有粉丝撞见了。

裴以恒给那些粉丝签了名后，也问过她们能不能不要把遇到颜晗的事情在网上到处说，因为她只是个普通人，裴以恒并不想让别人对她指指点点。

至于记者那边，裴以恒已经请棋院的人出面沟通了。好在围棋本来就小众，很多记者是相熟的人，见裴以恒不愿意公开，也表示理解。

高尧好奇地问："为什么呀？"

"她只是个普通的大学生，我不希望别人总是对她指指点点。"

况且他也不是神，他总会有输掉比赛的时候，他不希望到那时，颜晗成为别人攻击的对象。

那还不如直接来骂他。

程津南冲裴以恒竖起大拇指："果然是我们阿恒，知道护着小仙女。"

高尧瞥了他一眼："现在知道你为什么输给阿恒了吧？"

程津南双手抱拳，心服口服地说："是我不自量力。"

程津南闷了一口酒，喝着喝着，话就说开了："别说，普通人确实受不了媒体的狂轰滥炸。你看看阿恒每次输棋之后，论坛呀，贴吧呀，把他当成千古罪人似的，动不动就说裴以恒要陨落了，裴以恒棋力大降了。"

高尧伸脚踢了程津南一下，可还是没能挡住他继续大放厥词："谁能保证自己一辈子不输棋呢？阿恒，你别看微博和论坛上的评论，你呀，已经是世界第一了。你要是表现得再好一点儿，那其他棋手还有活路吗？"

本来高尧还想骂程津南，现在听他这么一说，也不由得点了点头，觉得程津南说得还挺对。

裴以恒听到这里，竟笑了起来。

程津南见他笑了，特别开心地指着他说："看看，阿恒都笑了，他肯定也觉得我说得对。咱们小仙女多好的一个姑娘啊，阿恒，你保护她是对的，我真觉得她受不住网友的谩骂。"

　　几人越聊越开心，酒也是越喝越多。

　　中途，程津南起身去了趟洗手间，回来之后他又觉得口渴，便喊道："你们要喝水吗？"

　　他进厨房打开冰箱，拿出几瓶矿泉水，关上冰箱门时，他往旁边一扫，瞧见料理台上摆着一对水杯，顿时瞪大了眼睛。

　　他拎着两只粉嫩的水杯走出去问："阿恒，这个……"

　　裴以恒起身接过水杯，似乎生怕程津南摔了那杯子，裴以恒也没藏着掖着，直接道："情侣杯。"

　　程津南虽然已经猜到了，但听到裴以恒亲口说出来，还是觉得不可置信。半晌后，他终于说出一句话："阿恒，你变了。"

　　颜晗过来的时候，一进门就闻到了酒味，等她看过去时，裴以恒正好抬头望过来。

　　地毯上躺着的两个人太过显眼，颜晗眨了眨眼睛，裴以恒已经起身将她拉出了门。

　　等到了自己家里，颜晗像是想起了什么一样，凑到裴以恒身上闻了闻，没什么酒味。

　　"你没喝酒？"颜晗有点儿意外。

　　裴以恒点头："你不是说不让我喝酒吗？"

　　这话确实是颜晗说的，只是她没想到裴以恒会这么听话。

　　颜晗双手捧着他的脸，轻轻搓揉了一下，低笑道："真乖。"

　　裴以恒定定地看着她，一双黑眸深邃，仿佛能将人吸进去。颜晗被他盯得无奈，踮起脚，亲了一下他的唇瓣："好了，奖励你。"

颜晗本来在拍视频，提前赶回来就是为了跟裴以恒多待一会儿。

"你吃过东西了吗？"颜晗低声问。

裴以恒摇头，他不爱吃零食，也没喝酒，跟程津南他们只是聊天。

颜晗让他在沙发上坐一会儿，她去做饭。

裴以恒看着她走进厨房，穿上围裙，麻利地开始准备晚餐。没过多久，厨房里切菜的声音停了，随后飘来一阵爆香。

透明的玻璃门内，少女纤瘦的身影正在灶台前忙忙碌碌。

或许，这就是他一直想保护的吧。

裴以恒出去比赛之后，颜晗也挺忙的。

大三下学期眼看着就要结束了，她们即将进入大四，不管是工作也好，继续升学也罢，都该有个决定了。

颜晗几人中午是在小食堂里点的餐，等着上菜的时候，艾雅雅突然说："陈晨，你还是打算明年申请剑桥吗？"

因为群里正好说到留学的事情，有人说自己想要申请剑桥，艾雅雅随口就问了出来。刚问完，她就尴尬地偷看了陈晨一眼，恨不得立刻缝上自己的嘴。

"嗯，我还是想去。"陈晨点头。

陈晨看了看其他两人，笑道："你们不要这样看着我啦，我以前确实是因为别的人想去剑桥。不过现在，我是为了自己，毕竟我为了申请剑桥，一直在做准备。"

见她们还是不说话，陈晨大笑了两声："别这副表情，说不定我申请不上呢。"

"你要是申请不上，我就扒了你的皮。"颜晗斜睨了她一眼，恶狠狠地道。

陈晨浑身一颤，假装害怕地说："麻烦你剥皮的时候温柔一点儿，好吗？"

大家体贴地把这个话题转了过去。

艾雅雅点开微博，打开一个视频津津有味地看了起来。看完后，她抬头朝颜晗看了过去，欲言又止。

颜晗见她那样，觉得不对劲，便问："怎么了？"

艾雅雅说："没什么。"

没一会儿，服务员开始上菜。吃到一半的时候，陈晨也点开了手机，然后叫了一声，也欲言又止地看向颜晗。

颜晗这次真觉得不对劲了，问道："你又怎么了？"

陈晨把手机竖了起来，屏幕上是一个晃眼的二维码："颜颜，你也要开淘宝店？"

颜晗的眼睛猛地睁大了。

陈晨嘻嘻哈哈地说："其实我觉得开淘宝店也不错，你要求那么严格，卖的东西肯定跟其他美食博主不一样，应该会很好吃。"

她们说得正热闹，颜晗登录自己的微博，却发现密码不正确，让她重新登录。她连续输入了两次，密码都不正确。

颜晗想了想，上一次她登录这个微博账号是什么时候？

她实在想不起来了，她并不是经常刷微博的人。

她站起身来："我出去打个电话。"

颜晗走到外面，正准备给闵静打电话，对方的电话先打过来了。一接通，闵静着急的声音就传了过来："老大，你看见微博了吗？"

"我看到视频了，但我的微博登不上去。"她皱眉道。

闵静听起来都快哭了："肯定是姚马克干的，自从你上次呛了他之后，他一直找邱哥的麻烦，你微博的事情好像也是他干的。"

颜晗冷笑："他想干吗？"

闵静吸了吸鼻子："他之前说……老大你是公司捧红的，他们有权收回你的微博账号。"

颜晗被气笑了，咬牙道："王八蛋！"

这是她第一次这么生气。

"等着，我马上过去。"颜晗扔下这句话，就挂断了电话。

颜晗到公司的时候，闵静正好到楼下来接她。一看见她，小姑娘就泪眼汪汪地说："对不起，老大。"

"这又不是你干的。"颜晗没怪她。

来的路上，颜晗一直在想，对方怎么会知道她微博账号的密码，还修改了她的密码。

她问闵静："我的微博密码是怎么泄露的？"

颜晗的微博密码除了她自己，只有闵静知道，有时候颜晗忙没时间，闵静就会帮忙上传视频。

闵静垂下头，脸上满是愧疚之色，她抽了抽鼻子，低声说："都是我的错。"

闵静告诉颜晗，她之前把手机借给一个跟她关系好的姑娘，结果那个姑娘不小心退出了微博，闵静只好重新登录，不过，她输入密码时，正好站在摄像头下面。

颜晗愣了愣，不敢置信地望着她。

这是在演谍战剧吗？

闵静低声说："今天这件事发生之后，那个姑娘觉得对不起我，也实在受不了姚马克，准备辞职了，就把真相告诉了我。"

"他们是早有预谋的吧？"颜晗道。

颜晗的心情已经平复了下来，她早该想到，姚马克那种人，心眼不比针眼大多少。她之前毫不客气地呛了他，他肯定会报复。

不是她想得太简单，而是她从来没把姚马克这种人放在心上。

现在事情发生了，她虽然生气，但并不着急，她倒要看看他究竟想干什么。

闵静小心翼翼地看着她，既害怕又愧疚。

颜晗反而越来越平静，她抬了抬下巴："咱们进去吧，先了解了解情况。"

闵静走在前头，把颜晗带进了办公室。

公司的前台先看见了闵静，闵静身后跟着的人虽然看不清脸，不过闵静是谁的助理，全公司都知道。

前台起身问好后，在员工私底下建的群里发了一条消息："一级警报，书沉好像来公司了。"

姚马克干的事情虽然没公开，但世界上没有不漏风的墙，况且大家都是一个公司的，都知道这里头有猫腻。而且，刚才邱戈一回来，就直接去了姚马克的办公室，虽然关上了门，但里面吵得惊天动地。

闵静把颜晗带到了姚马克的办公室门口，大厅里的员工一个个都躲在电脑后面偷看。

颜晗一向低调，很少出现在公司，不过众人都知道，她是博主里的一朵"奇葩"。

这年头，粉丝就是流量，流量就是金钱。博主们一个个处心积虑地吸粉，都是为了把粉丝转化为实际利益，但她不赚粉丝一分钱。

书沉也会接广告，不过她接的广告都会经过严格筛选，三无不接，微商不接。

虽然她这样做显得挺清高的，不过也得罪了一帮同行，以至于每次有美食博主开淘宝店的时候，总有人在底下感慨书沉是一股清流。

颜晗没像那些员工想象的那样一脚踢开姚马克办公室的门，她抬起手，在门上轻轻敲了两下，本来嘈杂的办公室一下安静了下来。

颜晗没等里面说话，就握住门把，推开了门。

邱戈回头看见是她，立即走过来，低声说："你先别着急，我正在跟公司沟通。"

姚马克坐在黑色高背皮椅上，满脸得意。

颜晗轻轻地推开邱戈，看着姚马克。

姚马克等了半天，都不见她开口，反而自己先憋不住了。

他说："既然人都到齐了，那就把这件事情说清楚吧。开店的事情公司早有决定，'书沉'这个账号是人气第一的美食博主，结果商业价值反而不如粉丝只有她一半的博主，简直是笑话。"

"我的账号呢？"颜晗的语气挺平静。

连她自己都觉得奇怪，她竟然能控制住自己，没有拿起桌上的玻璃姓名牌砸在姚马克的脑袋上。

姚马克清了清嗓子，笑眯眯地说："我正在和你的经纪人沟通呢，公司也不是要封杀你，只是觉得你们应该跟上公司的管理。毕竟，公司给资源捧你们，不是为了让你们立什么不食人间烟火的人设……"

说着，姚马克狠狠地哼了一声。

颜晗忍不住笑了，她没想到人可以不要脸到这种程度。她认识的都是很正常的人，如今乍然瞧见这种不要脸的，还真的有点儿被惊到了。

她问："你们给我什么资源了？"

姚马克一愣，拔高声音说："我现在可不是在跟你们商量，这是公司的决定，你既然是公司的签约艺人，就该服从公司的一切决定。"

颜晗突然往前走了几步，姚马克看着她，椅子往后滑了一下。

"公司的规定？如果你没瞎的话，"颜晗看着他，缓缓地说，"你就应该仔细看看我当初签的合约。"

姚马克显然打定了主意："我说是就是，我并不是没给过你们机会，一个个不把我的话当回事，现在后悔……晚了。"

邱戈本来还想劝颜晗冷静点儿，见姚马克这么不讲道理，他怒道："她当初是我签的，当时她已经有了名气，账号也不是公司给的，凭什么说收就收？"

姚马克不耐烦了，一副"你能奈我何"的嘴脸："我都说了，这是公司的规定。"

他刚说完，整个人就僵在了椅子上。

深褐色的咖啡从他的头发上滴滴答答地落下。

颜晗放下咖啡杯，低头看了一眼，淡淡地道："可惜不是热的。"

姚马克回过神后从椅子上跳起来，伸手指着她道："你、你……"

"多说无益，法庭上见。"颜晗冷笑一声。

"吓唬谁呢。"姚马克讥笑道。

颜晗本来已经准备转身离开，闻言又停下脚步，回头看着他："这世上的蠢货不少，不过像你这么蠢的还真没几个，等这个淘宝店开不下去的时候，你就知道谁厉害了。"

说完，她便离开了，邱戈和闵静也跟着走了。

三人到了楼下，邱戈突然道："我的东西还在楼上办公室呢。"

闵静惊讶地道："邱哥，咱们现在真要跟公司决裂吗？"

"你觉得公司里还有我们的立足之地吗？"邱戈伸手摸了摸自己的头，无奈地说，"想想真是憋屈，我在公司干了这么多年，被姚马克欺压不说，现在还要被扫地出门。"

颜晗看着他："你觉得憋屈？"

"能不憋屈吗？算了，等你账号拿回来，我们出来自己干吧，我就不信我比姚马克差。"

接着，颜晗立即联系了律师。

这是她自己的事情，也就没找颜之润帮忙。她跟律师聊了半天，本来是想要冻结那个微博账号的，但律师说即便冻结，也要走程序。

律师给了她一个建议："如果你担心别人使用你的这个账号，我们建议你先发布声明。"

颜晗微怔，她确实可以立即发表声明，但是她从来没有曝光过自己的微博，就连老爷子也以为她只是在网上做菜给别人看。如果发布声明的话，她的身份怕是就要曝光了。

如果她是普通人也就算了，一旦牵扯上裴以恒……

从律师事务所出来，颜晗一上出租车就接到了裴以恒的电话，她轻声问："你怎么样？"

"明天开始比赛。"裴以恒捏了捏眉心。

"是想听我对你说'加油'吗？"

裴以恒点头："嗯。"

"阿恒，加油。"

裴以恒突然说："听你的声音，你好像不太高兴，是发生什么事情了吗？"

颜晗没想到他这么敏锐，当即否认道："没有，只是上课太累了，你别担心。"

"注意休息。"裴以恒轻叹了一声。

颜晗开玩笑地问："你不会是'女友狗'吧？"

裴以恒不懂这个词，反问："什么意思？"

颜晗闷笑了一声，心里的怒气一瞬间就消散了。

听着裴以恒不紧不慢的声音，想着他的模样，思念瞬间涌上心头。明明他并不知道自己正经历着什么，可只要跟他说话，那些让人烦躁的事情都变得不那么重要了，似乎再也没什么比他更重要了。

这个电话打了很久，颜晗下车后，听着裴以恒那边有人敲门，似乎是请他过去吃晚餐，她低声说："我要挂电话了。"

裴以恒"嗯"了一声："颜颜，我很快就会回家了。"

挺普通一句话，颜晗听了却鼻子一酸，笑了下："要赢才行。"

裴以恒到餐厅的时候，其他棋手已经到了，简槿萱瞧见他，招手示意他坐到自己身边。

简槿萱看着他，似笑非笑地说："你不是很早就从训练室回去了吗？不会是偷偷跟女朋友打了电话吧？"

裴以恒毫不犹豫地点头。

简槿萱长叹了一声，她这不是自己找虐嘛。

晚宴安排的是自助餐，拿完东西坐下的时候，裴以恒突然问简槿萱："师姐，你知道什么是'女友狗'吗？"

"问这个干吗？"

裴以恒缓缓开口："颜颜说我是女友狗。"

简槿萱还真不懂，于是拿出手机一边搜索一边说："不懂的话就搜一下呗。"

裴以恒看着她："是什么意思？"

"你这是变着法子地跟我秀恩爱是吧？真是信了你的邪。"简槿萱把手机塞进他手里。

女友狗：顾名思义，指的是对女朋友唯命是从，女友说什么就是什么，而且特别喜欢黏着女朋友，恨不得一刻都不分开。女朋友想干什么都陪着她、支持她，认定她是全世界最好的姑娘，这辈子非她不娶。

裴以恒看完之后，轻轻把手机推回给简槿萱。简槿萱哼了一声，念念叨叨："这些网络上的词都是什么乱七八糟的。"

"我好像是。"

裴以恒突然的一句话让简槿萱停下抱怨，抬头看了过去。

裴以恒微抬眼皮，眼尾翘起，笑意慢慢潜入眼底，犹如平静的湖面上渐起的漩涡，深邃又吸引人，他低笑了一声："我是吧。"

喜欢颜颜，认定她是全世界最好的姑娘，这辈子非她不娶。

"你是说，开淘宝店根本不是你的意思，而且现在对方还把你的微博霸占了？"陈晨本来盘腿坐在沙发上，听完颜晗的话后气得差点儿跳起来。

四月是个春暖花开的时节，连阳光都温暖得叫人心生懒意，可惜再舒服的天气，也抵不过糟糕的消息带来的恼火。

艾雅雅皱眉："我就说这件事看起来根本不像你做的。"

颜晗用拇指按了按太阳穴，到现在，她提到这件事还生气。那天她真是后悔没亲自带着一杯热水过去，泼在姚马克脸上。

艾雅雅说："太急功近利了。"

陈晨转头看着颜晗，着急又恼火："颜颜，你现在打算怎么办？不能任由那些人欺负你。"

颜晗还算平静，看着她们一个个恼火的模样，觉得很暖心。

她们寝室里的姑娘来自不同的地方，性格相差很大，可几年相处下来，关系非常好，从来没吵过架。

颜晗点头："准备打官司，这件事闹大了没用，现在只能走法律程序。"

"他们太不要脸了，凭什么抢你的账号呀？"

这时，艾雅雅的手机响了一下，她打开微博，惊讶地道："这个淘宝店还真开了。"

颜晗凑过去，就见她的微博账号置顶了一条新发的微博："书沉的小院正式开张！"

一系列的特惠活动让人眼花缭乱，不明真相的粉丝还在评论和转发。

陈晨怒道："怎么回事，不是说淘宝店下周才会上线吗？"

颜晗本想低调地处理这件事，毕竟她不想再闹到台面上，可她没想到姚马克竟会这么干。

颜晗立即打电话给邱戈。

邱戈很快接起电话，无奈地说："我现在终于知道那帮人为什么这么做了。公司拉到了千万融资，而投资方看重的是你的商业价值，他们想把你的名字打造成一个美食品牌。难怪姚马克急红了眼，他知道你肯定不会同意，所以干脆踢开我们，霸占你的微博忽悠投资方。"

如今是流量变现的时代，这样的网红公司想要拉到投资，唯有靠旗下有影响力的博主。比起天天卖力吆喝的，颜晗这种神秘博主反而更能吸引人。

姚马克他们不是没尝试过捧其他的美食博主，可娱乐圈有句话：小红靠捧，大红靠命。即便强行捧出来，粉丝也不买账，连粉丝都忽悠不了，怎么可能忽悠得了投资公司。

因此，公司那帮人一不做二不休，干脆拿走了颜晗的微博账号。

"看来，咱们这次不正面回应都不行了。我尽快发布一条微博，让你的粉丝抵制这个网店。"邱戈没想到那帮人那么着急，无奈地说。

"既然要回应，最好回应得响亮一点儿。"颜晗道。

十分钟后，邱戈亲自发了一条微博。

"大家好，我是书沅的经纪人邱戈。目前，书沅的微博账号已被前公司控制，关于'书沅的小院'这个商业计划，书沅本人从未参与。她现在不会进行这样的商业开发，以后也不会。"

这条微博还附带了一张律师函的图片。

很快，这条微博就掀起了不小的浪花。毕竟之前书沅的微博刚发布要开淘宝店铺的消息时，就有人说书沅的人设崩了，连粉丝内部也吵了起来。

现在粉丝还没吵出个结果呢，突然就爆出了这么个消息。

本来粉丝觉得书沅人设崩了，低调的小仙女变成了俗气的网红，邱戈这条微博一发出来，粉丝发现他们白吵了。

很快，这条微博就被各大营销号转发，还冲到了热搜第一。

不过半天时间，这件事就在网上沸腾了。

粉丝纷纷到书沅微博下留言，要求公司将账号还给书沅。很快，宣传微博下的评论超过了十万条，大部分是在辱骂公司。

陈晨一边刷评论一边笑嘻嘻地说："看得真痛快，这帮人是不是蠢啊？真觉得自己能只手遮天还是怎么着？"

"还不都是钱惹的祸，'人为财死'这句话可是老祖宗的至理名言。"艾雅雅道。

倪景兮顺手拿起草莓，往两人嘴里各塞了一颗，陈晨和艾雅雅同时抬头，眼睛眨巴眨巴地望着她，倪景兮淡淡地说："我觉得你们说得挺对的，奖励一下。"

今天是周末，她们都窝在颜晗家里。

已经快下午两点了，裴以恒的比赛也进入尾声了。

比起寝室的姐妹一直刷微博关注经纪公司回应的事情，颜晗则在刷围棋论坛，等着裴以恒的比赛结果。即便只是国内的比赛，也让她很揪心。

这次，他出战的是国内的天元战。

天元，是围棋棋盘上最中心的位置。而天元战，则是国内棋手争夺"天元"这个名号，一旦获得冠军，那么在一年内，冠军选手可以保有"天元"这一称号。

颜晗正紧张地盯着手机，一旁的艾雅雅突然喊道："回应了！"

颜晗一脸茫然地抬起头，艾雅雅解释道："麻烦你稍微关心一下这件事，裴大师肯定会赢下比赛的，待会儿关心也不迟。"

原来，是经纪公司的官博发布了回应微博。

"今日，网络上关于我司签约美食博主书沅的相关谣言使得粉丝对书沅本人造成严重误解，已经影响到书沅的正常工作。我司郑重声明，目前，书沅的账号皆由她本人使用，发布的一切微博也都是出于她的个人意愿。"

陈晨竖起拇指："服，这种睁着眼睛说瞎话的公司，我还是第一次遇到。"

艾雅雅又喊道："你们看，书沅的微博账号转发了。"

颜晗已经低头看论坛了，这会儿已经有选手结束比赛，她生怕自己看漏了一眼，错过裴以恒的比赛结果。她刚低下头，陈晨就一巴掌拍在她大腿上，发出清脆又响亮的声音。

"这个假书沅居然还要直播！"陈晨惊道。

颜晗扫了一眼那位冒牌货发的微博，前面几句都是辟谣，最后一句吸引了她的注意力。这条微博提到，书沅本人会在今天晚上六点直播出镜，亲自辟谣。

戏演到这个地步，连颜晗都想看看最后是个什么走向了。

倪景兮望着她，问道："生气吗？"

"之前很生气，现在已经没那么生气了。"颜晗实事求是地说道。

没一会儿，颜晗又低头看了一眼手机，脸上渐渐浮起笑意。她抬起头，眉眼带笑地道："我们阿恒赢了。"

陈晨无奈地道："你简直就是裴大师的迷妹。"

艾雅雅不赞同地说："如果我男朋友也这么厉害，我估计会比颜颜还夸张，多棒呀。"

倪景兮看了看手机，低声说："我饿了。"

邱戈本来想要发布证据，证明正在使用书沅微博的其实是其他人。但颜晗让他别着急，先等着对方出招。到了晚上，那位假书沅还真出镜了。

镜头前的姑娘穿着一身素白的衣服，干净清爽，乌黑长发中分披肩。

"这是书沅？这张网红脸是书沅？"

"欺负我没看过书沅啊？拿这么个人来骗我？"

"假的。"

"我信了书沅经纪人的说法，这个肯定不是她。"

陈晨看了半天，嘀咕道："别说，我觉得侧脸还真有那么一点儿相像。"

直播开始没多久，颜晗早年的那个爆款视频又被人找了出来。

那是颜晗唯一一次出镜的视频，桂花树下的少女穿着一身白衣，清风拂过，带起一地花瓣，她宽松的衣角透着一股仙气。

视频拍到的大部分是少女的侧脸，正脸反而有些模糊。

当时大部分镜头是在拍摄酿酒的过程，颜晗出镜的画面极少，又因为视频年代久远，并不是特别清楚。

颜晗这才明白对方的心思，无非就是想着她能证明自己身份的也只有这么段视频，只要咬定不松口，假的还真可能成为真的。

姚马克的算盘打得很好，但总有人算不如天算的地方。

假书沅还在直播的时候，邱戈又发了一条微博，上传了一段视频。

"几年前我看到这段视频，觉得小姑娘惊为天人。我想，当初看过这段视频的人应该还记得那份惊艳。今日，我与你们重温过去。"

邱戈上传的那段视频画质很好。

本来微博上一直在争论这件事，双方拿出证据后，邱戈的微博陆续被各大账号转发。后来，有人发了一张比较清楚的截图："我怎么觉得这姑娘像颜晗？"

那个人发的是颜晗参加短片大赛的截图，另一张则是颜晗的照片。

两张都是截图，连角度都惊人地相似。

"颜晗是谁？"

"真像，难怪我当初觉得颜晗很眼熟。"

"什么情况？吃瓜吃到围棋圈？这个颜晗就是裴以恒的女朋友吗？"

消息传开来，令颜晗没想到的是，连在外地参加比赛的裴以恒都知道了这件事。

选手们在比赛结束后聚餐，韩书白突然凑过来说："裴九段，你女朋友真的很会做饭吗？"

裴以恒微怔，没回答他。

韩书白嘀咕道："不要这么小气嘛，我又不会随便去蹭饭。"

裴以恒依旧沉默着，韩书白看着他的表情，突发奇想道："不会连你都不知道吧？"

"不知道什么？"

韩书白举起手机："你女朋友就是微博上的美食博主书沉，这事儿你不会不知道吧？"

简槿萱猛地扭过头，看着韩书白问："你说什么？"

"你们都不知道？"少年眨了眨眼，脸上满是疑惑。

不少选手不怎么玩手机，像韩书白这样爱上网的很少。

于是，韩书白把今天发生的事情说了一遍，然后他叹了一口气："小姑娘被公司欺负，也挺可怜的。"

本来他是想表达一下对颜晗的同情，谁知裴以恒听了他的话，猛地站了起来，拉开椅子就离开了，简槿萱都没来得及叫住他。

裴以恒没有微博，只能打电话给程津南："你知道书沉的事情吗？"

这事儿程津南也知道了，特别是看到颜晗和书沉的对比截图之后，他也蒙了。

枉他自称是书沉的铁粉，居然没有第一时间认出来。

裴以恒听完程津南的话，脑子里还回荡着韩书白刚才那句话。

她被人欺负了，可他什么都不知道。

裴以恒突然想起前两天颜晗给他打电话时语气低落，可她什么都没说，裴以恒自然知道她为什么不说。她不想影响他比赛，就像他妈妈当初的选择一样。

这一刻，裴以恒心里有种说不出的感觉。

程津南见他许久没说话，试探着喊了一声："阿恒？"

裴以恒"嗯"了一声，说："我先挂了，有点儿事。"

挂断电话后，他又在通讯录里找到一个号码，拨了过去。

电话接通后，裴以恒开口问："你能帮我一个忙吗？"

第八章

比起围棋，我更喜欢你

一大早，颜晗就被邱戈的电话吵醒了。

"你说什么？公司打电话让我们去面谈？"

听到这个消息，颜晗倒也不意外。毕竟昨天他们还没出手，网友就戳穿这件事了。

邱戈说："我觉得特别不对劲，对方打电话过来的时候，说得特别客气，他们这么容易就妥协了？"

邱戈倒不是怀疑对方有什么阴谋，只是觉得以姚马克的性格，不会这么快就妥协。

一个小时后，一位穿西装革履的精英人士站在会议桌前方，他环视四周后，微微笑道："对于这个处理意见，几位都没问题吧？"

邱戈和颜晗本来以为有一场恶仗要打，没想到一到公司就进了会议室，甚至没讨论这件事，因为一夜之间，公司换了一个老板，并宣布了两个决定。

第一，归还颜晗的账号，并向公众发布整个事件的过程，还颜晗清白。

第二，立即开除以姚马克为首，涉及此次偷账号事件的所有人。

邱戈凑近颜晗，问："咱们这位新老板是什么来头？也太雷厉风行了吧？"

她怎么知道。

邱戈觉得自己一大清早就像坐了一趟云霄飞车。

昨天，他为了颜晗这事找了能找的一切关系和资源，既然对方连假书沉都推出来了，那他们也不必再考虑此事会造成的影响了。他请了不少朋友吃饭，夜里两点多才回到家。

床头柜上的手机响起来的时候，邱戈睡得正熟，脑袋沉得跟灌了铅似的。直到手机第二次响起，邱戈才伸手去够。是公司的人打来的，说想跟他和颜晗聊聊。

这边电话一挂断，他就打给了颜晗。半个小时后，他到了颜晗家楼下。

颜晗穿了一身白衬衫和黑裤子，长发随意地扎成马尾。

"公司说要处理这件事？"颜晗一上车，就问他。

邱戈点头。

要不是打电话的人说公司会妥善处理这件事，邱戈还真不想过去，毕竟之前，他也不是没跟姚马克吵过，有些事情真不是协商能解决的。

颜晗靠在车窗上，低头看着手机，脸上扬起笑容。

邱戈瞥了一眼，觉得她有点儿缺心眼，他们可是去参加鸿门宴，她居然还能笑得这么甜？

"什么事这么高兴？"邱戈到底还没憋住，问她。

颜晗扬了扬手机："阿恒要回来了。"

"你跟裴大师在一起不会觉得闷吗？"邱戈问。

颜晗眨了眨眼睛，不太明白他为什么会这么问。

邱戈伸手摸了下自己的脑袋，明明车里只有他们两个，他还是压低声音道："我的意思是，下围棋的人看起来都不太爱说话。"

颜晗歪头想了想。

下围棋的人不爱说话吗？好像……还真是。

裴以恒从棋院回来之后，也会在家上网对弈，因为现在网上对局十分普遍。他常常一坐就是几个小时。而她会安静地坐在他旁边，默默地陪着他。

此刻想起来，颜晗竟发现自己从来没有觉得闷，要不是邱戈问起来，她根本不会往这方面想。

她跟裴以恒在一起的时候，总是觉得安静而温馨。

似乎只要坐在他旁边，感受到他的气息，她就觉得安心。

"不会。其实阿恒并不像他外表看起来那么冷漠，我们两人在一起的时候，他会主动跟我聊天。而且他什么都会，上一次我去看了他的比赛，然后我们去了一座庙里，他还亲自用毛笔写了祈福的字。簪花小楷你知道吗？他写得可漂亮了。"

说着，颜晗拿出手机，翻出那天拍下的照片。

喜欢一个人的时候，别说他的字了，连他的头发丝都与别人不一样。

邱戈望着前面排成长龙的车辆，觉得自己不该问这个问题。

到公司后，邱戈的心情有点儿复杂。他为公司贡献不少，蹉跎了几年岁月，眼看着就要和公司决裂了，他心里有点儿难受。

上楼之前，邱戈对颜晗说，先听听对方怎么说，回头再想对策。

他特地叮嘱颜晗不要发火，还拍了下自己的手机，说是会录音。

他们到会议室时，不仅姚马克和假书沉到了，就连公司常年不见踪影的高总也到了。

高总这人性子绵软，对公司不怎么上心。姚马克仗着自己跟着高总的时间最长，又是公司除了高总之外最有权势的人，才敢胡作非为。

本来事情刚出来的时候，邱戈想要约高总谈谈，谁知高总的电话打不通，高总助理说他去塞班岛玩了。

邱戈一直以为是网上的舆论压力太大，姚马克实在顶不住了，才准备和他们谈的。谁知高总没有立即主持会议，反而笑眯眯地让他们等一会儿。

十分钟后，会议室的门再次被推开，一个穿着西装的男人走了进来，后面跟着几个穿着黑衣的人，看起来气势十足。

高总瞧见人来了，立即起身，笑道："唐总，麻烦您跑这么一趟。"

男人微微一笑，不倨傲也不谦卑，不卑不亢地说："高总，您客气了，我只是特助，称不上唐总。"

一屋子的人都望着这一行新来的人，搞不懂高总的葫芦里卖的是什么药。

高总笑呵呵地看着众人："告诉大家一个好消息，咱们公司被收购了。"

众人闻言，都蒙了。

颜晗和邱戈对视一眼，来的路上，他们猜测了无数个可能，但都没想到是这个结果。

人生路上有无数个转弯处，谁也不知道下一秒会转到哪条道上。

众人听着高总一脸欣喜地说着公司被收购的种种好处，显然，相较于面无表情的其他人，身为公司大老板的高总格外兴高采烈。

高总的长篇大论结束之后，他又请唐特助讲话。

唐勉望着众人，目光落在颜晗脸上，好看的姑娘总是更吸引人。

他收回目光后，微微一笑，不紧不慢地说："话不多说，我来只是为了宣布公司的两项新决定。"

"第一，关于公司霸占书沉账号的事情，从即刻起，账号重归颜晗小姐本人。公司需要发布一个详细的说明解释这件事，并向颜晗小姐公开道歉。"

颜晗惊讶地望着他。

邱戈和以姚马克为首的一众人则彻底蒙了。

唐勉见惯了大场面，压根不把众人的反应当回事，他继续说："另外一个决定是，开除姚马克、林婷婷等所有参与此次事件的人。"

颜晗这时候才知道，那个假书沅叫林婷婷。

有人当场跳了起来，吼道："凭什么开除我们？"

出声的是个人高马大的男人，看起来一副要吃人的模样。

唐勉淡淡地笑了："这是新老板的决定，现在你们可以回去收拾东西了。"唐勉抬起手，做了一个"请"的动作。

好聚好散是不可能的，双方在会议室里吵了起来。很快，颜晗就知道那位唐特助为什么带那么多人来了。姚马克他们被拎出会议室之后，还在外面吵闹，高总便出去收拾烂摊子了。

邱戈决定主动过去和唐特助打招呼。他走过去，刚想自我介绍，唐特助已经握住他的手："邱先生，你好，我是唐勉。"

颜晗听着他叫出邱戈的名字，立即明白他是有备而来。

邱戈忍不住问："不知您说的那位新老板是……"

唐勉冲着颜晗颔首，微笑着道："或许颜小姐会比较了解。"

颜晗首先想到的是颜之润，可颜之润的助理和秘书她都认识，根本没有这位唐特助。随后，另一个名字出现在她的脑海里。

她站在原地，轻轻地问了一句："阿恒？"

裴以恒乘飞机回 A 市，刚下飞机，行李还没拿到，手机就响了起来。他看着来电人的名字，伸手按下了接听键。

对面的人是个冷淡性子的主儿，从来都是别人想方设法地联系他，他主动联系别人还真不多见。他一开口，清冷的声线比裴以恒多了几分成熟，似乎虽身在红尘中，却片叶不沾身。

他说："公司的事情我已经让唐勉安排了。"

裴以恒低声说："谢谢。"

似乎觉得"谢谢"两个字不够有诚意，裴以恒又认真地说："哪天你有空，我请你吃饭。"

"吃饭就不用了，有时间你陪我家老爷子下盘棋吧，他喜欢。"

裴以恒笑了下："好。"

两人都不是多话的性子，事情说完，相互说了一句再见就挂了电话。

裴以恒说过，他不会让任何人欺负颜晗。这个承诺是有任性的成分，不过他不后悔。

虽然他不懂商场上的那些事情，不过钱他是不缺的。虽然围棋比赛的奖金不算多，但裴克鸣在两兄弟十八岁时就给他们准备了一笔基金，两人成年之后可以随意动用这笔钱。

没想到这次正好派上了用场。

裴以恒推着行李走出来的时候没看见司机，正准备打电话，却不经意地看见了不远处的颜晗。她正踮着脚往里面看，如画的眉眼间透出迫不及待和欣喜，乌黑的大眼睛紧紧地盯着出口。许是有点儿累了，她不再踮脚，随后一瞥，就看见了裴以恒。

颜晗觉得自己真笨，明明在出口等着呢，怎么就没看见他出来。

她愣了一下，就见裴以恒抬起手让她过去。

颜晗几步跑到裴以恒面前，大庭广众之下，她并不好意思扑向他。谁知裴以恒松开行李箱拉杆，一下抱住了她。

他的怀抱真暖和，许是因为他只穿了一件衬衫，颜晗感觉到一股温热。

裴以恒抱着她原地转了小半圈，动作不算大，但也有些路过的人瞧见了。

颜晗抬起头，眼巴巴地望着他，声音里透着几分委屈："阿恒，我想你了。"

裴以恒望着她，想起登机之前，他是怎么打算的来着？

——这次要好好教训她。

可望着她清澈的狐狸眼里化不开的思念，他的心一下子就软了。

他伸手捏了捏她的耳垂，低声问："有多想？"

颜晗觉得不对劲。

在机场的时候，裴以恒还抱着她，摸她的耳朵，温声细语地问她有多想他，怎么一回家就变了？他往那儿一坐，气场全开，脸上似乎写着四个字——别来惹我。

颜晗握着他买的情侣水杯，小心地抿了一口水。

都说"女人心海底针"，她怎么觉得男人的心也跟这天似的，说变就变呢？

颜晗哀怨地朝窗外看了一眼，之前还春风和煦、朗朗晴空，一转眼就阴云密布，眼看着要下雨了。

就在颜晗认真地回想着刚才在车上，她是不是说了什么不该说的话得罪了裴以恒时，一阵悠扬的音乐传来。

颜晗一开始没当回事儿，直到一阵爆锅的声音响起，她才猛地转过头望着旁边的人，只见裴以恒正低头看手机，手机上播放着一段视频，不时传来做菜的声音。

原来裴以恒在看她做菜的视频，她放下水杯，扑了过去。

裴以恒轻轻往旁边让了一下，将手举了起来。

视频还在播放着，视频里的她突然开口说了一句话。

她拍视频的时候很少说话，食材的制作过程都会以字幕的形式打出来，这也是陈晨她们一开始没听出书沉就是她的原因。如今，她虽然没有承认，但谁都知道她就是书沉了。

颜晗没想到裴以恒会当着她的面看她的视频。

虽然这只是段美食视频，可他看的时候，颜晗心里生出羞耻感，脸上也慢慢爬上红晕。

裴以恒没想到颜晗的反应会这么有趣，本来他确实想给她一点儿教训。他生气并不是因为她没说实话。她不想让人知道她是个美食博主，他可以理解。他不能理解的是，她明明受了那么大的委屈，却瞒着他。

都说会哭的孩子有糖吃，裴以恒瞧着怀里的人，显然，这个姑娘太倔强，轻易不会服软。

哪怕是对他，她也不想轻易露出软弱的一面。

"颜颜。"他喊了一声，嗓音里透着无奈。

裴以恒觉得他不该总看她的眼睛，这样他会心软。

于是他垂下头，低声说："你应该跟我说，有些事情，我不想成为最后一个知道的人，何况，我还是从别人那里知道的。"

听到韩书白问他"你的女朋友就是网上很红的美食博主书沉吗"时，裴以恒都蒙了，因为他不知道。

颜晗眨了眨眼睛："我不是故意要瞒着你的，就是……"

她磕巴了。

裴以恒不给她逃避的机会，问道："你为什么不告诉我？"

这次颜晗回答得挺快："一开始是没找到合适的机会，反正你对这些又不感兴趣。"

裴以恒被她的回答气笑了，他说："你怎么知道我不感兴趣？"

"除了围棋，你还会对别的感兴趣吗？"

裴以恒直勾勾地盯着她："你。所以我想知道关于你的所有事情，对我来说，这些都很重要。"

颜晗愣了，一瞬间想起他说过的一句话。

——比起围棋，我更喜欢你。

"颜颜，你可以依靠我。"裴以恒定定地看着她，一向清冷的黑眸里浸着柔软，他耐着性子说，"不管你遇到了什么事，你都应该跟我说，依靠一个人并不会显得你很软弱。从现在开始，你可以试着依靠我。"

颜晗轻咬着唇瓣，过了半晌才说："我只是不想让你担心，我想让你全心全意地准备比赛，我不应该打扰你。"

她并不是因为自尊心太强才没告诉他，她只是不希望因为自己的事打扰到他。

他是职业棋手，没有什么比比赛更重要。

裴以恒叹了一口气："你也太小看我了。"

许久之后，窝在他怀里的人眼睫轻颤了几下，微微掀起眼皮。她声音小小的，透着不确定："那你现在还生气吗？"

"嗯。"男人从唇边挤出一个字。

颜晗幽幽地叹了一口气："会生气很久吗？"

裴以恒将下巴搁在她头顶上，轻轻摩挲了两下，她的头发特别乌黑柔软，透着一股淡淡的奶香味，应该是她用的洗发水的味道。

见他不说话，颜晗在心底轻轻叹了一声。

看来这次不好哄了。

裴以恒洗了个澡之后又坐在窗边下棋了，颜晗在他洗澡的时候回家去了，说是有事要处理。等他一盘棋下完，天空已经暗了下来。

裴以恒抬头望着窗外，不过几秒，大雨便狠狠地砸在玻璃窗上。

密雨横斜，片刻而已，整座城市就被这场倾盆大雨覆盖。窗外，高大的树木枝叶密实，在风雨中左右摇摆。

门口传来一声轻响。

颜晗从门外进来的时候，就看到裴以恒穿着一套宽松的白色运动服，安静地坐在窗边。

其实颜晗特别喜欢下雨天。

一旦下雨，整个人的节奏似乎都会慢下来，哪怕什么事情都不做，只是躺在家里吃零食，都会觉得特别惬意。

颜晗走到棋盘旁，盘腿坐在毯子上，望着面前的棋盘。末了，她长长地叹了一口气。

裴以恒望着她，低笑着道："为什么叹气？"

"阿恒，你觉得我还有战胜我爷爷的希望吗？"颜晗一只手搭在膝盖上，另一只手搭在棋盘的边缘。

她好像很久没下棋了。

"如果你一直这样三天打鱼，两天晒网的话，应该没什么可能。"

这种时候她并不想听真话，只是想要他安慰自己。颜晗郁闷地想。

裴以恒看着颜晗一脸快要崩溃的模样，竟笑了起来。

他挺喜欢看她这个表情的。

过了一会儿，颜晗看了一眼手腕上的表："咱们该吃晚饭了。"

裴以恒点头，出门几天，他才发现自己的嘴已经被她养刁了。

两人总是习惯在颜晗家里吃饭，她家不仅食材全，就连锅灶器具都比裴以恒家里多。

本来他以为还要等她做饭，谁知一进她家就看见满满一桌烤肉。

颜晗做出一个"邀请"的姿势，笑着说："别人都说烤肉是最容易做的美食，但我要让你知道，真正会做菜的人，连烤肉都能做得比别人好吃。"

裴以恒似笑非笑地望着她。

颜晗有点儿紧张，不自觉地伸出舌尖舔了舔唇，本就粉嫩的唇瓣更加饱满湿润，犹如刚成熟的蜜桃，叫人想要咬一口，尝尝滋味。

最终，颜晗还是打算实话实说。她伸出一只手，轻轻地拉了下裴以恒的袖子，软着声音说："我想哄你呀。"

裴以恒望着她，颜晗继续说："吃肉能让人心情变好，我想让你开心点儿。"

为了让裴以恒吃到最好吃的烤肉，颜晗特意打电话给颜之润，让他找人送了最好的肉过来。

裴以恒愣住了。

这么别致的哄人方法，他还是第一次见到。

颜晗拉着他走到桌边，豪气地说："今天你随便吃。"

裴以恒扫了一眼桌子上的盘子，就这分量，估计再找几个人来吃也吃不完吧？

很快，烤肉时发出来的声音就在房间里响了起来，成了美味的旋律。

不得不说，美食确实会让人开心，特别是这种谁都无法拒绝的美食。

颜晗知道裴以恒不爱吃特别油腻的食物，所以她还准备了海鲜。

她穿着围裙，长发扎起来盘在头顶上。

黑猪肉送过来的时候是还没切开的，这是颜晗要求的。

她亲自动手，把肉切成大小差不多的长方形，然后摆在烤盘上。

虽然都说烤肉是最容易做的食物，仅次于简单的火锅，但想要做出真正好吃的烤肉，也是要稍微用点儿心的。

几分钟后，两面都被烤得焦黄脆香的五花肉被放进了裴以恒的盘子里，本来看起来有点儿油腻的五花肉此时已经完全没有了油水。

颜晗把炉火调小，伸手拿起一片青菜，用干净的筷子夹起他盘子里的烤肉，先是蘸了下酱料，又在干料碟里滚了一下，最后用生菜包起来。

包好之后，颜晗才把肉递给裴以恒："尝尝。"

裴以恒平时饮食很清淡，所以很少吃烤肉。不过自从跟颜晗在一起之后，他渐渐开始喜欢上了辛辣的食物。

吃完后，颜晗看着他，笑眯眯地说："吃完肉之后，心情有没有好多了？"

裴以恒眉梢轻扬，朝她望过去。

颜晗立即说："我知道了，肯定是还没吃够。"

她说着就要起身去拿肉，裴以恒拉住了她的手腕，颜晗回头看着他，就见他抬起眼眸望向自己："其实，你有更好的哄我的办法。"

颜晗微怔。

裴以恒站起来，不顾颜晗满身的烟火气味，伸手揽住她，声音低哑地说："颜颜，让我宠你。"

早上十点整，雅正传媒的官方微博发了一条微博，解释了真假书沅事件。

"之前，我公司人事总监姚马克利用职务之便，窃取美食博主书沅的微博账号，并据为己有。随后他指使公司新签约艺人林婷婷在直播平台冒充书沅。目前公司已经对姚马克、林婷婷等相关人等做出开除处理。在此，公司就此次事件对书沅造成的伤害诚挚道歉。"

这条微博不仅清楚地说明了整件事的来龙去脉，还给出了姚马克等人的处理决定。

本来，书沉的粉丝已经搜集了证据，准备跟公司战斗到底，结果雄赳赳气昂昂的粉丝还没出手呢，事情就结束了。

不管是公司对于姚马克等人的处理还是对颜晗的道歉，都让人挑不出一点儿毛病。

粉丝A："要是早这么明白事理，至于让我们家书沉姑娘受这么大委屈吗？"

粉丝B："我的四十米大刀都已经拔出来了，现在又要让我收回去？公司是一夜之间换了个老板吗？"

粉丝C："昨天那个矫揉造作的女人也敢冒充我家书沉老师，脑子短路了吧？"

路人甲："简直就是一场大戏，经纪公司为了控制艺人使出这种手段，真的不算诈骗吗？"

不管是粉丝还是路人，大家本来已经做好了打持久仗的准备，谁知才过了二十四小时，事情就反转了。

大家都有种天降正义的感觉。

别说网友觉得不可思议，就连陈晨和艾雅雅都觉得很意外。

两人追问颜晗，颜晗故意转移话题："倪大人今天不来上课吗？"

"少装模作样，倪大人这几天忙着呢。你赶紧跟我们说说，到底是怎么回事。"

颜晗叹了一口气："一定要说吗？"

陈晨和艾雅对视了一眼，反问："不能说？"她们实在是太好奇了。

颜晗双手托着脸，认真地望着前面的黑板，然后叹了一口气，转头说："是阿恒干的。"

"裴大师打了他们？"陈晨下意识地捂住了嘴。

艾雅雅也睁大了眼睛。

两人不约而同想到的是裴大师冲到公司把那几个人揍了一顿，为颜晗伸张了正义。

他也太帅了吧？

艾雅雅和陈晨正想象着一出热血澎湃的英雄救美故事时，颜晗轻声说："他收购了雅正传媒。"

两人足足沉默了十秒，随后不约而同地骂了一句。

陈晨觉得自己舌头都大了，结结巴巴地说："你……你是说裴大师买下了这家公司？"

艾雅雅接过话："有钱人的世界果然不是我能想象的。"

颜晗立即说："也没那么夸张，他不是全部买下来了，只是收购了公司持有股份最多的那个人手里的股权。"

"有区别吗？"艾雅雅实在是太好奇了，"裴大师也太像霸道总裁了吧，他是不是把所有的比赛奖金都拿出来支持你了？"

一个世界冠军把自己赢得的所有比赛奖金都拿了出来，只为了保护自己的女朋友，想想都觉得浪漫。

颜晗摇了摇头。

本来她也以为是这样的，但问过后才知道裴以恒是动用了他爸爸给他的基金。

她十八岁的时候，别说几个亿的基金了，连两千万都没人送她。颜之润倒是准备了一套房子给她。这么算起来的话，她的嫁妆也没差多少吧？

颜晗稍微安心了点儿。

艾雅雅转头看向陈晨，很认真地问："你确定你跟裴知礼真的没可能了？"

陈晨面无表情地看着她，没说话。

艾雅雅叹道："算了，我就放过裴知礼吧。"

陈晨双手托着下巴，好半晌才幽幽地叹道："我居然放弃了一个嫁入豪门的机会。"

艾雅雅伸手揽着她的肩膀："后悔吗？"

陈晨想了半天，点了点头。

艾雅雅双手抱拳，说道："颜颜，我现在只有一个请求，苟富贵，勿相忘。"

陈晨附和道："我也是。"

虽然"真假书沅"的事情结束了，不过，关于颜晗是不是书沅这个事到现在还是没有定论，因为颜晗既没有公开承认，也没有公开否认。

此时，她不住校的优点倒是体现了出来。

不少女生跑到她们寝室拐弯抹角地打听这件事，倪景今在寝室的时候还好，她镇住场子，没什么人敢造次，可是偏偏她多数时间不在寝室。

艾雅雅和陈晨两人实在是顶不住了，干脆收拾了东西，白天都跑到颜晗家里躺着。

颜晗倒没什么感觉，这几天，她又开始准备录制新的美食视频了。

她刚跟邱戈打完电话，眼看着端午节快到了，传统节日是她做美食视频时格外重视的。

包粽子自然是重点，关键是怎么拍得有趣。

她挂断电话后，陈晨和艾雅雅同时望向她。颜晗愣了下，伸手摸了摸自己的脸,低声说:"有事儿?"

陈晨轻咳了一声:"裴大师输了。"

颜晗微怔。

这几天,裴以恒在云南参加一个国内的比赛。他去年有半年时间没参加比赛,为了提升自己的状态,今年他参加了很多场国内的比赛。

本来被作为练兵场的比赛,反而成为他的兵败之地。

艾雅雅赶紧说:"胜负乃兵家常事,即便是裴大师,偶尔也会输一盘吧。"

但这并不是什么兵家常事,因为他的对手是韩书白。

韩书白也是天才少年,只不过之前他的光芒被裴以恒遮挡了。作为国内年轻一代除裴以恒之外拿冠军最多的棋手,在裴以恒离开赛场的半年里,韩书白展现出一种扛起了棋坛大旗的姿态。

上个月,韩书白超过了韩国棋手李俊值,成为新的世界第一。而且他积分甚高,估计短时间内没有棋手能超越他。

这次"云南杯"比赛中,两人在八强赛就相遇了,各国媒体都非常关注这场大战。

新的王者能否捍卫自己的王座?旧王归来,能否重登巅峰?

两人的交锋将舆论关注度提高到了新的高度。

在这样的焦点之战中输给了对方,颜晗无法想象裴以恒的心情。

自从重回赛场后,裴以恒的状态虽然起起伏伏,可他在跌跌撞撞中还是能打败对手。这是他第一次输掉比赛,也是颜晗第一次面对他输掉比赛的情况。

颜晗想了想,还是在裴以恒回来之前联系了简槿萱。她刚发过去消息,简槿萱就打来了电话。

电话里，简槿萱笑着问："你想问我什么？"

颜晗一共认识两个职业棋手，一个是裴以恒，另外一个就是简槿萱。

她当然不可能去问裴以恒，只能来问简槿萱。

颜晗认真想了下，轻声问："简姐姐，一个棋手输了棋，是不是心情特别差？"

虽然简槿萱的声音很轻，不过语气很重："想死的心都有。"

作为运动员，不管什么时候，输都是很可怕的。

根据围棋协会统计，近年来有职业等级之分的围棋比赛超过四千场。一个职业棋手每年参加的比赛有七八十场，有些人参加的比赛甚至超过了一百场，可是不管参加多少场比赛，输棋，都是一件让人伤心的事情，尤其是输掉一场至关重要的比赛。

"你是不是担心阿恒输棋的事情？"

简槿萱也看了裴以恒的这场比赛，裴以恒和韩书白两人从开局就厮杀，刀光剑影，不过韩书白最近的状态实在是太好了。

不管什么运动，如果有半年没有参加正式比赛，重回赛场状态都会有起伏，哪怕是天才选手，也必须面对这个现实。

颜晗问："我需要做什么才能安慰他？"说完，她想了下，又换了一种说辞："如果你输了的话，最希望别人怎么做？"

简槿萱叹了一口气："这种说法我还挺不喜欢的。"

颜晗反应过来，立即道歉："对不起，简姐姐，我不是故意的。"

"逗你的。"简槿萱"扑哧"一声笑了。

简槿萱想了下，认真地给了建议："假装不存在吧。我每次输掉比赛的时候，都恨不得这局棋不存在。"

何止是希望这局棋不存在，有时候她甚至希望连自己都不存在。

挂断电话后，简槿萱看着手机怔了半晌，然后苦笑了一声。

本来她正在训练，颜晗这一通电话让她再无心训练。她想起电话里小姑娘担忧的声音，小心翼翼得像是要守护珍宝。

裴以恒这小子的命还真好。

同样都姓颜，怎么差距就这么大呢？简槿萱发现她竟然开始嫉妒自己的师弟了。两人都是职业棋手，他输了棋，女朋友会想方设法地哄他开心，可是她呢？

她上一次谈恋爱是什么时候来着？二十岁吧，离现在已经有六年了。

六年过去，她仍然忘不掉那个人。她情窦初开时喜欢上的那个人，那样耀眼夺目，让人沉醉。

那时候是幸福的吧，不然怎么到现在她仍孤身一人，想起他的时候都觉着甜。

简槿萱想起那年，她输掉一场重要的比赛，他打来电话的时候，简槿萱本来只是心情有些低落，可他问了几句后，她一下就哭了出来，这一哭便再也停不下来了。

他第一时间赶到了她身边，像个从天而降的骑士一样华丽登场。她已经不记得那天做了什么，却深深记住了他开车带着她上了高架桥，那时已是深夜，路上空荡荡的，唯余昏黄的路灯。

两旁高大的楼宇黑漆漆的，偶有还在亮着的霓虹，但都抵不过漫天的星光。车顶是敞开的，她一抬头就能看见漆黑天际悬挂着的星，风从她耳畔呼啸而过。

她张开双臂高呼："我一定会成为最优秀的棋手！"

旁边的人微微撤头望着她，双眼含笑，眉眼间透着温柔，比那晚的夜风还要柔和。

年轻时的颜之润出现在她的脑海中，他说："嗯，我会看着的。"

简槿萱猛地回过神，捂住了自己的脸。

回忆如同决堤的洪水，那些她以为自己早已忘却的往事瞬间涌上心头。

简槿萱揉了揉脸，让自己的注意力回到面前的这盘棋上。

终究只有围棋不会离开她。

颜晗在裴以恒回家前去超市采购了一大堆东西，她知道他喜欢吃自己做的菜，所以特地买了他喜欢的食材。谁知过了晚上八点，应该到家的人还没回来。

颜晗没打电话，穿上运动服后准备假装去楼下跑步，这样，他回来的时候就能第一时间看见她了。

谁知她刚下楼往路边走去，就看见那里有个人影，姿势很奇怪，似乎坐在什么东西上。

待看清那人影，颜晗愣住了，是裴以恒。

他半坐在自己的行李箱上，一双长腿随意地支着，手指间是一支点燃的烟，红点忽明忽暗。此刻他叼着烟，动作娴熟地吸了一口。

颜晗望着他吸烟的样子，有种说不出的陌生。

他的身上没有平时沉稳淡漠的感觉，眉心微蹙，嘴巴轻轻咬着烟，带着点儿痞。

原来不仅女人是百变的，男人也是。

两人对视一眼后，裴以恒起身走到垃圾桶旁，动作熟练地将烟头掐灭后扔了进去。

裴以恒走回来，看着她："怎么下来了？"

颜晗见他神色自然，觉得自己也不应该大惊小怪，于是，她轻松地说："我下来跑步啊。"

裴以恒点头："你还要跑吗？"

颜晗随口说道："对呀。"

裴以恒轻轻"嗯"了一声，淡声道："那我先回去放行李箱。"

颜晗点点头，就见他转身准备进单元门。

这下她站在原地彻底呆住了。

这是刚回家的男朋友该对想念他的女朋友说的话吗？

颜晗不死心地回了头，看见裴以恒将手搭在行李箱的拉杆上，好整以暇地望着她。

他叹了一口气，伸出双手："来，让我抱抱。"

第九章

他宠人是真的没下限

渐入春末，天气好的日子总是透着股暖意洋洋的慵懒。即便是自律如裴以恒，因为早上起得比较晚，也干脆留在家里，没有去棋院。

中午吃完饭之后，裴以恒就继续下棋了。

颜晗拿了一本书窝在他旁边。裴以恒下棋的时候一向专注，很久之后，他抬起头，才发现旁边的人已经枕在靠枕上睡着了。

小姑娘蜷缩着身子，跟只猫崽子似的。

睡梦中的人似乎觉得不舒服，往旁边蹭了下，正好贴在了裴以恒的腰侧。他今天穿了件很宽松的卫衣，衣服质地柔软，她的脸颊在卫衣上轻蹭了下。

裴以恒继续安静地望着颜晗。

她闭着眼睛，那双澄澈清亮的黑眸看不到了，倒是眼睑上浓密的长睫特别显眼。

裴以恒笑了笑，轻轻站了起来，去卧室拿了一条薄毯，轻轻地搭在颜晗身上。

接着，他重新拈起黑子落在棋盘上，眼睛却忍不住瞟向身侧。

他在下棋，她在他身边安然入睡。

这一幕，裴以恒以前从未想象过。他的心也从未像现在这样安定过。

不知过了多久，颜晗终于醒了。她眨了下眼睛，睡意依旧很浓。许是光线太强，她抬起手压在眼睛上。过了一会儿，她才挪开手掌，睁开眼睛，然后就看见了旁边的人。

裴以恒专注地盯着棋盘，从她躺着的角度只能看见他的下颌轮廓。

她眨巴眨巴眼睛，看了好久，裴以恒才转过头来。

裴以恒垂着眼眸，轻笑道："醒了？睡饱了吗？"

颜晗坐了起来，点了点头。

她望着裴以恒的棋盘，说："你还要下多久？"

"我只是在复盘。"裴以恒轻声说。

这是棋手必做的事情，输掉比赛之后，通过复盘找出自己输棋的原因。

虽然这很残忍，但不得不做。普通人失败了可以逃避，但他们不行，他们会一遍又一遍地回顾输掉的比赛，从而找出失败的原因。

其实昨晚看见裴以恒抽烟的时候，颜晗还是挺惊讶。她知道他会抽烟，不过他不常抽，偶尔心情不好的时候才会抽一两支。

之前裴知礼回来的时候，她就见过裴以恒抽烟。

那会儿，他们兄弟俩之间的误会还没有解开，裴以恒心情很低落，而昨晚是因为输掉比赛。

颜晗立即说："要不我们今天出去玩吧？我们好像还没正儿八经地约会过呢。"

正儿八经地约会？裴以恒被她逗笑了，不过转念一想，谈恋爱好像是该一起吃饭、看电影，出去玩或者旅游什么的。

这么一想，他确实没跟她正经约会过。

裴以恒伸手摸了下她的脸颊，低声道："对不起。"

颜晗一愣，猛地凑过去，认真地看着他："为什么这么说？"

他这突如其来的道歉让她有点儿蒙。

"没好好跟你约会过。"裴以恒内疚地道，"今天我们正儿八经地约会一次，一切都听你的。"

"好呀。"颜晗开心起来。

两人换了一身衣服出门，准备开始正儿八经地约会。

颜晗背着个彩虹色小包包，她觉得这样的小包才配得上她今天的心情。

正是傍晚时分，天际被红霞映成浓郁的橘红色，颜晗仰着头深吸了一口气。

这一天怎么能这么完美呢？

两人特地去了市中心的商圈，停在了一楼的商场分布图前。

商场一共有七层，一楼二楼都是卖奢侈品的，最顶层的七楼全部是餐厅，还有游乐场和电影院。情侣约会的话无非是逛街、吃饭、看电影，这个商场都能满足。

两人决定先去吃饭，他们到了楼上，发现很多餐厅门口坐满了人。

颜晗这才反应过来今天是周末，不仅他们出来约会，其他情侣也都出来约会了。

她打量了一圈，自言自语地道："人好多呀。"

裴以恒没听清楚，凑近她问："你说什么？"

颜晗认真地说："这里人好多，要排很久的队，浪费时间。"

虽然说是出来约会，可相较于别人愿意花两个小时只为排队吃一顿饭，颜晗可舍不得。她四处张望，打算找一家人相对少点儿的。

好在七楼有一家日料店门口排队的人不多。

两人进去之后，颜晗发现有榻榻米包厢，但店员告诉她，包厢早已经被预订，他们只能在大厅里用餐。

于是颜晗挑了一个靠角落的位置。

坐下之后，裴以恒见她打量着四周，轻笑道："怎么了？"

"我怕你被人认出来。"颜晗压低声音道。

裴以恒微怔，随即平静地道："只是输棋，没那么严重。"

颜晗哼了声："你是真不懂吗？"

裴以恒抬头看向她，他刚才确实以为颜晗是这个意思。颜晗嘟囔道：

"是因为你长得好看，容易被认出来呀。"

刚才找餐厅的时候颜晗就注意到，有好几个打扮时髦的漂亮小姑娘偷看他。

裴以恒个子很高，之前她还专门给他量过，净身高一米八五，走在路上，即便别人不知道他是裴以恒，也会被他的身高和外表吸引。

裴以恒被她猛地一夸，不自然地把视线转向了一边。

面对裴以恒，颜晗一向有点儿得寸进尺，见他转过头，她脸上露出得意的神色，嘴角一抿，竟伸出脚踢了下他的脚尖："害羞啦？"

见裴以恒仍不搭理自己，颜晗又踢了一下："真的？"

突然，他的脚夹住了她的脚踝，男人的力道很大，她挣脱不开。

裴以恒终于把头转了回来，扫了她一眼："老实点儿。"

他这么一说，颜晗就不敢动了。一顿饭下来，颜晗特别老实。

两人吃完还不到七点，于是决定去看一场电影。

颜晗看了一下，发现最近很火爆的电影八点多的票都卖完了，最近的一场得等到九点半。

她正纠结着，就听裴以恒对工作人员道："我们要两张票，谢谢。"

颜晗低声说："要等到九点半呢。"

裴以恒转头看着她："你很着急？"

"也不是，只是觉得浪费了你的时间。"

颜晗觉得，他的时间要是花在排队等位置，或者等着电影开场这些事上，很浪费。

裴以恒缓缓地开口说："如果是陪你的话，我永远不觉得是浪费。"

一旁的售票小姐姐已经把电影票打印好了，眼巴巴地望着他们。

售票小姐姐并不认识裴以恒，只当是一般的帅哥顾客，她忍不住在心里感慨，没想到这年头还有这种又帅又甜的男人，只可惜不是她的。

裴以恒接过电影票，付了钱，伸手拉着颜晗往外走。坐升降电梯的人太多，两人干脆乘坐手扶电梯一层层地往下去。

到了一楼，裴以恒拉着颜晗进了一家名表店。

颜晗还以为他要买表，问他："你要买手表？自己戴还是送人？"

"送人。"裴以恒干脆地说。

此刻店里没什么人，两人走到柜台旁，店员看着他们，视线从颜晗的包上一扫而过，脸上挂起了职业笑容。

两人看了一会儿，颜晗以为裴以恒要自己挑，便安静地坐在了一旁。

裴以恒指了指一款白色手表，说："麻烦把这款拿给我看一下。"

店员戴着手套，小心地将手表拿了出来，问道："要试戴吗？"

裴以恒点头，转头看着颜晗，嘴角微弯："给她戴上吧。"

颜晗也没在意，以为裴以恒是想让她帮忙试戴一下，于是她痛快地把手臂伸了过去。

店员将手表轻轻地戴在了颜晗的手腕上，表盘上镶嵌着钻石，在明亮的光线下，钻石折射出璀璨的光芒。

颜晗戴好手表之后，竖起手腕给裴以恒看，笑着问："好看吗？"

说完，她又把手腕伸到他面前，左右转动着给他看效果，生怕他看不清楚似的。

裴以恒轻笑了下，指尖在她雪白的手腕上轻捏了下，忽而一笑，轻声说："你喜欢的话，就买这款吧。"

颜晗点点头。

店员闻言，一下愣住了。

出手大方的客人她也见过不少，只是，这么快就决定买下的还真少。

店员欢天喜地地准备开票，毕竟大晚上还能遇见这么一笔大单，简直是意外之喜。

这时颜晗才反应过来："等等，为什么是我喜欢就买？"

裴以恒失笑："买给你的，当然要你喜欢才行。"

颜晗仿佛没听懂，眨了眨眼睛："这是买给我的？"

眼看着店员就要开票了，颜晗立即喊道："等等，等等！"

她走到他身旁，贴在他耳边说："你干吗买这么贵的东西给我？"

颜晗刚才真以为裴以恒是要买礼物送给别人，所以才会那么热情。现在想想，她刚还把手表举到裴以恒面前让他看清楚，弄得好像她特别想要一样。

颜晗立即把手表摘了下来，准备递给店员，裴以恒却伸手握住了她的手，他轻声说："我还没送过礼物给你呢，男朋友不就应该送礼物给女朋友吗？"

颜晗怔住了。

男朋友是会送礼物给女朋友，可是一般的男朋友都是送手链、项链什么的，也就一千来块钱的东西，谁会送这么贵的手表啊？

颜晗偷偷看了一眼柜台，她手上这款手表是满钻的，价格表上的数字十分扎眼。

她深吸了一口气，特别真挚地说："太贵了，我真的不能收。"

裴以恒直直地望着她，没说话。

颜晗想了半天，突然说："我们都还是大学生呢，不需要戴这么贵重的手表，对吧？太招摇了。"

大学生不就应该吃十几块钱的麻辣烫吗？偶尔来一顿三斤的麻辣小龙虾都是奢侈大餐。要是让她戴这么贵的手表，麻辣烫会感到自卑吧？

颜晗绞尽脑汁才想到这个理由。

裴以恒柔声道："你可以在不上课的时候戴。"接着，裴以恒凑到她耳边，小声说："而且店员正看着呢，如果不买的话，我岂不是很没面子？"

颜晗正考虑着到底是裴以恒的面子重要，还是钱重要的时候，男人已经将一张黑色卡片递了过去。

颜晗看着裴以恒的动作，突然想起陈晨看韩剧时曾经说过，男主给女主刷卡买东西的模样很帅。

她之前还觉得好笑，但现在，她的心突然剧烈地跳动起来。

确实很帅。

九月过后，又是一年开学季。

颜晗趴在寝室的栏杆上，望着楼底下一个个拖着行李箱的新生，他们脸上都带着对大学的憧憬和向往，还多少有点儿土气和稚气。

陈晨吸了口果冻，慢悠悠地说："是不是有种时光如箭、岁月如梭的苍凉感？"

颜晗转头，眨了眨眼睛："苍凉？"

"咱们大四了呀。"陈晨差点儿就要忍不住矫情地说，她还记得她们刚上大一时的模样，青春漂亮有活力，没想到转眼她们就大四了。

这时，艾雅雅也从寝室里走了出来，她边走边说："大四就意味着咱们得想想以后的路了，是考研还是工作，人生的岔路口已经摆在我们面前了。"

两人突然正经起来的样子让颜晗有点儿意外，她轻笑一声："形势这么严峻了吗？"

"你以为呢？你给我清醒一点儿。"陈晨嘴里叼着果冻袋子，双手按着颜晗的肩膀，用力地晃了一下，似乎真的想让她清醒。

颜晗无奈地叹了一口气。

艾雅雅趴在栏杆上，又敷起了面膜，一副精致女孩的模样。她见颜晗还在盯着楼下看，好奇地问道："颜颜，你从刚才到现在一直在看什么呢？"

其实颜晗也觉得挺感慨的，一转眼又迎来了新生。

她双手搭在栏杆上，整个人微微趴着，说："我跟阿恒认识一年了，真难相信他去年来了我们学校读书。"

艾雅雅瞥了她一眼，双手不停地在脸上轻拍，笑嘻嘻地说："你们结婚的时候记得要谢谢我呀，要不是我让你帮我带班，你跟裴大师说不定还不认识呢。"

陈晨哼了一声，把最后一口果冻吸到嘴里，又抬手将果冻袋子扔到垃圾桶里，道："是不是还得谢谢我？要不是我妈妈病了，我赶不回来帮你带班，这事也落不到颜颜身上。"

颜晗听着两人你一言我一句的，不禁冷笑着道："我是不是得送你们一份大礼，以感谢你们的大恩大德？"

艾雅雅和陈晨不约而同地点了点头。

颜晗毫不犹豫地送了她们两个白眼。

过了一会儿，陈晨突然问道："'富士杯'的决赛是不是快开始了？"

颜晗点点头。

今年上半年对于裴以恒来说并不算顺利，小的国内比赛他尚未拿到冠军，而大的世界性比赛的周期都很长，目前，几项比赛他都进入了八强或者四强，但他到现在还没能拿到一个冠军。

日本"富士杯"是他今年第一次闯入决赛的世界大赛。

如果他夺冠，那么，他将打破前辈的纪录，成为拿到四个世界冠军最年轻的选手。虽然他不是最年轻的世界冠军，但是他会是最年轻的三冠王。

如果他能在"富士杯"上再次夺冠，那么他的传奇将会续写。

见颜晗不说话，陈晨好奇地问："你会去看'富士杯'决赛吗？"

颜晗还没说话呢，艾雅雅就说："日本的签证挺麻烦的吧，要是还没办下来的话，估计来不及了。"

颜晗双手握着栏杆，踮起脚，道："我还没想好。"

陈晨疑惑地问："你要考虑什么？"

颜晗轻声叹了口气，她紧张。

裴以恒比赛的时候，颜晗比他还要紧张。她怕自己紧张得睡不着觉，所以不敢去现场，也怕自己把这种紧张的情绪传染给他。

陈晨见她这个样子，问道："你怕裴大师输吗？"

颜晗猛然握紧栏杆，摇了摇头。

哪怕输了，他仍是裴以恒，那个一旦坐在棋盘边，就仿佛会发光的人。

颜晗是在接到裴以恒的电话后离开寝室的。

她本来以为他去棋院要很晚才回来，没想到他下午就回来了。

学校门口到处都是穿着志愿者 T 恤的学生，瞧见疑是新生的人，都不用别人开口询问，立马主动上前，热情得不得了。

或许这就是大学的魅力吧。

一代又一代的学长学姐，无私地带领学弟学妹们认识这座百年校园，教会他们在大学的第一课。

颜晗等在学校门口，边看边笑。不多时，一辆黑色宾利停在校门口，颜晗还没看见，只听到站在她旁边等人的两个女生窃窃私语。

　　"我们学校有这么有钱的学生吗？"

　　"要是待会儿下来一个大帅哥，我支持你去要电话号码。"

　　"我疯了吗？"

　　"放心吧，这年头长得好看的男生属于稀有品种。"

　　颜晗一愣，觉得这段对话有点儿熟悉。她抬头看到停在路边的车缓缓降下了车窗，里面的人转头看过来，哪怕离得远，她依旧能看见那张眉眼如画的脸。

　　男人微微勾起唇，露出一抹浅浅的笑容，颜晗跟着笑了起来。

　　颜晗抬起脚走过去时，两个女生对视了一眼，都从对方眼中看到了尴尬。

　　颜晗上车之后，冲司机笑了笑，然后转头看着裴以恒："你怎么这么快就从棋院回来了？"

　　"回来接你吃饭。"裴以恒说。

　　颜晗随口问："我们要出去吃饭吗？"

　　裴以恒点头："去我家里。"

　　颜晗好一会儿才反应过来，她瞪大了眼睛，微微拔高声音道："我们现在去你家？"说完，她干笑了一声："你开玩笑的吧？"

　　裴以恒轻揉了下眉心，无奈地道："我妈妈今天过生日，刚才她打电话给我说，我若回家吃饭的话，最好把你也带上。"

　　颜晗抓着他的手腕，紧张地说："我什么都没准备，就这么空手去合适吗？"

　　他怎么就不明白她第一次去他家里有多紧张，怎么就这么随便地来接她啊。

"你……"颜晗气得快要说不出话了。

但这会儿生气也无济于事，颜晗压低声音说："你让司机送我去一趟商场吧，我得去买一份生日礼物。"

见颜晗紧张得全身都紧绷起来，裴以恒伸手在她后背上轻抚了几下，这才说："知道我为什么没有提前跟你说吗？"

颜晗一怔。

"我就是怕你会紧张。如果我提前一个月跟你说，你是不是要紧张一个月？"裴以恒又来回轻抚了颜晗几下，才缓缓道，"只是吃一顿饭，我知道这是你第一次见我妈妈，但她很随和，你不用紧张。"

"可是我没有准备礼物。"颜晗挣扎道。

裴以恒从旁边拎起一个精美的袋子，说："这是我妈妈最喜欢的首饰牌子，我爸妈结婚时就是买的这个品牌的对戒。"

颜晗打开袋子，从里面拿出一个盒子，盒子里是一枚古董胸针。

她第一眼觉得很眼熟，但是怎么都想不起来在哪里见过。她抱歉地说："对不起，我刚才语气不好。"

"你只是紧张。"裴以恒在她脸颊上轻轻蹭了下。

裴以恒没说错，颜晗心里很忐忑，直到车子驶进裴家的别墅，她还深吸了好几口气。

司机停下车就去后备厢拿东西了，颜晗提着小袋子跟在裴以恒身后。

两人刚进门，家里的阿姨就迎了上来，看见颜晗的时候满脸堆笑，给她拿了一双新拖鞋，看起来是特地为她准备的。

颜晗跟着裴以恒走到客厅的时候，楼上传来一阵轻响，随后响起一道女声："阿恒。"

颜晗抬头看去，只见一个穿着连衣裙的卷发女人站在楼梯边，看起来三十多岁的模样。

她知道，在这个家里能这么喊裴以恒的，应该只有他妈妈。

可她怎么都无法将面前的女人跟他妈妈联系起来，面前的人看起来特别年轻，说是裴以恒的姐姐也不为过。

程颐在颜晗还没反应过来时，就已经主动抱住了她。

"你就是颜晗吧？"程颐轻轻松开颜晗后，打量了她一番，然后轻笑着说道，"我早就让阿恒带你来家里玩，他居然还把你藏起来……真漂亮，像洋娃娃一样。"

程颐的夸赞让颜晗有点儿轻飘飘的感觉。她把礼物递给程颐，程颐打开盒子的瞬间就捂住了嘴，惊讶地问："你是怎么找到这枚胸针的？"

接着，程颐就说起了关于这枚胸针的故事。

原来，这枚胸针是程颐最喜欢的电影里面女主人公佩戴的饰物，可惜她等寻找的时候，这枚胸针已经被人收藏了。她一直感到特别遗憾。

此时，程颐爱不释手地抚摸着胸针："肯定是阿恒告诉你了，你辛苦地找来的吧？"程颐说着，又伸手抱了下颜晗，特别开心地说："颜颜，真的谢谢你。"

裴以恒指了指桌子上的袋子："那是我的礼物。"

程颐瞥了一眼，应该是个包。

她哼了一声，无奈地说："所以说呀，生儿子就是没女儿贴心，还是我们闺女好。"

转眼间，她对颜晗的称呼就从"颜颜"变成了"闺女"。

颜晗咬着唇，努力克制住自己的笑意。她看向裴以恒，见他正淡然地望着自己。

颜晗这才明白，他这是拿他的礼物衬托她的呢。

原来他宠人这么没下限。

颜晗跟女性长辈相处的经历并不算多，除了她的妈妈，接触最多的就是她的姑姑颜明真。可惜颜明真一向只把颜晗看作跟自己儿子抢家产的小丫头，所以两人的关系也不怎么好。

而且颜明是个女强人，说一不二，颜晗在学校里不怕老师，在家反而挺怵这个比老师还可怕的姑姑。

总而言之，她对跟这样年纪的女性相处，内心始终有点儿抵触。

所以当她看到捂嘴笑得开心的程颐时，感到十分惊讶，脑子里闪过一个念头：原来这个年纪的妈妈也不都是严肃又认真的。

程颐确实很有趣，她得知颜晗很会做菜后，一个劲儿地问她会做哪些菜，得知颜晗还会做松鼠鳜鱼后，她一脸吃惊的样子。

颜晗忍不住笑了起来。

程颐还想问什么的时候，她的手机突然响了。

她拿出来看了一眼，惊喜地接通，笑着说："儿子。"

视频电话里的裴知礼认真地说："妈妈，生日快乐。"

"不快乐，我的阿礼都不在家。"程颐轻叹了一口气，声音略带哀怨地说。

裴知礼知道她是装的，也不戳破，哄道："我给你买了生日礼物，开心点儿。"

程颐立即警惕地问："生日礼物？"

裴知礼轻笑着"嗯"了一声，程颐拖着长调问："不会是包吧？"

裴知礼微怔了下。

程颐掉转手机摄像头，对准了桌子上的袋子："这是你弟弟准备的礼物，麻烦你们不要买重复了。"

颜晗努力憋着笑。

裴知礼却很淡然："还好，我们买的不是同一个品牌。"

程颐的嘴角一下耷拉下来："那还是包包咯。"

好在程颐没有继续纠结生日礼物这个事情，她把手机屏幕转过来对准颜晗，有点儿炫耀地说："你看，阿恒今天还带了他女朋友一起来陪我过生日。"

颜晗没想到程颐会把镜头对准自己，一时惊讶得愣住了。

裴知礼已开口打招呼："颜晗，欢迎你。"

"裴学长，你好。"颜晗尴尬地笑了笑。

一想到他跟陈晨的事情，颜晗就有种想要问个清楚的冲动，但她知道现在不宜问这件事。

程颐惊讶地问："你们认识？"

颜晗点了点头，轻声说："我们是同一所大学的，裴学长以前在学校很有名。"

程颐很少听裴知礼提到大学的事情，毕竟大多数男生不爱与父母分享学校的事情，就算分享，也不好意思夸赞自己是男神吧。

程颐好奇地问："我们阿礼以前在学校很受女生欢迎吗？"

颜晗扭头看了裴以恒一眼，虽然裴知礼是他哥哥，但当着自己男朋友的面夸赞另外一个人，应该不太好吧？

但程颐的好奇心很强，一直追问，哪怕裴知礼阻止也没用。

颜晗没法，只得把裴知礼在学校的事迹说了一遍。

程颐眼里满是星星，感慨道："原来阿礼在学校这么受欢迎啊。"

"可是，他为什么到现在都没有女朋友呢？"程颐看着颜晗，幽幽地叹了一口气。

颜晗轻笑着说："裴学长这么受欢迎，不会在英国也没女朋友吧？"

电话另一边的裴知礼听到这句话，微微抬起头，脑海里浮现出一个人的模样。她跟颜晗关系很好吧？

"没有。"

"没有。"

程颐和裴知礼两人异口同声道。

程颐低头看着电话里的裴知礼："你自己还好意思说没有？你看看，阿恒都有女朋友了，你这个当哥哥的好好反省一下吧。"

"我知道了。"裴知礼无奈地说。

见他准备挂断电话，程颐忙说："不要总是光说不做，你要认真反省，我希望下个月我去英国的时候，能见到你的女朋友。"

话刚说完，手机里就传来了一串忙音。

程颐耷拉着嘴角望着手机，长叹了一口气，看着颜晗道："颜颜，你别笑话我们家阿礼。"

颜晗一怔，她怎么会笑话裴学长呢？

程颐幽幽地开口："二十好几了，还没谈过恋爱，真可怜。"

颜晗听着来自老母亲对于儿子的关心，努力地想挤出一些悲伤的情绪，可一想到裴知礼到现在都没女朋友，她怎么都悲伤不起来。

颜晗转头，看见裴以恒窝在沙发上看着她，嘴角微勾。

"对了，颜颜，咱们加一下微信吧，以后时不时可以一起喝下午茶。"程颐熟练地打开微信，"我扫你吗？"

颜晗从口袋里拿出手机，迅速打开微信，找出自己的二维码。

她看到自己好友申请里的头像，是一朵硕大又明艳的菊花。

用花当头像是每一位中年女性都逃不过的魔咒吗？

不过颜晗有点儿好奇的是，在这样的家庭里长大的裴以恒怎么会是那样冷淡沉稳的性格？他真的不会每天都想笑吗？

程颐跟颜晗加完好友之后，又闲聊了起来。

程颐问她："你这么会做饭，是跟家里人学的吗？你爸爸还是你妈妈会做饭？"

虽然知道来男朋友家里拜访，多少都会聊到关于家庭的事情，但在听到这句话的时候，颜晗的笑容还是渐渐凝固了。

两个人谈恋爱倒是不会考虑那么多，但上升到家庭层面的话，有些父母还是会介意对方是单亲家庭，觉得父母离异会对孩子的性格造成很大影响，更何况她父母双亡。

裴以恒一下子直起腰背，转头看着颜晗，她的嘴角已经不再是刚才上扬的样子。

"妈。"他喊了一声，准备找个借口带颜晗上楼。

颜晗已经开口说："我父母在我很小的时候就去世了。"

程颐眨了眨眼睛，脸上闪过一丝惊讶，随即她说："抱歉，我不知道。"

她伸手握住颜晗的手，声音里带着歉意："真的对不起。"

"没关系，又不是您的错。"颜晗抬起头，望着程颐。

颜晗脸上的笑容虽然又回来了，可那双澄澈的黑眸有点儿黯淡，像是蒙上了一层浅浅的灰。

程颐震惊之余又有点儿难过，她让裴以恒带着颜晗去楼上参观参观他的房间。

裴以恒握着颜晗的手，轻轻地拉着她一起上了楼。

他卧室里洒满了阳光，窗帘伴随着缕缕清风飘飘荡荡。

颜晗打量着裴以恒的房间。风格很素雅，以白色为主色调，摆着不少手工制品，比如绣着他头像的抱枕，靠墙的柜子里还摆着大大小小的奖杯。

颜晗正看得入神，裴以恒从背后抱住了她。

裴以恒贴着她的耳垂轻轻蹭了下："颜颜。"

他叫她的名字时，声音总是特别温柔，像是裹着一层化不开的蜜。

颜晗陷在他的怀里，安静地听着。

"别难过，都过去了。"他低声道，温热的气息从她的耳垂边轻轻掠过，"我妈妈不是故意提起来的。"

许久，颜晗才轻声说："我不是因为阿姨提到这个，我是……阿恒，我就是羡慕你跟裴学长。"

幸福的家庭总是相似的，不幸的家庭却各有各的不幸。

她的父母是相爱的，可最终的结局并不算好。

至于她姑姑的家庭，颜之润曾经说过，他们俩还不知道谁更不幸。

裴以恒将她搂得更紧："以后，我们也会有一个这样幸福的家庭。"

颜晗轻轻挣脱他的怀抱，转身看着他："像你的家庭这样的？"

"也可以像你父母那样，你不是说过他们很相爱吗？"裴以恒低头看着她，声音低沉，"他们如果还在的话，也会很疼爱你的，你们家也会是令人羡慕的家庭。"

颜晗轻轻吸了吸鼻子，伸手抱住裴以恒。

他总是那么好，好到让她觉得她真的快离不开他了。

不知过了多久，楼下传来动静，是裴克鸣回家了。

颜晗跟着裴以恒出了他的卧室，刚走到门口，她指着斜对面的门问："这是裴学长的房间吗？"

裴以恒斜睨她一眼："你想看？"

颜晗眨了眨眼，他还真是懂她。

裴以恒推开房门，颜晗看了一眼房间，震惊地问："裴学长居然喜欢收集手办？"

裴知礼的房间里有一张玻璃柜，里面摆着各式各样的手办。

裴以恒想了想，道："妈妈曾经说过，哥哥每买一个手办，她就刷他的卡买一个包。"

颜晗为程颐的脑回路折服了。

见到裴克鸣的时候，颜晗似乎有点儿明白了程颐形成这种性格的原因。

吃饭的时候，裴克鸣一直照顾着程颐，并不是装出来的，看起来是平常就会那么做。

颜晗不由得多看了两眼。

程颐笑着说："颜颜，你是不是觉得我们感情特别好？"

颜晗一时有些愣住，但她很快回过神来，点点头。

"那是当然啦，毕竟老夫少妻嘛。"程颐双手抵着下巴，嘴角翘起，有点儿得意，"你别看阿恒爸爸看着年轻，其实他都六十多了，生阿礼的时候是老来得子，你说他能不对我好吗？"

颜晗一脸震惊，程颐看着她的表情，忍不住哈哈大笑起来。

裴克鸣和裴以恒几乎同时叹了一口气。

裴克鸣看着自家媳妇，低声说："你不要逗颜晗了，看把人家吓的。"他无奈地朝裴以恒看了一眼，似乎在说"抱歉，我没管好自己的媳妇"。

裴以恒则是一脸无奈地看着颜晗："她骗你的。"

颜晗一声轻呼，转头看向裴以恒。

程颐笑得前仰后合，她越发觉得养个小闺女实在太好玩了，瞧瞧，她说的话小姑娘居然全部信了。

裴以恒解释道："我爸只比我妈大两岁。"

随后他说了父母的年龄，程颐闻言皱起眉头："怎么能把我们的年龄到处说呢。"

"因为有人一直在招摇撞骗。"裴以恒看了她一眼，淡淡地道。

程颐还要说话，裴克鸣夹了一只大虾放在她盘子里，语重心长地说："吃饭吧，小娇妻。"

吃完饭之后，颜晗又陪着裴克鸣和程颐坐了一会儿。

阿姨端来了水果，程颐招呼她吃的时候，突然想起什么，问道："对了，颜颜，这次阿恒的比赛你会去看吗？"

颜晗回道："我不一定会去。"

"不要胡闹，人家颜晗还是个大学生，要上课。"裴克鸣道。

程颐脸上露出惋惜的表情："我还想邀请你一起去看我们阿恒拿冠军呢。"

颜晗听着程颐那理所当然的语气，心底生出一丝羡慕。

裴克鸣叹了一口气，郑重地说："夫人，大战在前，您能不能不给己方大将这样大的压力？"

"我不管，我儿子就是世界冠军。"程颐哼了一声。

颜晗眨了眨眼睛，点头表示赞同："对呀，他就是冠军。"

程颐没想到还有人会附和自己，当即感动不已，冲着颜晗比了一个"心"。

颜晗冲她眨了眨眼。

裴克鸣见状，立即说："阿恒，快把颜晗带走，我怕好好的姑娘跟你妈在一块儿待久了……"

　　程颐转头瞪了他一眼，裴克鸣却依旧淡然地说："会变得像你妈这样善解人意。"

第十章

如果我赢了，我能约你吗？

颜晗离开裴家坐上车时，整个人有点儿兴奋过度。车子开上高架的时候，她把车窗降了下来。

夜风从窗外吹进来，颜晗趴在窗边，望着远处的灯海。

"真的不去日本吗？"突然，她身后传来一个淡淡的声音。

颜晗回头，微风吹起她耳边的碎发，昏黄色的灯光打在她的肌肤上，犹如上了一层釉色的白瓷。

她轻声说："其实，我很怕去现场看你比赛。"她伸手捂住自己的胸口，说："感觉这里会爆炸。"

裴以恒伸手抱住她，哄道："那就不去。"

颜晗没有告诉裴以恒，其实她有一个三年往返日本多次的签证，是去年颜之润带她去日本玩的时候办理的。那时候她还没认识他，没想到现在却派上了用场。

裴以恒出发去日本那天，颜晗没去机场送他。

颜晗打算去日本，不过她不打算告诉裴以恒，毕竟在重要的比赛前，她希望他能专注于比赛。

"加油。"颜晗伸手抱住他。

裴以恒轻笑一声，也伸手抱住她，在她松手的时候，他微微拉开两人之间的距离，低头在她的嘴角落下一吻。

"等我回来。"

裴以恒离开之后，颜晗便回家收拾了东西。她乘坐的飞机比裴以恒的晚五个小时，裴以恒到达日本之后会跟她打电话报平安，她接完电话就乘机前往日本，裴以恒那时候应该已经休息了。

完美的时间差，颜晗算得很好。

颜晗在登机前接到了裴以恒的电话，她刻意找了个洗手间，告诉他她正在家里，旁边对着镜子补口红的女人从镜子里看了她一眼。

颜晗微微一笑，对方一愣，也回了抹微笑。

挂了电话之后，颜晗看到了微信群里的消息，陈晨问她上了飞机没。

颜晗去日本这件事虽然瞒着裴以恒，但没瞒着陈晨她们。

艾雅雅："你直接跟裴大师一起去呗，现在这样算怎么回事？"

陈晨："我也不懂。"

其实颜晗这样的做法很好理解，她怕自己去现场会影响裴以恒，可如果不去的话，离他这么远，她又实在想时刻关注这场比赛，所以她要飞去日本，哪怕裴以恒不知道，可只要在他身边，她就觉得安心。

现在，她就在酒店里等着看比赛。

这次入围"富士杯"决赛的是裴以恒和韩书白，国内的直播平台非常给力，全程直播比赛。

颜晗窝在酒店的沙发上看了第一场比赛。

决赛是五番棋，五盘三胜制，每天下一盘，对选手来说，不管是体力还是精神力上都是极大的挑战，况且这是裴以恒和韩书白的比赛。

究竟是裴以恒王者归来，还是韩书白守住王座？国内媒体争论不休。

韩书白性格开朗、长相清秀，时常会在微博上跟粉丝互动，相较于高冷到连微博都没有的裴以恒，他显然更有亲和力。

在棋坛，他的粉丝数量仅次于裴以恒。虽然竞技体育是用实力说话，但大战在即，双方粉丝颇有点儿针锋相对的意思。

"裴以恒九段，力争第四冠，冲呀！"

"我觉得韩书白的赢面更大，裴以恒的时代已经过去了。"

"我发现有些后辈粉丝挺大言不惭的，不就是趁着小裴不在的时候偷了个世界第一吗？"

这种言论层出不穷。

上午十点，比赛开始，从两位选手入场，直播平台就开始播了。两人缓缓步入会场，镁光灯不断闪烁。

裴以恒穿着一套黑色西装，他的身材十分优越，两条长腿很扎眼。

记者们不停地对准他拍摄，他的脸颊被镁光灯映得更加白皙。

颜晗紧紧地盯着屏幕。

裴以恒今天没有打领带，白衬衫的纽扣解开了两粒，微敞的领口露出修长的脖颈，还有微微凸起的喉结。

围棋比赛虽然很漫长，但并不无聊。在棋盘的方寸之间，黑白博弈厮杀，每一步都饱含着棋手的智慧和经验。

都说下棋如做人，可偏偏裴以恒和韩书白两人下棋的风格跟性格截然不同。

裴以恒性格清冷，但他下棋时很沉着，特别是在官子阶段，而韩书白性格开朗阳光，但他棋风非常凌厉。

两人的比赛犹如最锋利的剑对上最厚重的盾。

比赛进行了两天，颜晗在酒店里待了两天没有出门。两天过去，比分已经到了零比二。

在之前的预测中，两人在前两盘都有胜利的机会，大部分人猜测两人会战成平局。可在刚结束的比赛中，裴以恒再次失利，目前他大比分落后于韩书白。

颜晗猛地从椅子上站了起来。

谁都知道，裴以恒现在已经被逼到了悬崖边，并不是裴以恒下得不够好，而是双方都下得太好了。

虽然颜晗没看过多少围棋比赛，但她觉得这场五番棋足可名列史上最精彩的对局之一。

颜晗在酒店房间里走来走去，手机突然响了起来。

她急急地拿起手机，是陈晨发来的消息。

陈晨："你没事吧？"

她们都在关注裴以恒的比赛，今天裴以恒又输一局，陈晨怕颜晗一个人胡思乱想，所以发来信息关心一下她。

她能有什么事呢？哪怕她再着急，她也不是比赛中的那个人。

阿恒此刻会紧张吗？

她甚至无法体会他的心情，因为她从来没有被逼到悬崖边过。

颜晗心烦意乱，正准备退出微信，却不小心点到了朋友圈，看到了显眼又明艳的菊花头像——程颐刚发了朋友圈？

果然，第一条就是程颐发的。

程颐："谁知道日本的哪家中餐厅比较正宗？"

颜晗一瞬间就从沙发上跳了起来。

她冲出酒店，按照酒店前台的指示，找到最近的一家超市，买了一大堆东西。

牛肉是阿恒最喜欢的。

看见老干妈酱料的时候，颜晗差点儿喜极而泣。

颜晗订的是套房，里面锅灶器具一应俱全。当她把最后一道麻婆豆腐盛在便当盒子里后，她定睛看着面前的菜肴，长舒了一口气。

阿恒应该会喜欢吧？

颜晗住的酒店离裴以恒比赛的地方只有三分钟的路程，她直接背着一大包东西走了过去。

颜晗知道裴以恒比赛的时候不会用手机，所以她在楼下大堂给程颐打了个视频电话，请她到大堂来一趟。

程颐将信将疑地下了楼，一到大堂就看见站在沙发旁边的小姑娘，她穿着浅蓝色衬衫和白色长裤，脚上是一双板鞋，简单的打扮也很好看。

程颐走过去，惊讶地问道："颜颜，你什么时候过来的？"

颜晗看见程颐，松了一口气，把自己带来的东西递给她："这是我做的菜，食材都是我亲自去超市买的，可以放心吃。"

程颐看着白色手提袋里整整齐齐放着的饭盒，还是凯蒂猫的，特别可爱。

程颐更震惊了："你做的？你到日本几天了？为什么不跟我们说？"

"我不想让阿恒分心，这些菜就麻烦您交给他吧。"

程颐觉得这简直太疯狂了，但最后她还是答应了颜晗，没把颜晗也来了日本的事情告诉裴以恒。

程颐把食物拿上楼的时候，裴以恒刚洗完澡。

他在饭桌旁边坐下，刚吃了两口，就抬头问程颐："这是谁做的？"

程颐哈哈笑道："是我在一家中餐厅点的啦，如果你喜欢吃，明天咱们再点。"

裴以恒"嗯"了一声，一口一口认真吃了起来。

程颐有点儿心虚，不敢看裴以恒，干脆把头转到另一边。谁知，裴以恒突然开口喊了一声："妈妈。"

程颐整个人抖了一下，她转过头看向裴以恒，声音拔高道："怎么了？"

裴以恒淡淡地看向她，握着筷子的手顿住，低笑道："您怎么那么紧张？"

"什么紧张呀？哪有！"程颐干笑了两声，见裴以恒仍盯着自己看，她不自然地道，"是你突然叫我，把我吓到了。"

"我只是想问问，您要不要吃一点儿？"裴以恒抬了抬下巴，指指餐桌上的便当盒。

一整套粉色凯蒂猫的盒子，可爱又别致，应该是女孩子喜欢的吧？

程颐心底松了一口气，笑道："你先吃吧，妈妈不饿。"

这时，门铃声响了起来。

程颐立即站了起来，说："我去开门。"

她打开门，看见助理提着袋子，气喘吁吁地道："我买了中餐回来，这家餐厅据说是东京最地道的中餐厅。"

白色袋子上，"川府人家"四个大红色的字格外显眼。

程颐吓得立即挡住了她，低声说："不用了，他已经在吃饭了，你拿回去自己吃吧。"

"阿恒少爷已经在吃饭了？"助理往里面看了一眼。

程颐点头，挥挥手让她赶紧离开，助理一边纳闷一边转身走了。

之前还说想吃中餐，怎么现在又吃了别的呢？

程颐关上门后，就看见裴以恒看着她。

她主动解释说："是助理，她说附近有一家炸猪排店的东西特别好吃，所以买来给我试试看，不过我要减肥。"

说完，她低头看了一眼自己的腰身，认真地问："阿恒，你觉得妈妈胖了吗？"

裴以恒扫了她一眼，不紧不慢地夹了一筷子牛肉，送到嘴边之前，轻轻"嗯"了一声。

程颐本来已经准备好接受称赞了，裴以恒一声"嗯"，让她愣在了原地。

"我真的长胖了？"程颐声音里透着惊讶，低头左看右看。

难怪她早上穿这条裙子的时候觉得有点儿紧。

裴以恒的嘴角几不可察地勾了下，耳边响起程颐呼天抢地的声音。

"我真的胖了？我就知道你爸是在骗我。

"不行，今晚不吃饭了。

"我在日本这几天都不吃了。"

程颐抱怨完后，抬头朝裴以恒看过去，狐疑地问："你真的没骗妈妈？"

"我骗您干什么？"裴以恒看着她，平静地说，"难道您做了什么对不起我的事情？"

程颐张嘴就要说"哪有"，可望着裴以恒面前摆着的饭盒，她心里一下虚了起来。

程颐是真没想到颜晗也来了日本，还会特地做菜送过来给阿恒。

她是怎么知道阿恒想吃中餐的？

没一会儿，程颐接了个电话，是裴克鸣打来的。

他在电话里叮嘱："你在阿恒身边别打扰他，也别给他太大压力，不就是一场比赛吗？"

听他语气轻松，程颐哼了一声："我陪阿恒比赛这么多次，难道还没你懂吗？"

"抱歉，是我失礼了。"裴克鸣笑着哄道。

程颐想起颜晗的事情，便说："对了，你肯定猜不到这次还有谁来日本了。"

"颜晗？"裴克鸣淡淡地道。

程颐嘟囔道："你怎么这么厉害，一下就猜到了。"

顿了一下，她又说："颜颜真的太贴心了，来了日本也没跟我们说，估计是怕阿恒分心吧。她自己一个人住在酒店，今天阿恒想吃中餐，她就自己做了送了过来，这孩子太好了。"

等她打完电话走出房间的时候，裴以恒已经不在餐厅了。

她走到餐桌边，看见饭盒被洗得干干净净地摆在餐桌上。

他全部吃完了？

程颐微怔。

以往每次比赛的时候，裴以恒都吃得很少。早上十点开始比赛，一盘棋下个五六小时几乎是常态，比赛结束后，不管是精神还是体力都到了极限，自然不会有什么胃口。

他这次主动跟程颐说想吃中餐，程颐都觉得奇怪。

参加了这么多比赛，这是他第一次主动提要求。

程颐悄悄地去了书房。

他们住的是套房，客厅、书房、厨房一应俱全。

她蹑手蹑脚地拉开书房门，结果里面漆黑一片，压根没人。

程颐愣住了，又转身去了裴以恒的房间，她贴着门听了一会儿，里面好像有洗澡的声音。

看起来，他还挺放松的。

颜晗是在酒店三楼吃的自助餐，吃完之后，她便回到自己房间的沙发上躺着。过了一会儿，她突然坐了起来，翻出自己的电子菜谱。

她做过的菜很多，为了防止忘记，她会一一记录下来。

老爷子还有一本手写菜谱，颜晗垂涎已久。

明天吃什么好呢？她一边翻着菜谱一边琢磨着。

不过，还是要问问吃饭的人吧？当然，她不可能直接给裴以恒打电话。颜晗想了下，拿出手机给程颐发了条消息。

那套凯蒂猫的饭盒是她在超市随便买的，日本的很多东西很可爱，她还想买一套带回国。

她问程颐裴以恒明天想吃什么，如果他吃完了，她可以过去拿饭盒。

过了几分钟，程颐给她打了个电话，两人约好了在酒店的大堂见面。

颜晗换了鞋子，连包都没拿，带着手机和房卡就过去了。

"颜颜。"颜晗刚进大堂，就听到有人喊她。

程颐一脸开心地望着她："刚才你走得太快，我都没跟你好好聊聊呢，要不去你住的酒店吧？"

听到程颐的提议，颜晗虽然觉得惊讶，不过也没拒绝。

程颐之所以想跟着颜晗过去，就是想看看她住的酒店。毕竟颜晗还是个学生，一个人来日本肯定舍不得花钱，还要想方设法地给阿恒做菜。

程颐已经想象了一出千里追夫的苦情戏码。

几分钟后，两人到达颜晗住的酒店，酒店大堂豪华明亮，丝毫不输程颐和裴以恒住的酒店。

颜晗发现程颐没跟上，回头看见她还站在原地，便喊了一声："阿姨。"程颐立即跟了上去。

颜晗在看到自己套房里的客厅时，整个人都僵住了。

她之前去超市买了挺多东西，此时，没用上的都扔在客厅，地上一片狼藉。颜晗深吸一口气，轻声说道："有点儿乱，我收拾收拾。"

"不用，出门在外都这么乱，你是没看到我和阿恒住的那个套间，我也是买了一堆东西放在客厅。"

程颐的心态很好，裴以恒比赛的时候，她也不会在赛场外傻等，而是自己跑去逛街了。

颜晗听她这么说，忍不住睁大了眼睛。

程颐的心态确实值得她学习。

两人在沙发上坐下之后，程颐才问她："你来日本怎么都不跟我们说一声？"

"我就是觉得在国内等着不安心。"颜晗低声说。

程颐望着她的模样，低笑一声："紧张了吧？"

被程颐说中，颜晗勾起嘴角，觉得有点儿不好意思。

程颐笑道："都是这么过来的，等多看几场比赛，你就淡定了。我刚开始陪他参加比赛的时候，浑身都在抖。"

颜晗被程颐逗笑了，这几天来的沉闷心情一扫而空。

别人说没事的时候她并不相信，但是程颐告诉她真没什么大不了的时候，颜晗心里绷着的那根弦才渐渐松了下来。

程颐见她笑了，开心地说："他自十一岁成为职业选手以来就不断参加各种比赛。我们都放轻松，赢了替他庆祝，输了……"她微微顿了下，看向颜晗，说："下次再来。"

一场比赛并不能代表什么，谁都无法抹灭他的伟大。

颜晗振奋起来，认真地说："阿姨，阿恒想吃什么，您尽管告诉我，我明天还给他做。"

程颐沉吟道："要是他明天输了的话，咱们可以一起出去吃饭。"

说完，程颐冲着她眨了眨眼睛。

这确定是亲妈吗？颜晗都有点儿无语了。

第二天上午十点，比赛再次开始。

颜晗醒得很早，中午在酒店的餐厅吃完饭后，她便去超市采购食材。

早上的时候，程颐把裴以恒想吃的菜发给了她。

她们谁都没提起昨晚那个话题。

如果今天他输了……

颜晗有种预感，她觉得裴以恒今天不会输。

颜晗在超市逛了许久，用并不流畅的日语和店员交流，买到了她想要的食材。

回到酒店之后，颜晗便开始动手做饭。

最先做的是红焖牛腩。要想做出好吃的牛腩，一定不能买太瘦的，要肥瘦相间，这样做出来才既不会太柴，也不会太腻。

颜晗做菜的时候总是能静下心来，经过一道又一道的工序，厨房里弥漫着鲜香的味道。

待她掀开锅盖的时候，热气升腾，香味扑鼻而来。

"哇！"颜晗轻呼了一声。

她正打算把牛腩盛在饭盒里，猛地发现饭盒里竟然有一张纸，纸上写着苍劲有力的几个字。

"如果我赢了，我能约你吗？"

"富士杯"决赛可谓一波三折。

韩书白先下两城，将裴以恒逼入绝境。在大家都以为这场世界最强棋士的比赛已经分出胜负时，随后两天，裴以恒连赢两盘，双方又回到了同一起跑线。

最后一盘决胜局谁都不想输，谁都不会让步。

比赛开始之前，韩书白率先出现在会场，一向笑意盎然的人此时微抿着嘴角，看上去格外严肃。

比赛快开始的时候，穿着一身黑色正装的裴以恒才出现在走廊尽头。

他踏上走廊地毯的一瞬间，闪光灯不断亮起，整个走廊都被照得雪亮。

他坐下来后，媒体的闪光灯依旧没有停下来。此时，国内直播间的人数相比之前翻了一倍有余，不少电视台的体育频道都在转播这场"天王山之战"。

因着媒体的大力报道，加上比赛超乎想象的激烈，这场比赛成为所有人关注的焦点。

世界第一究竟会是谁？

颜晗望着字条上苍劲有力的字愣了许久，待回过神来，她拿起手机就跑了出去。

这是阿恒放在饭盒里的字条，所以，他一直知道饭菜是她做的。

这个男人……

她想在他比赛结束前赶过去，这样不管他是赢也好，输也罢，他都能在第一时间看到她。其实，他一直想她陪在他身边吧。

颜晗赶到酒店的时候，只见到处都是记者。

这是世界性的比赛，各国记者都来了。她耳边响着各种语言，日语、韩语、英语，每个人说话的语速都很快。

颜晗踮着脚望着里面，此时，比赛还没有结束。

颜晗低头准备继续刷国内的直播时，肩膀突然被人轻轻拍了一下，她抬起头，看见一个戴着眼镜的男生。

"请问是颜晗小姐吗？"眼镜男微笑着问。

颜晗点头，对方松了一口气："我是夫人的助理。"

颜晗眨了眨眼睛，不知道他说的是哪位夫人。

助理压低声音说："就是程颐女士。"

颜晗立即明白过来，她点了点头，问道："请问有什么事情吗？"

"夫人说您站在这里太辛苦了，请您到休息室坐一坐。"助理说。

于是，颜晗跟着助理去了休息室。

本来颜晗以为只有程颐在，谁知里面坐了不少人。

程颐正跟旁边一位略有些年纪的男人说话，神色有点儿严肃。听到门口传来动静，她转头看过来，见是颜晗，她立即站了起来。

"你再不来，我都打算亲自去请你了。"程颐看着她，笑道。

颜晗站在程颐面前，一时不知道说什么。程颐对她太好了，好到让她觉得程颐就是她妈妈。每次看着程颐，颜晗都会想到颜明真。

"怎么了？"程颐见颜晗有点儿出神，拉住她的手问。

颜晗摇摇头，表示自己没事。

休息室的墙壁上挂着一台巨大的电视，不时传出一串串日语，她转头，看见一个棋盘出现在屏幕上，黑白棋子泾渭分明，相互对垒。

房间里的其他人小声交谈着，看起来都在讨论棋局。

程颐将颜晗拉过去，笑着给她介绍了几位棋坛上赫赫有名的人物。待对方看着颜晗的时候，程颐也毫不避讳，直说这是阿恒的女朋友。

颜晗一一和那些人握手，不卑不亢地打招呼。

程颐拉着颜晗坐下后，就听到旁边的人低声说："我怎么觉得裴九段这一手棋有点儿问题？"

这话一出，几个人小声地讨论起来。

颜晗眉头一皱，搭在膝盖上的双手紧紧地交握在一起。这些人都是围棋高手，又是在局外，或许真的比裴以恒看得清楚。

程颐见状，轻轻拍了下她的手背："别担心，比赛的时候都会这样，不过是这一手走得不好，不能说明什么。"

颜晗似乎被她说服了。

几分钟后，有人道："这是开始打劫了？"

颜晗抬头看着电视屏幕，对战双方已经展开了争斗，黑子与白子缠斗不休。

面对韩书白的挑衅，裴以恒按兵不动。虽然裴以恒执的白棋占据了优势，可韩书白的黑棋无所畏惧，铆足了劲儿拼劫。

终于，另一个声音响起："赢了！这盘棋裴九段应该是赢了！"

休息室里的人脸上都挂起了笑容。

颜晗依旧眼巴巴地盯着屏幕，这时镜头一转，对准了两位选手。

韩书白看起来还算镇定，他身体前倾，似乎想把棋盘看得更清楚。

而他对面的裴以恒此时没有落子，身体微微向后靠在椅背上，脸上没有表情，眼睛依旧盯着棋盘。

颜晗望着屏幕上的裴以恒，一时竟舍不得眨眼。

不知又过了多久，休息室里突然响起了掌声，所有人都站了起来。电视屏幕上，裴以恒和韩书白也站起来握了下手。

赢……赢了？

颜晗回过神来，才发觉自己眼睛已经湿润了。

她捂住自己的脸狠狠地揉了一下，同时在心里对自己说：颜晗同学，别这么没出息，你男朋友可是拿了四个世界冠军的人。

会场的大门被打开，媒体蜂拥而入，两名棋手再次成为媒体关注的焦点。

经历了这样一场比赛后，两人脸上都露出了倦意。

好在媒体拍完照后，主办方的工作人员便请他们先下去休息了，半个小时后才举办颁奖典礼。

"阿恒待会儿会过来的。"程颐凑到颜晗耳边，轻声说道。

颜晗张了张嘴，又不知道说什么了。

明明两人才一个星期没见，她每天都能在电视上看到他，可此刻知道他要过来，她心里还是特别紧张。

随着一声轻响，大门被推开了。

众人朝着门口看过去，就见一身黑色西装的裴以恒站在门口，他衣领微微敞着，整个人身上多了几分不羁。他扫视了一圈房间，最后目光落在颜晗身上。

房间里顿时响起热烈的掌声，裴以恒嘴角勾起，露出浅笑。

他抬脚走进房间，与房间里的人一一握手，最后才走到程颐和颜晗面前。

人潮退去之后，房间里只剩下了他们三个人。

程颐开心不已，没等裴以恒说话，她就伸手抱住他，声音里透着笑意："儿子，恭喜你！"

"谢谢。"裴以恒伸手环住程颐。

程颐擦了下自己的眼角，松开他，低声说："妈妈先出去哭一会儿，你们俩说会儿话吧。"

颜晗被程颐的话逗得笑了起来，裴以恒闻声看了过来。

他那双漆黑的眸子犹如覆着一层光，清亮逼人。

程颐是有意把空间留给他们的，临走的时候还贴心地关上了休息室的大门。

偌大的房间里只剩下他们两个人，似乎都能听见对方的呼吸声。

颜晗也不知道自己为什么会有点儿害羞，她手足无措起来。要不是此时裴以恒就站在她对面，她真想拿出手机搜索一下应对方法。

"颜颜。"裴以恒突然出声喊她。

颜晗微怔，刚抬起头，整个人就被紧紧抱住了。男人将她整个人揽在怀中，她闻着他身上熟悉的气息，终于平静下来，伸手抱住了他。

过了一会儿，颜晗突然想起什么，道："对了，我还没跟你说恭喜呢。"她抬起头，从他怀里钻了出来，直直地看着他，嘴角扬起："阿恒，恭喜你。"

她话音刚落，裴以恒的脸已经凑近她，他毫不犹豫地衔住了她的唇瓣。

颜晗抱着他的腰，心脏仿佛都要麻痹了。

在颜晗快要喘不过气来的时候，裴以恒终于松开了她。

外面传来有人说话的声音，大家都在等着新科世界冠军的出现。

颜晗看了裴以恒的嘴唇一眼，真想咬一口。

这念头在她心底生根发芽，最后颜晗搂着他的脖子贴了上去。

裴以恒的个子实在太高了，她踮着脚才能把自己的唇凑过去。两人的唇齿再次交缠，抵死的温柔缠绵。

颜晗伸手在他的嘴角按了一下，低笑道："这次先放过你。"

颜晗不是冲动的人，裴以恒刚拿了冠军，不知多少媒体等着拍他这张脸呢。

裴以恒垂眼看着她："可是我不打算放过你。"

颜晗被他的眼神吓住了，微微退后，这时，外面响起敲门声，是助理过来提醒裴以恒该出席颁奖典礼了。

裴以恒看了一眼门口，回道："知道了。"

声音很沉，很好听。

颜晗踮起脚为裴以恒整理衣领，视线从他脸上扫过的时候，她不由得暗叹一声，男人有这么一张脸本就叫人羡慕，偏偏他还有那样好听的声音。

然而，裴以恒身上最吸引人的不是他的容貌和声音，而是他的才华和天赋。

颜晗轻轻拉了拉他的西装外套："我想再说一声恭喜你。"她顿了一下，如画的眉眼染上笑意："我的世界冠军。"

裴以恒夺冠的消息很快便传到了国内，社交媒体上到处都是他的新闻。继最年轻的三冠王之后，他成为最年轻的四冠选手。

虽然围棋界的天才多如牛毛，可裴以恒依旧是那颗最耀眼的明珠。

在颁奖典礼上，来自世界各国的媒体记者提问不断，让人惊讶的是，裴以恒的语言天赋也很好，不仅能用流畅的英文回答问题，还能听得懂日本媒体的提问。

程颐转头得意地说："阿恒很厉害吧？"

颜晗点头。

"其实说起语言天赋，阿礼比他更厉害，阿礼可是会六国语言的人。"程颐竖起手指比了一个"六"的手势，特别得意地在颜晗面前晃了一下。

颜晗眨了下眼睛，佩服地道："裴学长真厉害。"

程颐是温柔优雅的贵夫人，不会逮到谁都炫耀自己的儿子，可是她两个儿子又实在太优秀，想要炫耀的心情怎么都按捺不住。有了颜晗，她终于可以做这件事了。

这时，有媒体问："拿到这么丰厚一笔奖金，您最想做什么呢？"

这种问题属于八卦了，不过也无伤大雅。

裴以恒微微一笑，认真思考了一下，说："往常都是给父母还有哥哥买礼物，这次的话，也会给女朋友买吧，这是她第一次看到我夺冠。"

现场一片哗然。

大家都没想到裴以恒会主动提到自己的女朋友，立即有媒体问："女朋友有恭喜你吗？"

"当然。"裴以恒浅笑，随即看向颜晗所在的方向。

颜晗吓得立马躲了起来，生怕被人看到了。

颁奖典礼是现场直播，正在寝室里看直播的陈晨和艾雅雅听到裴以恒说要给颜晗买礼物，都叫了起来，推门进来的倪景兮还以为寝室里的两人疯了。

陈晨双手抱住自己，忍不住喊道："我现在就是裴大师的死忠粉，他怎么能这么帅？这也太浪漫了吧！我都起鸡皮疙瘩了。"

艾雅雅点头，也激动地道："他简直就是我梦想中的男朋友！"

倪景兮走过来看了一眼电脑屏幕，没说话。

陈晨没放过她，伸手抱住她问："倪大人，你觉得裴大师帅吗？"

这寝室估计风水不好，四个姑娘长得都不错，却到了大三才有一个脱了单，现在另外两个单身的眼看着要被刺激疯了。

倪景兮无奈地点头："帅。"

颁奖典礼到了尾声，裴以恒应记者的要求，再次拿起奖杯站在背景板前拍照。

颜晗和程颐先回休息室等他，程颐中途出去接了个电话，就一直没再回来。

裴以恒回来时，颜晗一眼就看到了他手里的奖杯。

这可是属于世界冠军的奖杯。

大约是她的目光太过热烈，裴以恒把奖杯递了过来："要看吗？"

颜晗伸手准备接过，谁知裴以恒突然又收了回去。

许久后，他开口说："要不，送给你吧？"

颜晗一怔，下意识地说："这怎么行？"

"怎么不行？要是我们成了一家人，还分什么你的我的吗？"

颜晗彻底愣住了，他这是什么意思？

裴以恒往前走了一步，问道："颜颜，你愿意跟我做真正的一家人吗？"

是她想的那个意思吗？

颜晗愣在原地，许久都没有说话。过了好半晌，她才眨了下眼睛，像是终于找回了自己的声音一样："阿恒，你是在……"

这时，门外突然响起有节奏的敲门声。

程颐的声音传来："阿恒，你是不是在里面？"

颜晗立即将他推开，往旁边站了站。

裴以恒看着颜晗一副要跟自己划清界限的模样，觉得有点儿好笑，他朝门外道："我在。"

程颐推开门看见两人后，指了指外面，说："棋院的人来找你了，你现在要接受媒体的单独访问。"

夺冠之后的采访是必不可少的。

不仅是采访，还有庆功晚宴，裴以恒作为冠军自然不能缺席。本来程颐邀请了颜晗一起参加，不过一想到庆功宴上肯定会有记者，颜晗就拒绝了。

裴以恒换了一套礼服出来之后，见颜晗不在，便问程颐："颜颜人呢？"

他穿着笔挺的西装，领口打着黑色领结，少年的身材虽然很清瘦，却撑得起这一身。

裴以恒蹙眉，又问了一遍："颜颜呢？"

程颐伸手在他脸上捏了一下，叹道："你到哪里找的这个女朋友，也太懂事了。"

裴以恒一怔，不太明白程颐的意思。

"颜颜说，如果她跟咱们一起去参加晚宴，到时候那些媒体记者肯定会揪住你们的恋情不放，反而会忽略你夺冠的事情。"

八卦总是更吸引人。

裴以恒站在原地，一时无言。

比赛的时候他没想那么多，也没想到颜晗会偷偷跑来日本看自己比赛。他觉得颜晗既然没跟他一起来日本，肯定就不会来了。

那天他说想吃中餐，并不是随口提起的。

比赛连输两盘，他心里也有一些波动。

他在心底问自己，要输了吗？

裴以恒一直相信自己，他并不是个自大傲慢的人，他只是自信，他相信他不会这么轻而易举地输掉。可是当真的站在悬崖边的时候，他心里的信念也会动摇。

所以，在程颐问他想吃什么的时候，他才下意识地说了中餐。

那一刻，他想起了颜晗，想起了她曾经对他说过的话。

"阿恒，你知道吗？你下围棋的时候，是会发光的。"

那时他刚决定回归棋坛不久，他坐在窗边下棋，颜晗在厨房里剁着东西，发出了一连串声响，就连一向只要开始下棋就不会轻易被干扰的裴以恒都忍不住抬头看过去。

他坐在棋盘边，正好能看见厨房里忙碌的背影。

他静静地看了好一会儿，颜晗似有感应般回头，正好撞上他的视线。

颜晗红了脸："是不是我的动静太大，打扰你了？"

"没有。"裴以恒嘴角勾起。

见她满脸不开心，他忍不住问："怎么了？"

颜晗本来不想说的，但她真的很生气。

自从裴以恒决定回归棋坛之后，她就开始泡围棋论坛。她决定成为裴以恒的坚实后盾，结果今天看到一篇帖子，她差点儿被气死。

起因是有个路人感慨裴以恒回归棋坛，想起几年前因为他的粉丝太过疯狂，他被群嘲过一段时间，被群嘲的原因是他的粉丝在他生日那天发了一条微博："六岁学棋，十一岁定段，十七岁横扫东亚三国，裴以恒九段，这黑白世界，任您驰骋。"

这条微博本来没什么，结果裴以恒的粉丝一激动，转发量就达到了十万以上。

围棋圈子一向小众，这条微博引起了很大的关注，裴以恒反而被嘲讽得更凶了。有人更是直说，围棋天才何其多，一个裴以恒算什么？

还有人嘲笑道，裴以恒比起其他选手不过就是多了一张脸，连一个世界冠军都没有拿到，粉丝就敢这么吹捧他。

哪怕已经是陈年往事，可还是激起了颜晗心底的愤怒，她脑子里不断地重复着这些话，甚至比看见黑粉骂她时还要愤怒。

裴以恒见她不说话，低笑了一声，又开口问道："你到底在气什么？"

颜晗本来是不想说的，但最后还是没有忍住。

听着听着，裴以恒垂头笑了，他骨节分明的手指捏着一枚黑子，悠悠浅笑："你过来。"

颜晗脱掉身上的围裙走过去。

刚走到他身边，颜晗还没说话，她的手指就被他轻轻攥着了。裴以恒稍稍一用力，颜晗就被他拉到了怀里，靠在他胸口上。

棋盘被猛地撞了一下，黑白棋子"噼里啪啦"地散落一地。

过了很久，裴以恒松开面红耳赤的她，轻声说："我一年内拿了三个冠军，让他们都闭嘴了。"

颜晗安静地看着他。

此时坐在窗边的人虽然一脸淡然，却仿佛在发光。

她缓缓凑到他耳边，低声说："阿恒，你知道吗？你下围棋的时候，是会发光的。"

第十一章

生可同衾，死可同穴

颜晗说过他下棋的时候会发光，所以哪怕是到了悬崖边，他也不能放弃，因为他喜欢的人正等着他绽放出万丈光芒。

本来是因为思念她才点的中餐，没想到却吃出了她的味道。

裴以恒吃第一口的时候就有点儿疑惑，越吃到后面就越肯定，那些菜一定是颜晗做的。

不是他疯了，而是她真的来了。

"阿恒？"程颐试探着喊了一声，瞧着裴以恒兴致不高的样子，她忍不住说，"要是你实在想让颜颜参加，我现在就让助理去接她过来。"

"不用了。"裴以恒道。

既然颜晗不想参加，那就由着她吧。

他乐意哄着她，况且颜晗这般谨慎也是为了他。

裴以恒觉得挺好。

晚上，裴以恒一踏入宴会厅就吸引了所有人的注意。

"富士杯"是日本举办的世界级围棋大师赛，自然吸引了不少日本围棋界的高手和前辈。

裴以恒待人接物一向得体，从未被人诟病。席间，他频频举杯，宴会过半时，他身上已经有了明显的酒气。

他感觉头有些沉，便放下酒杯，欠了欠身，去了洗手间。从洗手间回来的时候，酒店走廊尽头的阳台花园里出现了一个熟悉的身影。

韩书白手上夹着烟，已经抽了一半，看见裴以恒，他笑了下，把烟举起来问他："要来一支吗？"

裴以恒踏上台阶，慢慢地走到他旁边。

韩书白从兜里掏出烟盒，叹了一口气："就剩两支了，还有点儿舍不得给你。要火吗？"

裴以恒摆了摆手，从西装口袋里拿出一个银色打火机，他嘴里叼着烟，一低头，火苗从他半拢着的手掌里蹿了起来，橘色火苗左右飘着。

他吸了一口，烟头猛然一亮，发出猩红的光。

韩书白望着裴以恒熟练的模样，震惊得说不出话来。过了好半晌，韩书白才不敢置信地说："你知道吗？咱们棋院里的人都说，你是唯一一个不抽烟的棋手。你装得可真够像的。"

要不是裴以恒亲自在他面前这么熟练地抽烟，韩书白绝对不会相信裴以恒抽烟。

他递烟给裴以恒只是个习惯，他经常逮着谁都要给支烟，似乎不一起抽支烟就显不出他们的交情。

裴以恒转头看着他，眼睛微眯，淡淡地道："我没说过我不抽烟。"

在棋院里，裴以恒一直给人一种遗世独立的感觉。其他棋手或多或少有交好的棋手，他却跟谁都淡淡的。

但他待人接物又很得体，棋院里就数他请客吃饭的次数最多，谁要是有个什么事儿，他也会帮忙。

韩书白记得之前有个外地棋手的母亲病了，还挺严重的，当时棋院里不少人帮了忙，就裴以恒看起来一副不太上心的样子。但后来那个棋手说是裴以恒帮忙搞定了床位，还帮他垫付了医疗费。

从那以后，所有人都打心眼儿里服他。

有时候论坛上有人骂他，说他太傲气，说他不合群，棋院里根本没人愿意跟他做朋友。其实骂他的人都是外人，压根儿什么都不知道。

上次薛斐采访那件事出来之后，不少人很反感薛斐，只是大家都没有说出来。

韩书白吸了一口烟，突然开口说："如果今天我输给别人，估计也没这么难受。"

空气里一片寂静。

过了许久，裴以恒才淡淡地"哦"了一声。

韩书白在心底叹了口气。

裴以恒这人真的特烦，赢了他不会太高兴，输了也不会表现出不开心。

他那宠辱不惊的样子哪里像什么棋手，是圣人吧？

两人抽完烟之后，便一起回了宴会厅。

大概十一点的时候，参加晚宴的人走得差不多了，裴以恒和程颐也准备离开。

韩书白和一群年轻棋手走了过来，喊道："裴九段，我们准备去居酒屋再喝点儿，一起吗？"

裴以恒看了他一眼，抱歉地说："抱歉，我去不了。"

似乎觉得就这样干脆地拒绝不太好，裴以恒勾了勾唇，又道："我女朋友这次也来日本了，晚宴她没参加，现在我得回去陪她吃夜宵，实在不能和大家一起去喝酒了。"

韩书白突然感觉这一幕特别熟悉，似乎上一次围棋比赛后，裴以恒也是这么说的。

有女朋友的人拿了冠军后可以跟女朋友一起吃饭庆祝，没女朋友的人输了却只能跟一群单身人士喝酒买醉。

同样是人，怎么差距那么大呢？

颜晗洗完澡，把头发吹到半干后，看了看房间里的东西。

就这么几天的工夫，她怎么觉得自己在这里住了一年呢？

她刚弯下腰准备收拾东西，门铃就响了起来。

颜晗打开门，看到站在门口的人，她先是一怔，随后睁大了眼睛，一下子扑过去抱住了对方。

"阿恒，你怎么来了？"颜晗心里说不出的欣喜。

裴以恒的声音里透着笑意："我不是说过如果拿了冠军，要跟你约会吗？"

颜晗想起他留给自己的字条，哭笑不得地说："你就不怕我没打开那个饭盒？"

今天是比赛的最后一天，不管胜利还是失败，她都不需要再给他做饭。要是她没有打开饭盒，说不定真的看不到那张字条。

裴以恒望着她："我相信你一定会看到。"

颜晗被他莫名其妙的自信打败了，忍不住抿嘴笑了起来。

裴以恒牵起她的手，说："走吧。"

"等等。"颜晗双手抓着他的手，一脸惊讶地说，"我们现在去干吗？"

"约会呀。"裴以恒理所当然地说。

颜晗看了看手机："现在都快十一点了，我们还要出去约会？"

"日本的治安还是比较好的，况且有我陪着呢。"裴以恒凝视着她，低笑道，"难道，你不想看看东京的夜景？"

当然想。

颜晗来日本的这几天，不是待在酒店关注比赛的情况就是去超市买食材，根本没有好好逛过。

这样想着，她立即说："等我一下，我去换一身衣服。"

颜晗换了一身浅绿色雪纺纱裙，灯光打在她身上，衬得她的肌肤雪白细腻，犹如从童话里走出来的精灵。

下楼的时候，裴以恒侧头看着她问："想去哪儿玩？"

颜晗不假思索地说："东京塔。"

两人上了出租车，裴以恒用流利的日语告诉司机他们要去东京塔。

虽然之前听程颐夸赞过，此刻颜晗还是忍不住想，他还真是什么都会。

东京塔的灯光会在零点熄灭，颜晗低头看了一眼自己的手表，还有半个小时，只希望这个时候的东京不要堵车。

好在她的愿望成真了，一路上畅通无阻，加上她住的酒店本来就在东京市中心，离东京塔只有十五分钟的车程，他们终于在离东京塔熄灯前十分钟赶到了。

颜晗仰头望着面前这座铁塔，暖黄色的灯光遍布塔身，在东京五彩斑斓的夜晚下熠熠生辉。

"我们拍张照片吧。"突然，裴以恒提议道。

颜晗微怔。

一般来说，男生不太喜欢在景点拍照。现在裴以恒主动提出拍照，颜晗还觉得挺奇怪的。

最后，他们请了一位路过的日本女孩帮忙拍照。

裴以恒说日语的时候，那女孩看了看他，随后又看向颜晗，特别开心地点点头，还用日语对裴以恒说了几句话。

颜晗还来不及问他们说了什么，就被裴以恒拉入了怀中。

他个子很高，说话的时候，声音是从颜晗的发顶上传来的："颜颜，看镜头。"

颜晗看向拿着手机的日本女孩，微笑的同时，感觉自己的头被一只手轻轻按了一下。她的头瞬间偏向另一侧，靠在了他肩膀上。

两人紧紧依偎着的画面被永远地定格在了相片上。

颜晗看到照片上歪着脑袋的自己，还有笑得温柔的他，十分感动。

"这是我们的第一张合影啊。"颜晗抬起头说。

她看了看时间，还有一分钟到零点，她立即惊呼道："东京塔要熄灯了！"

她抬起头凝视着塔身，手掌突然被旁边的人紧紧握住。几秒钟后，塔上的灯光一下子熄灭了，虽然周围的霓虹灯依旧闪耀着，但她感觉万籁俱寂，唯有手上的触感是那样真实而温暖。

颜晗觉得，她一辈子都不会忘记他们一起仰望午夜的东京塔熄灯的这一刻。

她也永远不会忘记，是他陪在她身边。

人间有你，裴以恒。

颜晗跟裴以恒是坐不同的航班回国的。

他得了冠军，国内肯定会有记者等在机场，所以颜晗干脆坐了早一班的飞机，一大清早就飞回了 A 市。本来她想着先回家睡一觉，可到家之后怎么也睡不着。

她窝在沙发上正觉得无聊，门铃突然响了起来。颜晗看了眼时间，想着这个点裴以恒应该还没到国内，不过她还是起身去开了门。

刚打开房门，她就看见一脸冷漠的颜明真。

颜明真从随身的包里拿出一沓文件，扔到颜晗脸上，冷笑着道："这就是你说的绝对不跟你哥哥抢吗？"

颜晗没有说话。

她蹲下身，将那些纸一张一张地捡起来，看见"转让股权"四个字时，她浑身一僵。

"你可真是聪明。"颜明真冷笑着道。

那确实是一份股权转让书，老爷子决定将自己名下一家上市餐饮公司百分之三十一的股权全部转让给颜晗，而这些股份市值超过十亿。

这家餐饮公司旗下的连锁餐厅以物美价廉闻名，非常受年轻人的欢迎。

颜晗看着颜明真，无力地说："我真的不知道，而且我对公司的事没有任何兴趣。"

"你是不知道，你什么都不知道！"颜明真讽刺地说，眼里充满了愤怒，"你对公司没有兴趣，你爷爷就把这些东西给你了，要是你有兴趣了，你爷爷不得把整个公司交给你继承啊？"

面对颜明真的冷嘲热讽，颜晗只觉得无力。

她可以对其他人发火，碰上不长眼睛的，她端着盘子就能直接泼过去，背地里总爱说三道四的，她也不会因为对方是个女生就心慈手软。

颜晗从来不是个软弱怕事的人，可是颜明真不一样。

曾经颜明真对她也很好，她爸妈出事之后，颜明真是第一个赶来的。

那时候的颜晗什么都不知道，十三岁正是敏感天真的时候，一夕之间，父母接连离她而去，她真的害怕极了。

父母出事后，颜明真赶来之前，她听到警察跟爸爸的同事聊天。

警察问那些叔叔阿姨，她家里还有亲人吗？

她母亲是孤儿的事情不算秘密。

警察得知情况后叹了一口气，又问起她爸爸的家里人。有个阿姨说没怎么见他们跟亲戚来往，估计她爸爸那边也没有什么亲人了。

颜晗站在自己的房间里，偷偷地拉开门缝听着他们说话。

警察无奈又同情地说："如果实在联系不上亲人的话，咱们就先把她送去福利院住几天，毕竟她现在需要人照顾。"

颜晗浑身都在发抖，她知道福利院很好，那里的阿姨和叔叔都很热情很和善，可是被带到那里的孩子都是没有家人的。她不一样，她有爷爷奶奶，还有姑姑和之润哥哥。

泪水不断地往下落，她想喊出来，可浑身都在颤抖。

她知道爸爸和爷爷的关系不好，现在连爸爸都不在了，爷爷和姑姑他们会接受她吗？会愿意抚养她吗？颜晗不知道。

直到她家的房门被敲响，她看见一个身穿黑色西装套装的人提着精致的皮包，一脸沉肃地走了进来。她说："我是颜明真，是颜晗的姑姑。"

虽然颜明真的性格并不温柔和善，可望着她跟爸爸有几分相似的眉眼，颜晗在那一刻还是稍稍安了心。

她并不是无依无靠。

在颜晗最绝望的时候，是颜明真安慰了她，哪怕颜明真从来没像其他人那样抱过她，温柔地哄过她。

颜明真只会在见到她的第一面时说："颜晗，以后由我抚养你。"

颜明真也只会在颜晗父母的葬礼上冷冷地对她说："颜晗，现在跟你的爸爸妈妈说再见。"

颜晗看着颜明真，认真地说："我再说一遍，我不想要公司的任何东西。"

颜明真冷漠地说："你以为经过了这么多年，我还会相信你的话吗？"

颜晗的耐心被颜明真咄咄逼人的态度一点点蚕食着，颜晗闭了下眼睛，冷静地说："我不会跟哥哥抢，况且之润哥哥在公司干了这么久，你觉得比起他，爷爷会更相信我吗？"

颜晗不想跟颜明真吵架，仍试图用道理说服对方。

然而颜明真冷笑一声，讥讽地说："你爷爷已经老糊涂了，他现在心疼你心疼到已经不顾公司的利益了。既然他现在能把公司名下餐厅的股权转让给你，保不准将来就会把集团的所有股权都转给你。"

"够了！"听到颜明真这么说爷爷，颜晗怒火中烧，所有的理智都被丢到了九霄云外。

颜晗望着颜明真，一字一句地说："他是您的父亲，您不该那么说他。"

颜明真像是听到了什么天大的笑话："难道我说错了吗？当初你爸爸离开家的时候，是他信誓旦旦地跟我说，只要我乖乖留在家里就能得到一切。我放弃自己的爱情，努力工作，现在他却跟我说你孤身一个人，得让你以后生活有保障。"

年纪越大都会越心软，越开始想要弥补从前的错误。

老爷子如今上了年纪，妻子离开了他，他孤身一人，时常会想起以前的事。他开始怀疑自己以前的决定是否正确，也想补偿颜晗。

颜晗的父母已经不在了，于是老爷子将所有的关心都投在了颜晗身上。

颜明真觉得简直荒唐至极。

这时，颜晗的手机响了起来。

她拿出来看了一眼，屏幕上显示着"哥哥"两个字，颜明真自然也看见了。

颜晗当着颜明真的面接通了电话，她轻声说："喂，哥哥。"

"我妈是不是在你那里？"颜之润开门见山地问，手机里不时传来汽车鸣笛的声音，"我马上过去，等着我。"

颜晗还没说话，颜明真就一把夺过了她的手机。颜明真冷漠地说："如果你是来阻止我的，那我告诉你，谁来都没用。"

颜之润气急了，却不想激怒她，镇定地说："您别那么不讲理。公司股权的事情颜晗确实不知道，如果您真想做什么，为什么不去找爷爷？软柿子不是您这么捏的。"

颜明真被气笑了："你以为你爷爷那里我不敢去？我拼搏了三十年的公司，可不是为了让他心疼谁就送给谁的。"她说完，直接挂断了电话。

颜晗看着颜明真一副盛气凌人的样子，再也按捺不住，开口问："姑姑，您到底想干什么？"

颜明真没说话。

"如果您怕我跟哥哥争，那当初为什么要把我领回来？让我自生自灭不就好了？"

"啪"的一声脆响，颜晗挨了一个巴掌。

裴以恒怎么都没想到，他踏出电梯的瞬间会看见颜晗被人扇了一记耳光。

沉稳冷静了二十年的裴以恒被无数人夸赞过心理强大，哪怕是泰山崩于眼前，他都不会眨一下眼睛，此刻，他却觉得浑身的血液都奔腾了起来。

颜晗也看到了他，这一瞬间，她心里升起的不是被打的委屈，而是难堪。

裴以恒有那么幸福美好的家庭，可是她呢？本来她已经没有父母了，现在，连她的亲姑姑也不喜欢她，只觉得她活着不过是为了争夺家产。

哪怕眼前已经模糊一片，她还是努力忍着没哭："您还真不如让我自生自灭算了……"

说到最后，她声音里还是带了点儿哽咽。

裴以恒按住颜晗的肩膀，迫使她转了个身，然后将她推进了屋子，随后他关上了门，不过他没关严实，留下了一条细缝，在地板上折射出一道光影。

"又见面了，颜女士。"裴以恒强压下怒火，尽量平静地道，"不知道您还记不记得上次咱们见面的场景，就是您强行让颜晗去相亲，却遇到了一个想给她下药的人，您到警局的时候没问原因就怪罪于她。这次，您又是因为什么伤害她？"

裴以恒顿了一下，接着道："您是她的亲姑姑，怎么对待晚辈这件事本来不该由我来置喙，可是您想过没有，如果上次没有人碰巧看见对方的行径，如果真的发生那样的事情，您会心安吗？"

颜明真望着他，没有说话。

"以前我没资格说这句话，但是现在我是她的男朋友，她是我喜欢的人，哪怕把她捧在手里我都会怕她冷。如果她的家人是这样对待她的，那么我会成为她的家人。如果您做不到关心她、爱护她，就请离她远点儿。至于打她，我绝对不允许有下次。"说到最后，裴以恒的声音已经冷了下来。

门内的颜晗早已经忍不住抽泣了起来。

似乎只要一个人待在单独的空间里，她刚才拼命压下去的那些想法便都消失不见了。

外面，裴以恒质问颜明真的声音透过门缝一句一句地钻进来。

没一会儿，电梯再次打开，颜之润从里面走了出来。看到站在走廊里对峙着的两个人，他一下子就明白过来了。

不知过了多久，门外终于安静了。

门再次被推开的时候，颜晗站在半明半暗的光影中浑身颤抖。

她猛地被人从后面抱住了。

裴以恒贴着她的耳朵说："颜颜，我们结婚吧。"

让我成为你真正的家人，从此，生可同衾，死可同穴。

颜晗一觉醒来时，房间里漆黑一片，窗帘紧闭，如守卫者般不让光透进来一点儿。

她浑身像是被车碾压过那样疲倦，连手指都不想动弹一下。

过了好一阵，颜晗才勉强撑着床坐了起来。只是这一动，她的眼睛猛地特别疼，她用手背揉了下，感觉眼睛又酸又涩。记忆如潮水般涌来，眼睛疼是因为昨晚哭得太厉害。而她之所以会哭，是因为跟姑姑吵了一架。

颜晗混沌的脑袋终于清明了点儿，失落的心情却再次涌上心头。

吵架伤身。

颜晗苦笑一声，掀开被子下了床，进了洗手间开始洗脸。洗完之后，满脸的水珠还没擦干，她就抬头望着镜子里的自己。

少女披散着长发，精致小巧的脸上一双眼睛浮肿，显得格外憔悴。

颜晗对着镜子做了一个鬼脸，谁知扯动了眼睛，越发感到酸疼。

突然，她看到镜子的左侧出现了一个修长的身影，他双手插在裤兜里，淡然地望着镜子里的她，认真看着她犯傻。

颜晗一下叫了出来，也不知是惊讶还是被吓的。

片刻后，她忍不住说："你怎么不出声啊？"

裴以恒望着镜子里的少女，她穿着一条乳白色睡裙，浓密的黑色长发披在肩膀上，整个人看起来很柔弱。

颜晗见他盯着自己看，忍不住说："我这个样子很丑吧？"

裴以恒面不改色地走过去从后面抱住她，微垂着眼睛仔细看了一眼，说："不丑，不仅不丑，还很漂亮。"

说完，他发出一声轻笑。

颜晗立即从他怀里挣扎出来，抬起头看向他，跟故意找碴儿似的说："那你笑什么？你心里是不是还是觉得我丑？"

裴以恒无奈地说："你这就不讲道理了。"

"我就是这么不讲道理的人，今天终于让你看清了我的真面目。"

颜晗嬉笑着说。

裴以恒轻声道:"那也还是可爱。"

这个人……

突然,颜晗被他打横抱到了身后的洗手台上。她双腿悬空,下意识地伸手抱住了他的脖颈,整个人贴在他身上。

裴以恒被她拉得弯下了腰,垂眸看到她修长的脖颈连着肩胛,雪白一片。

颜晗细腻的皮肤被洗手间的灯光一照,白得发亮。裴以恒的视线微微往下移,见她的睡裙宽松舒适,领口微敞,从他的角度正好可以看到那明显的起伏。

裴以恒下意识地撇开头。

谁知颜晗的手从他的脖颈处慢慢地往上攀升,经过他的脸和耳朵,最后插进他乌黑的短发。

颜晗的手指微微用力,将裴以恒的头拉到了自己面前,然后送上自己的唇瓣,紧紧地贴着他的唇。

裴以恒含糊地说:"颜颜,你别惹我。"

她像是突然反应过来一样,一把推开了裴以恒。

裴以恒愣愣地看着她,不知道她要干什么。

颜晗眨了眨眼睛,心虚地说:"我今天好丑。"

裴以恒一把将她拉了下来,低声说:"去帮我拿一套衣服过来,我去洗澡。"

颜晗还没反应过来就被推到了门口,她回头看看裴以恒,抿着嘴,似乎还想说什么。

颜晗觉得裴以恒太宠她了,连她自己都有点儿恍惚,或许喜欢到了极致就是这样吧。

第二天，颜晗去了一趟公司，邱戈打电话告诉她公司来了一位新领导，想要见见她。

邱戈在电话里称赞了新领导一番，不仅夸他能力强、手腕硬，言语中还流露出了崇拜之意，听得颜晗直发笑。不过，她也确实被邱戈勾起了兴趣，想要认识一下那位铁腕新领导。

颜晗到公司的时候，不巧新领导正好不在，邱戈便拉着她去了自己的办公室。

看着比之前略宽敞的办公室，颜晗点头称赞道："不错。"

邱戈伸手拍了拍自己的黑色真皮办公椅，"嘿嘿"笑道："你是不知道梅总有多厉害，他之前可是众亚集团的，居然愿意来咱们这个小破公司。说真的，你家裴大师还是有点儿本事。"

边说，邱戈边冲着颜晗竖起大拇指。

颜晗一笑："这跟阿恒有什么关系？"

"裴大师现在是咱们公司最大的股东，他不能来管理公司，当然要找人来管理，这不就把梅总找来了？"邱戈理所当然道。

颜晗点点头。

见颜晗太过淡定，邱戈极为不满，三十好几的大男人跟个小粉丝似的拉着她就开始讲梅总的英雄事迹："上次姚马克来闹事……"

"等等，姚马克来闹事？"颜晗打断他。

邱戈娓娓道来："姚马克偷你账号的事情本来是交给了公安机关的，不过这事儿不好定性，人就给放出来了。他们被公司开除后还闹上门来要求公司补偿，说要告咱们公司，你说他无耻不无耻吧。"

颜晗点头："确实是够无耻的。"

邱戈继续说："他说公司无故开除员工，结果梅总一出面，立马就解决了。"

颜晗听他这么说，便好奇地问："这位梅总是用什么办法解决的？"

"侵占公司财物。"邱戈微微一笑，颜晗觉得他的笑容里透着古怪。

邱戈说："姚马克以前在公司时，上头的老板不管他，他就胡作非为。我跟你说，他的账目肯定不清楚，要是公司真查起来，侵占公司财物可不是小罪。"

确实，虽然霸占微博账号这件事在法律上找不到对应的条款，但侵占公司财物就不一样了，真要是拿出证据来，妥妥要吃牢饭，难怪姚马克立马老实了。

两人正聊着，有人推门进来了。

邱戈看到来人，立马客气地说："任助理，您怎么来了？"

"梅总听说书沅老师来了，让我过来请她。"

邱戈嘴里的任助理是个圆脸姑娘，看起来很和气，不过说话做事很干练。颜晗跟着她去了总经理办公室。

当看见一个苗条匀称的背影时，颜晗一下愣住了。刚才邱戈有跟她说这位梅总是位女士吗？

"书沅老师，您好。"梅沁雯看着她，伸出手来。

颜晗握住她纤细的手，微微颔首："您好，梅总。"

待她落座后，梅沁雯道："这次请您过来，是想跟您探讨一下您以后该走的路线。"

颜晗微怔。

梅沁雯微微一笑："抱歉，我一向是个喜欢开门见山的人。"

"您请直说。"颜晗倒是喜欢对方这种做事风格，没那么多废话，直接说正事，对双方来说都是一个舒服的开始。

梅沁雯干脆地道："我看了你的简历，你是Ａ大新闻系的大四学生对吧？"颜晗点头。

"也就是说，你即将毕业步入社会了，所以，你对未来有什么设想吗？"梅沁雯问道。

这个问题还真把颜晗问住了。对于未来，寝室里的其他人都有自己明确的目标，她拥有的最多，却难以做出选择。

梅沁雯见颜晗不说话，大概猜到了一些，说："要不我来给你提一个意见？"

"我觉得你应该开始转型了。说实话，美食博主对于其他人来说或许是一个很好的发展方向，但如果照你目前的做法，路只会越来越窄。所以，我的建议是你可以开一档新节目。"

这下，颜晗是真的愣住了。

梅沁雯见她这个表情也没在意，继续道："中国的历史、地理和人文这么丰厚，或许我们可以去挖掘一些不为大众所知的美食，这样应该会让大家更关注美食的来源。"

颜晗一下子就明白了她的意思。

美食再好，若是没有故事也觉无趣；故事再好，若是没有美食也会显得平淡。

那天颜晗和梅沁雯谈了很久，或许这样的节目很多人做过，但颜晗更多的是想展现食物的魅力。

自从微博账号被盗事件之后，她就对自己作为美食博主的未来产生了怀疑。如果她不想成为大众意义上的美食博主，就必须转型，但她又该去往何处呢？

梅沁雯的建议给了她灵感。

周末的时候，颜晗终于决定回去一趟，去处理颜明真的事情。

裴以恒得知之后，要求陪着她一起去。

颜晗笑着看向他："你怕我姑姑再打我？"

裴以恒面无表情地看着她："谁都不能打你。"

颜晗被他的话逗得开怀大笑，裴以恒忍不住伸手摸了摸她的头发。

颜晗到家的时候，颜明真不在，家里只有老爷子一个人。

老爷子见颜晗回来了也没什么反应，但看见她身后的裴以恒时，老爷子的眼睛一下亮了，拉着裴以恒就聊起了日本"富士杯"上他的精彩表现。

老爷子一边说一边摇头："别说，你的心理素质是真好，连输两盘的时候，我都不禁为你担心。"

颜晗心里早已乐开了花，不过为了老爷子的颜面，她还是忍住了，她开口说："爷爷，你跟我下一盘棋吧。"

老爷子睨了她一眼，问道："认真的？"

"下棋还分什么真假，当然是认真的。"颜晗郑重地道。

老爷子也不废话，从沙发上站了起来，点头说："那行，你跟我来。"

两人在棋盘边坐下，裴以恒坐在另一边。

临开始的时候，老爷子警告道："你们两个可不许使暗号，别以为老头儿我年纪大了，眼花看不清楚。我告诉你，你爷爷我到现在都没戴老花眼镜。"

颜晗立即说："你不信我，还不信阿恒吗？他可是职业选手，你说这种话是在质疑他的职业素养吗？"

老爷子瞪了她一眼："我是怕你这个丫头使诈，这个小子又这么喜欢你，看着你的时候眼睛里都是光，万一他被你哄住，我岂不是亏大了。"

颜晗听了这话，不由得笑了。有这么吹捧自家孙女的吗？

谁知，一旁的裴以恒很给面子地说："我不会的，爷爷。"

这盘棋开始后，谁都不说话了。颜晗觉得自己拿出了全部智慧，每走一步都深思熟虑，绝不让自己后悔。

直到最后，老爷子的黑子渐露败象的时候，她也依旧小心谨慎。

待夕阳西下，半边天空被染成绯红色时，偌大的书房里终于响起一声轻叹："哎，我输了。"

老爷子没想到颜晗的棋力竟会有如此大的进步，良久之后，他点头说："看来你平时没少跟以恒学习。"

颜晗眨了眨眼睛，说："爷爷，我赢了。"

老爷子本来还想多夸她两句，可她迫不及待地想提要求的样子气得老爷子直瞪眼。

裴以恒见状，急忙说："我有点儿渴，先出去喝口水。"

颜晗没想到他会这么贴心，心里暗暗松了一口气。毕竟家里的事情并不光彩，她也不想他参与进来。

待他离开之后，老爷子望着颜晗，叹了口气："你说吧，什么要求？"

"爷爷，别把任何公司的股权转给我了。"颜晗不想跟老爷子拐弯抹角，开门见山道。

老爷子一脸严肃："颜颜，你是认真的吗？"

"这件事我说过很多次，可您从未放在心上。或许您会觉得我这种想法很可笑，居然把到手的东西给别人。"颜晗苦笑一声，"我不是什么视金钱如粪土的人，只是不想抢走别人努力的成果。"

老爷子脸色一沉，轻斥道："你姑姑又去找你了？之前我对她百般容忍，她现在真是越发得寸进尺了。"

"爷爷。"颜晗突然拔高声音,"您是不是答应过姑姑,只要她愿意招个上门女婿,您就把家里的东西都留给她?"

听到这话,老爷子愣了。

颜晗瞧着他的样子,心底明白这话是真的。

颜晗也能理解颜明真,颜明真为公司付出了那么多,自己却什么都没为公司做过,只因为这一层血缘关系,就要分走她那么辛苦才换来的成果。别说是颜明真,颜晗自己都觉得心虚。

老爷子仍倔强地说:"我又不是要把所有的东西都留给你,我只是想留一部分给你。你说说你姑姑,她怎么就这么小气呢?家里的大部分资产不还是留给之润了吗?"

站在老爷子的立场来说,似乎也能理解。

说到底公司是他辛苦创立的,是他把这家公司从一个小饭店发展成一个上市集团。他不过是想把自己的一小部分心血留给他的血脉之一,这又有什么不可以呢?

颜晗轻声说:"爷爷,您别为了我跟姑姑怄气,我不想要公司,也不会经营。要不您把您的藏品都留给我吧。"

颜晗的视线往书桌正后方柜子上的字画扫了过去,那可是花了上千万拍回来的。老爷子的藏品很多,不少是真迹。

老爷子吼道:"我这还没死呢,一个个就开始惦记我的藏品了!"

颜晗立即举手表示清白:"我年纪小,你活个一百二十岁我都等得起。"

"滚蛋!"老爷子中气十足地吼道。

一到客厅,颜晗就看见了颜之润。他正在跟裴以恒聊天,两人说话还挺客气的,手上都端着茶盏,优雅又贵气的模样,活脱脱像品茗盛宴。

颜晗一出来，颜之润就放下茶盏走过来，伸出手臂箍着她的脖颈把她往外面拖，扔下一句："我和颜颜先聊聊。"

　　到了花园，颜之润才松开她："还生气吗？"

　　颜晗一脸疑惑："生什么气？"

　　颜之润低笑一声，叹道："你没发现吗？我这几天都没脸跟你联系。"

　　"姑姑的行为跟你又没关系。"颜晗嘀咕。

　　颜之润点头："这种事情以后不会再发生了，我已经跟她谈过了。"

　　颜晗忍不住笑了起来："你觉得姑姑会听你的吗？"

　　颜之润被她奚落得不知道说什么好。他正色道："我是说真的，以后真的不会了。"说完之后，他又有点儿无奈地望向颜晗："颜颜，你别恨我妈。"

　　这句话似乎有点儿矫情，连颜之润自己都觉得有点儿不好意思。

　　许久之后，他又开口："其实我妈以前不是这样的。"

　　他这句话似乎也勾起了颜晗的回忆。

　　"要不是我爸，她也不会越来越偏激。"颜之润叹了一口气。

　　颜晗望着他，一脸吃惊，没想到他会主动提起那个人。

　　反而是颜之润被她的样子逗笑了，他说："我又不是从石头缝里蹦出来的，怎么就不能提我爸了。"

　　"我爸那人就是空长了一副皮囊，飞上枝头当了有钱人家的上门女婿。"颜之润说起来都觉得好笑，"结果呢，他还不老老实实的。你说，他要是聪明点儿多好，出轨一次就被人家设计怀了孩子。"

　　颜之润的父亲能力不强，哪怕老爷子有意锻炼他，让他在子公司任职，他也依旧是一摊扶不起的烂泥。

　　老爷子本来以为他为人还算老实，有做上门女婿的本分，不敢乱搞。

谁知在子公司的时候，他被一个年仅二十岁的临时工勾引，不仅出了轨，对方还怀了孕。

那个临时工也是个脑子不聪明的，这件事没藏住，让颜明真知道了。最后那临时工还撺掇颜之润的父亲跟颜明真离了婚，说是离婚能分一半财产。

那时候，颜之润已经过了二十岁了，他父亲却为了一个年纪还没他大的丫头背叛了家庭，还准备上演抛妻弃子分家产的戏码，让他觉得无比好笑。

颜之润看着颜晗，笑着说："我父母离婚时闹得很大，可你知道为什么我爸最后还是净身出户了吗？"

"因为我妈拿到了他侵占公司资产的证据，如果他不签字放弃所有财产分配的话，就得去坐牢。但从那之后，我妈就对谁都不信任了。"

至亲至疏亲夫妻，连结婚二十多年的丈夫都会背叛自己。把一切抓在自己的手心里——这似乎成了颜明真活下去的目标。

她为此努力了这么多年，不可能放弃。

颜之润伸手摸了摸颜晗的脑袋："她病了，你不要跟她一般计较。"

颜晗点头："我知道，所以我放弃了。"

颜之润愣了下。

"哥哥，我说我放弃了，放弃一切公司股权，我都不要了。"

颜之润皱眉："颜颜，你不需要这样。"

"我不想跟你争。"颜晗看着他，低声说，"我知道你夹在我和姑姑之间也很为难，我不会故意为了气姑姑而接受爷爷给我的东西。哥哥，我们要当一辈子的兄妹。"

颜之润一时没明白她的意思。

244

颜晗低笑了一声，又抬起头看着他，微微叹了一口气："不是说豪门多是非吗？我觉得，咱们这样的豪门有一个掌门人就够了。"

说完，颜晗还故意朝颜之润眨了眨眼睛："毕竟，我还是很有自知之明的。"

颜之润被颜晗逗笑了，他伸手在她脑袋上重重地揉了一把，说："谢谢你。我知道我妈现在很偏激，你不喜欢她也正常。"

颜晗想了下，歪着头道："你是不是想跟我说，姑姑不是坏人？"

颜之润并不是想为颜明真开脱，但她的确不是那种十恶不赦的人。只是在经历了那么失败的婚姻后，她才变得偏激的。

年轻的时候，她没有逃避家族责任，放弃了那个她喜欢但并不愿成为颜家上门女婿的男人，转而选择了颜之润的父亲。

颜之润的父亲相貌堂堂，看似聪明有礼，唯一的缺点是家里太穷，不仅出身农村，还有七个兄弟姐妹。可这样的出身反而是颜家最需要的，所以，这段婚姻从一开始就带着功利性。

多年下来，哪怕最初结婚不是为了爱情，最后也有了感情。

颜家的企业越做越大，就在颜明真全身心地投入到事业中时，这个男人却给了她当头一棒。

一阵微风拂过，树枝摇曳，在空中晃过一层浅绿色的树影。颜晗轻轻地说："我知道姑姑只是偏执，不是坏，所以我才让着她。"

颜晗记住了曾经颜明真对她的好，所以她忍了下来，她也愿意还这一次，但也只有这一次。

颜晗看着颜之润："这次姑姑打了我，但因为她是长辈，曾经也对我很好，所以我可以不计较，但如果有下次，我不会再像现在这样忍耐了。"

颜之润看着颜晗这副认真的模样，知道她一向是说到做到的人，便点了点头。接着，他露出一抹坏坏的笑容："要不我给你出个主意，你报复回去？"

"什么主意？"颜晗问。

颜之润指了指自己的脸："我妈打了你哪边脸？你照着给我来一下。反正就算你打她，也不会比打我更让她心疼。"

颜晗被他的歪理彻底打败了，她点头："你说服我了。"她对着他招了招手，笑着说："你靠过来一点儿。"

颜之润往后退了两步，无奈地道："我说，你还真舍得？"

颜晗露出一脸坏笑："正所谓，机不可失，时不再来，我不能拒绝你的好意呀。"说完，她一巴掌挥了过去。

颜之润见状，转身就跑。

两人一前一后地跑进屋子里，颜之润腿长，几步跨到了老爷子身边告状："爷爷，颜颜要打我。"

跟着跑进来的颜晗依旧举着手，她还没来得及放下。

老爷子一瞧，立马吹胡子瞪眼地道："颜颜。"

颜晗眨了眨眼睛，赶紧放下手："我跟哥哥闹着玩呢。"

说完，她就在颜之润旁边的沙发上坐了下来，然后悄悄扯过颜之润的手臂，狠狠地拧了一下。

颜之润穿了一件衬衫，颜晗这下没客气，使了很大的劲儿。

颜之润疼得倒吸了一口气，他转头看着她，咬牙道："你也太不客气了吧。"

颜晗歪头靠在颜之润肩膀上，声音甜美地说："还不是因为你对我太好了。"

她刚说完，颜之润又猛地倒吸了一口气。

坐在对面的裴以恒望着颜之润扭曲的脸，不禁微微一笑。

看来颜晗只有在他面前才是温柔的。

第十一章

他的世界不再只是黑白色

天气渐凉，陈晨在图书馆里看书时，突然打了个电话给颜晗："我好想吃火锅，我一想到去了英国，就要吃黑暗料理了，就觉得自己好可怜。我们一起吃火锅吧！虾滑、毛肚、鸭血、鸭爪、肥牛卷……"

颜晗打断她："够了，知道你很想吃了。"

陈晨立即跳了起来："我现在就去收拾东西，然后跟你一起去超市买食材。"

"你在图书馆看书？"颜晗有点儿吃惊。

陈晨叹道："对呀，本来在看书，刷朋友圈时看到一个学姐发的动态，她拍了一桌子吃的，我突然就觉得好心酸。"

颜晗故意逗她："说不定你去了英国之后也会这样。"

虽然陈晨绝口不提关于裴知礼的事情，但她去英国留学的事情还是定了下来。毕竟生活不是童话，虽然她不是公主，但她有一颗进取的心。

之前为了能去英国，陈晨费尽了心思，雅思考试也拿了高分，要是就这么放弃的话，她自己也会心有不甘。所以她决定不再为别人去英国，而是为她自己。

挂断电话之后，陈晨立马回去收拾东西，然后赶到了颜晗家里。颜晗跟她一起去了附近的一家超市。寝室另外两个人也说会来，所以她们买了不少食材。

回去的时候，两人提着满满几大袋东西，陈晨还不忘继续吐槽英国的食物："我不是特地加了几个英国学姐学长的微信吗？但凡晒过食物的，我都觉得他们好可怜。"

颜晗笑了："要不我提前给你补习一下，你自己学会做饭，免得到那边什么都吃不惯。"

陈晨可怜巴巴地望着她："你真是我亲爸爸。"

走到小区门口的时候，旁边突然窜出来一个人，撞到了陈晨身上，陈晨手上的塑料袋掉在地上，东西滚了一地，她怒道："你这人怎么回事呀？"说完，她就蹲下身去开始捡东西。

撞她的人并没有说对不起，他是冲着颜晗来的。颜晗这时候才看清楚棒球帽下的那张脸——是姚马克。

姚马克早就等在这里了，见到颜晗，立即说："书沉老师，你放过我吧。"

颜晗皱起眉头，冷着脸呵斥道："你怎么知道我住在这里？"

姚马克哭丧着脸哀求道："书沉老师，我知道我得罪了您，可是我已经被公司开除了，您就大人不计小人过，放我一马吧。"

陈晨听到这话，立马站了起来，挡在颜晗面前，怒视着姚马克："你是谁呀？不会是跟踪咱们的吧？"

颜晗低声说："他就是姚马克。"

陈晨立马大骂道："你还有脸来找颜颜？你偷她账号时，不是特别嚣张吗？"骂完之后，她又警惕地看着姚马克："你到底是怎么找到这里的？"

这也是颜晗想问的问题。

姚马克被这么骂也没生气，依旧低声下气地说："书沉老师，我知道错了。"

颜晗见他一个劲儿地向自己认错，觉得莫名其妙："你到底想干什么？"

姚马克压低声音说："公司最近一直在查账，我知道是因为换了老板。那些账目也不仅仅是我的问题，现在我却被推出来背黑锅……"

颜晗想起之前邱戈说过，姚马克带人去公司闹事，结果梅总以彻查公司账目为由逼退了他。本来她以为梅总只是吓唬一下这帮人，现在看来公司是动真格的了。不过，他跑来找自己未免也太可笑了吧？

颜晗看着他说："如果你说的是公司查账的事情，那跟我没关系。你要是觉得自己是冤枉的，可以找律师，跟我说没用。"

说完，她拉着陈晨就准备离开。

姚马克上前几步挡在她们面前，苦苦哀求她。

颜晗不喜欢痛打落水狗，她只是不想再跟这些人有牵扯，于是她说："你找我真的没用，我只不过是跟公司签约的美食博主，没资格对这些事指手画脚。"

她拉着陈晨快步走到小区大门口，可姚马克还是紧追不放。

小区保安从值班室里看到这一幕，立马从里面走了出来。

颜晗在这儿住了很久，他们都认识她，现在看见有人缠着她，保安赶紧帮忙挡住了姚马克。

姚马克本来是抱着求人的姿态，此时见没有成功，立即变了一副嘴脸，威胁道："你别以为我不知道是谁在背后帮你。你们要是不放过我，我就拉着你们一起死。"

颜晗冷笑一声，回头看着他："有病。"她不再跟他浪费时间，拉着陈晨进了小区。

没想到姚马克还在后面咒骂道："你们想让我去坐牢，我就让你们都去死，别以为我不知道你背后的人是谁。"

陈晨嘀咕道："他不会是个神经病吧？你们公司的事情找你有用吗？"

颜晗面无表情地说："大概是病急乱投医，疯了吧。"

"不过我觉得，你还是小心点儿吧，万一他真是神经病怎么办？"说着，陈晨还举起了例子，"你看，最近报复社会的人那么多，为了一些小事就拿刀杀人的也不是没有，要不咱们报警吧？"

颜晗想了想，道："要是他下次还敢来，我就报警。"

陈晨点点头："要是他再来，一定要报警。"

回到颜晗家后，陈晨特地把刚买的啤酒放进冰箱的冷藏柜里，吃火锅要是没有啤酒还有什么意思。

颜晗给裴以恒打了个电话。

这几天他都没有比赛，白天都在棋院，但手机没人接。

裴以恒此刻正坐在会议室里，对面的人微笑着说："裴九段，我们的机器人也在棋弈网注册了账号。"

随后，投影屏上换了一张图片，会议室里的人纷纷发出低呼，坐在另一端的人工智能团队成员显然有些骄傲。

会议室里不仅有棋院的领导，更有棋院的总教练，唯一的现役职业棋手就是裴以恒。

这是国内最大的互联网公司研发出来的一款机器人，据说可以与人下棋。之前，业界也有传言说有公司在研发，可到底没有看到实物。

电脑和人脑，谁更厉害？

如今科技越来越发达，人工智能技术也发展到了一个新的高度，而围棋这种既复杂又需要大量计算的棋类运动，就成为人工智能团队最想挑战的项目。

总教练望着屏幕。

这是棋弈网最近出现的一个账号，胜率极高，已经达到了百分之九十，刚开始还有人怀疑这是哪个职业选手的小号，毕竟棋手在围棋网站的账号都是十分有名的。

直到那个账号十连胜后，网友就纷纷猜测是不是机器人。

如今，在这个会议室里，这个猜测被证实了。

会议室里的人都有点儿吃惊，毕竟挑战这个账号的人有不少是职业选手，中日韩的九段选手都有。

这次这家公司联系棋院，就是想邀请裴以恒跟人工智能对弈一场。

人类与机器的大战，世界最强棋手对战人工智能。

这样的噱头足以吸引全世界的目光。

从会议室出来后，院长正想跟裴以恒说话，裴以恒就微微蹙眉，低声说："这件事我需要考虑一下。"

这并不是一个容易做出的决定。

不是他怕输，而是若他跟人工智能对弈，代表的就不是他自己了，而是传承了几千年的人类围棋。如果他输了，人们就会怀疑人类是否还有下棋的必要。

裴以恒回到休息室拿到手机后，发现有颜晗打来的未接电话，便回拨了过去。

颜晗的声音听起来很开心，她旁边似乎还有其他人，她说："阿恒，我们准备吃火锅，你可以回来吃饭吗？"

"可以。"他轻笑了一声。

临挂断电话的时候，他突然喊住她："颜颜。"

颜晗问："怎么了？"

裴以恒想着在电话里说不清楚，便低声说："我只是想跟你说，我想你了。"

颜晗偷偷回头看了一眼，见陈晨和艾雅雅坐在沙发上聊天，她才对着电话亲了一下："我也想你，早点儿回来。"

晚上六点，颜晗把火锅底料放入锅里时，裴以恒发来微信消息说他快到了。

二十分钟后，门铃响了，颜晗正在忙着弄调料，陈晨便说："我去开门。"

陈晨跳起来跑过去开门，再进来的时候，她身后跟着两个穿着保安制服的人。

颜晗愣了，陈晨早已经脸色煞白，她张了张嘴，说道："颜颜，他们说裴大师出事了。"

夜幕之下，窗户里透着暖黄色的光，叫人心生温暖。此刻，这个房子里灯火通明，客厅里弥漫着一股浓郁的火锅香味，一直飘散到电梯口。

颜晗站在原地，愣愣地看着站在玄关的人。

陈晨担忧地说："颜颜，你先别担心，保安大叔说裴大师已经被送去医院了。"

"到底怎么回事？"一旁的倪景兮皱眉问道。

保安赶紧解释说："颜小姐，刚才裴先生回来的时候，刚从车上下来就被一辆摩托车撞倒了。"

陈晨和艾雅雅同时惊呼了一声。

颜晗和裴以恒经常一起出入小区，保安巡逻的时候常会看见他们在楼下散步。裴以恒偶尔也会被小区里的其他住户认出来，时间长了，保安也知道小区里住了个围棋大师。

因此，保安每次看见裴以恒都格外客气，哪怕是年纪上足以当裴以恒的长辈了，每次瞧见他，他们也会客客气气地喊一声"裴大师"。

颜晗还因此笑话过他，说他马上就要成为这个小区的名人了。

此刻，颜晗抬脚迈出去一步，突然双腿一软，整个人差点儿摔倒。

倪景兮眼疾手快地将她扶住，低声说："颜晗，别担心，我们现在就去医院。"

她的镇定也安抚了另外两个人。

陈晨一边点头一边抹眼睛："对，我们去医院，现在就去。"

颜晗像是终于回过神一样点点头："我先去把火关掉。"

颜晗镇定地走过去把火关掉，然后转身走到客厅里的沙发旁边，拿起外套和手机。她边走边穿衣服，动作极慢，像是播放着慢动作一样。

她走到倪景兮身边，低声说："我们走吧。"

四人走到小区门口的时候，提前叫的出租车已经在等着了。倪景兮指了指打着双闪的出租车说："那是我叫的车。"

颜晗回头看向小区保安，问："他是在哪里被撞的？"

保安指了指路边。

小区门口有人行道，旁边是花坛，裴家的司机每次送裴以恒回来的时候，都会把车停在那里。待他走进小区，司机才会开车离开。

保安望着颜晗，小心翼翼地说："他是走到人行道的时候，被突然冲出来的摩托车撞倒的。车里的司机立马就下来了，不过他忙着救人，没法去追那辆摩托车。"

颜晗走过去，在路灯的照射下，地上的血迹清晰可见。

颜晗的心像被一只手抓住了，难受得快要喘不过气来。她一动不动地站在那里，像一尊雕像。

倪景兮走过来，伸手握住她的手腕，低声说："颜晗，够了。"倪景兮半强制地将颜晗带离了那个地方。

倪景兮拉着颜晗一路走到出租车旁边，然后拉开车门，把人塞了进去。倪景兮正准备坐上去时，突然，一阵警笛声传来。

随着闪烁的警灯靠近，一辆警车在小区门口停了下来。

出事之后，小区保安立即报了警，只是现在正值晚高峰时段，路上堵得厉害，保安通知了颜晗之后，警察才赶到现场。

最后，艾雅雅主动留下来跟警察了解情况。

颜晗坐在车上，望着车外，这一条路的红灯似乎比往常都要多，一路上走走停停。

突然，天空中出现了一道闪电。

司机惊讶地说："我还以为今天不会下雨了呢，看来还是要下。"

陈晨见司机还有心情聊天气，忍不住说："师傅，能麻烦您快点儿吗？我们着急去医院。"

司机指了指前面的车队，汽车后面的红色尾灯交织成一片，犹如一条红色长龙。他无奈地说："小姑娘，不是我不想快，你看看这个路，现在是晚高峰，想快也快不起来。"

闪电再次划过，车窗上突然传来响声，没一会儿，就落满了雨滴。大雨滂沱，冲刷着整个世界。

转瞬间，窗外就白茫茫一片。

倪景兮不放心地看着颜晗，一路上，她一句话都没说。

又过了一会儿，绿灯亮了，车子慢慢启动，司机打开了挡风玻璃上的雨刷，抱怨道："现在就更不能怪我了，这雨太大了，前面的路都看不清楚。"

颜晗眨了眨眼睛，依旧望着窗外，她低声说："我爸爸去世那天，雨也下得这么大。"

整个车厢登时陷入了死寂。

还是司机最先反应过来，他开口说："小姑娘，节哀顺变，人活着就要往前看。父母迟早是要离开你的，你可以伤心难过，但是千万不能太过了，这样对身体不好。"

司机唠叨了一大通，陈晨紧张得都不敢回头看颜晗。

她跟颜晗认识了这么久，从来没见过她爸妈，也没听她提起过。她们私底下也聊过，大家都以为她父母离婚了，没想到是去世了。

陈晨咬了咬唇，一想到裴以恒此刻躺在医院里，她就忍不住掉眼泪。

人生似乎总是这样，当你以为终于圆满了的时候，老天就给你当头一棒。她对未来最美好的幻想，就是有一天能牵着裴以恒的手去爸妈的墓前，告诉他们，他是她的丈夫，是她认为值得托付一生的人。

可现在，颜晗不敢想任何一种可能性。

出租车终于停在医院门口时，颜晗像是突然恢复了行动力，伸手拉开车门就冲了出去。

平日里人满为患的医院大厅此时格外空旷，只有零星几个人，连医生和护士都看不见几个。好在导医台后面有人，颜晗立即跑过去问："刚刚送来的病人呢？"

小护士被她问蒙了："你指的是哪位？"

"裴以恒，他叫裴以恒！"颜晗紧紧抓着导医台，急切地说。

小护士眨了眨眼睛，颜晗又说："就是被摩托车撞伤，出车祸的人。"

这下小护士明白了，她指了指后面，说："六楼，医生好像马上就要给他做手术了。"

小护士之所以对裴以恒有印象，是因为他被人背进来的时候她看了一眼他的脸，顿时惊为天人。

电梯一直没下来，颜晗干脆选择爬楼梯。

她气喘吁吁地从安全通道出来时，一眼就看到了正在打电话的司机老张。

"阿……"她一把扯住司机的衣袖想问问情况，可第二个字像是被堵在嗓子眼里一样，怎么都说不出来。

颜晗眼里满是泪水。

老张时常送裴以恒，跟颜晗见过很多次，此刻见她这副模样，本来焦急的心里也生出了心疼，他立即说："别担心，阿恒少爷没事。"

听到这话，颜晗的眼泪扑簌扑簌地往下落，怎么都停不下来。

老张安慰她说："医生很快就会给阿恒少爷做手术，他不会有事的。我已经给先生和夫人打了电话，他们很快就会赶过来。"

颜晗点了点头。

这时，倪景兮和陈晨也到了。

老张见颜晗的朋友来了，便道："麻烦你们陪一下颜小姐，我去接一下先生和夫人。"

陈晨见过老张，知道他是裴以恒家里的司机，她立即点头："好，您先去忙，我们会陪着她的。"

老张走了几步，又突然停住了脚步，回头看着颜晗："颜小姐，阿恒少爷进手术室的时候是有意识的。"

颜晗看向他，老张低声说："他拉着我的手跟我说了一句话——告诉颜颜，别怕。"

别怕，他会挺过来的。

他知道她经历过什么，所以，他不会丢下她。

裴克鸣今天下班很早，没有出差，也不用应酬，五点多就回了家，连程颐都觉得新奇，打趣他肯定是知道她晚上要做好吃的，闻着香味回来了。

裴克鸣也不反驳，任由她打趣，直到他接了一通电话，愣在原地半晌没反应过来。

　　挂断电话后，裴克鸣叫保姆去给程颐拿件外套。

　　程颐一愣，嗔怪地说："马上就要吃饭了，这个点还要去哪里？"

　　裴克鸣望着她，低声说："阿颐，接下来我说的话，你要是觉得太害怕，就抓住我的手。"

　　程颐明显被他这阵仗吓住了，本来灿烂的笑容也凝固在了脸上。

　　"阿恒出车祸了。"裴克鸣镇定地说。

　　听到这话，程颐猛地掐住了裴克鸣的手，手指甲几乎掐进他的掌心。

　　过了很久，她才带着哭腔问："怎么会这样？"

　　裴克鸣伸手将她抱在怀里，努力镇定地道："现在，咱们得去医院了，阿恒还在等着我们呢。"

　　程颐点头："对，去医院，我们去医院。"

　　裴克鸣立即让司机送他们去医院，在车上的时候，他又给老张打了个电话。

　　一路上，程颐一直在发抖，哪怕裴克鸣告诉她裴以恒只是被摩托车撞了，她也没有放心半分。

　　下车的时候，程颐差点儿摔倒。

　　裴克鸣紧紧抱住她，安慰道："别怕，阿恒在等着我们呢。"

　　这句话就像带着魔力，程颐强撑着自己走进了医院大厅。

　　出了电梯，程颐一眼就看见了坐在长椅上的颜晗，颜晗双手捂着脸，整个人看起来特别脆弱。

　　陈晨见老张带了几个人过来，便扯了一下颜晗的手臂："颜颜，是不是裴大师的父母来了？"

颜晗抬起头，看到泪眼婆娑的程颐站在电梯外。

她站起身来，却不敢走过去。

在医院的走廊上，她想了很多。

很多车祸是意外发生的，但有些不是。

她想到姚马克的事情，他叫嚣着说知道她背后的人是谁，叫嚣着要拉着他们一起死，可她根本没放在心上，结果晚上就发生了这样的事情。

这真的是巧合吗？颜晗甚至没办法说服自己。

如果真的是姚马克干的，那就是她把裴以恒害了。

如果阿恒不是为了保护她，根本不会认识姚马克这样的人。他的世界很简单，只有黑白棋子和方寸棋盘。

"颜颜。"程颐缓缓走过来。

颜晗脸上的泪痕未干，整个人看起来很颓丧。她望着程颐，好半晌才低声说："对不起。"

程颐以为颜晗说的是裴以恒出车祸的事，程颐带着哭腔道："跟你又有什么关系呢？"

颜晗想说话，一旁的陈晨像是有心灵感应一样，突然握住了她的手。

陈晨望着程颐，轻声说："颜颜，叔叔和阿姨现在肯定都很着急，让他们先坐一会儿吧，我们一起等。"

颜晗都想到了姚马克，陈晨不可能没想到。

陈晨看着颜晗的模样，猜到她想跟程颐坦白，所以阻止了她，这种时候什么都不说更好。

如果时间有快慢之分，那么世界上最难熬的时刻，一定是等在手术室外之时。

过了很久，手术室的门终于打开，医生走了出来，所有人都站起身来。

医生告诉他们，手术很成功，病人已经被转入看护病房，目前还处于术后的麻醉当中，暂时没醒，最早也得明天才能探视。

裴克鸣让司机送颜晗和程颐回去，他则留在医院里。

这一夜对几人来说都格外漫长。

因为担心颜晗，陈晨她们晚上就在她家住下了。第二天早上，颜晗起床后正洗漱，就听到陈晨大呼小叫着跑了进来。

"颜颜，裴大师出车祸的事情好像有媒体报道了。"

颜晗本来正在刷牙，她来不及吐掉嘴里的漱口水，就接过了陈晨手里的手机。果然，有个体育记者报道了这个新闻，随后，几家体育新闻也相继跟踪报道了。

颜晗看到一条热评："为什么围棋大师的命运都如此多舛？吴清源大师也是被摩托车撞过后棋力大降的吧？"

陈晨说："我陪你去一趟医院吧，今天裴大师肯定会醒。"

颜晗一脸沉重地点了点头。

颜晗到医院时，程颐也到了。

程颐看着裴克鸣问："早上大哥给我打电话，说你请来了韩教授，阿恒的手术不是很成功吗？"

颜晗听得一脸迷茫，她不知道那位韩教授是谁，但想来是一位很厉害的医生。

裴克鸣正要说话，手机却响了起来。待对方说完后，他立即说："现在必须封锁所有消息，不能让记者知道。"他眼底透着些许疲意。

程颐立即问："记者吗？今天早上棋院的领导也跟我联系了，说是想来看看阿恒。"

裴克鸣摇头说："我已经谢绝他们了，这几天，除了自家人，谁都不可以来看阿恒。等他醒了，我会尽快给他转院，我怕记者很快会找来这里。"

程颐点头，随后又道："对了，你还没说为什么要找韩教授。"

裴克鸣安慰她："只是为了更放心。"

程颐这才松了一口气。

很快有护士过来找他们，说是主治医生想跟他们聊一聊。

医生将裴以恒的脑部CT（一种医学影像检查技术）挂在白板上，叹道："虽然CT显示病患的脑部并没有出现明显的病灶，但我还是要请你们做好心理准备。"

程颐一愣："什么心理准备？"

"病人是一位职业棋手吧？"医生望着他们，神色凝重地问。

几人闻言，表情瞬间凝住。

颜晗靠着墙壁，身体不受控制地发抖。

医生接着道："病人是被摩托车撞倒的，据说被撞出去了好几米，送来医院时还有内脏出血的迹象。你们应该都知道，人的大脑就像最精密的仪器，从表面看并未出现问题，但他是一位职业棋手，对大脑的运用是普通人比不了的。你们要做好心理准备，病人的棋力或许会因此大幅下降。"

医生说得很慢，像是怕他们接受不了一样，但他的话又像极了一把刀子，一点点割着他们的心。

听完医生的话，颜晗整个人僵在了原地。

这场车祸会影响裴以恒的职业生涯吗？

杀死一个人的方法有很多种，毁掉他的才能是其中最残忍的。

因遭遇车祸而棋力大降的，并不是只有吴清源大师，不少处于职业巅峰的棋手因为车祸棋力大降，最终沦为平庸的人。

裴以恒从学棋开始就被称为天才。年幼时，他是远近闻名的围棋神童；成功入段之后，他是令人瞩目的围棋天才。

他应该成为各种围棋纪录的打破者、棋道的正道者，而不是一个陨落的天才。

程颐已经哭出了声，医生叹了一口气，又说了几句安慰的话。

可谁都知道，安慰并不能解决问题。

颜晗先于他们走出了医生的办公室，她怕自己会哭出来。

一个小护士看见她，立即说："你是裴以恒的家属吧？他醒了。"

颜晗愣了下，随即飞快地说："谢谢。"

她一路跑到了病房门口，可停在门口后，她并未推门进去。

这时，门从里面被拉开，端着托盘的护士看到她，先是愣了下，随后笑着说："病人刚醒，家属可以进去了。"

躺在病床上的裴以恒微睁着眼睛看向门口，明明昨天离开的时候他还是健康的，现在却这样安静地躺在病床上。

颜晗眼里一下子又涌出了眼泪。

裴以恒张了张嘴，从嗓子里挤出嘶哑的声音："颜颜。"

哪怕是现在，他干涩的声音依旧透着温柔。

颜晗慢慢走过去，直到站在裴以恒的病床边。裴以恒抬了抬眼皮，这么简单的动作，他做起来却是那样艰难。

"你哭了？"他扯着嘴角，似乎想挤出一抹微笑。

颜晗眨了下眼睛，眼泪便掉了下来。

裴以恒想抬起手，但刚动了一下右手，他就感受到了一股钻心的疼。

颜晗自然注意到了他的反应，立即说："你的右手受伤了，暂时不能动。"

他摔出去的时候右手最先着地，造成了骨折。

明明只一天没见，可颜晗突然觉得他好陌生。裴以恒向来都是沉稳淡然的，从未像现在这样，只能虚弱地躺着。

一想到可能是因为自己他才会变成这样的，颜晗就更加难过和自责。

眼看着她的眼泪越掉越凶，裴以恒无奈地说："怎么还越哭越厉害了？"他轻轻叹了一口气，自嘲道："你是在欺负我现在不能起身给你擦眼泪吗？"

"阿恒。"颜晗低声喊道。

裴以恒安静地望着她。

"在你出事之前，姚马克来找过我，他说公司有人在查账目，以前他在公司当总监的时候曾侵占公款，公司要送他去坐牢，他说要拉着我和我背后的人一起死。"她伸手狠狠地擦了一下眼泪，"是我害了你。"

说完，她站在原地，像是等待着他的判决一样。

如果真是因为这件事害了裴以恒，颜晗觉得让她承受一次这样的车祸都可以。如果可以，她宁愿出事的人是她。

她不是职业棋手，她不需要精密的大脑，就算她笨点儿、傻点儿，又有什么关系呢？

裴以恒往旁边看了一眼，颜晗像是感觉到了什么一样也回过头，就见裴克鸣扶着程颐正站在门口。

程颐脸上还挂着眼泪，眼里一片震惊："这是怎么回事？"

颜晗把她遇到姚马克的事告诉了裴克鸣和程颐，她垂着头望着自己的脚尖："是我的错，如果真是我害了他，我会……"

躺在病床上的裴以恒突然拔高声音喊道："颜晗。"

程颐见他胸口剧烈地起伏，立马安抚他："阿恒，你别激动。"

裴以恒望向她："你会怎么样？"接着，他看向程颐："妈妈，能给我和颜晗一点儿时间吗？"

裴以恒刚做完手术，现在的他说每一句话都格外困难。程颐根本不敢让他再重复一次，虽然担心，但还是拉着裴克鸣出了病房。

见他们出去之后，裴以恒才轻声说："颜颜，你过来。"

颜晗走近他，缓缓地半跪在他床边，像是对待她最宝贝的东西一样小心翼翼地触碰着他的手指。

待她微微仰起头看着他，裴以恒说："在手术过程中，我是有模糊的意识的。"

他的目光落在她脸上，从眼角到眉梢，从鼻尖到唇瓣，他仔细又缓慢地看她，半晌，他才又开口："我告诉自己，我说过让你别怕的，我不会吓到你。"

他几乎能想象，颜晗听到他出车祸的消息时是多么无助和彷徨。她有着怎样的过去，他比谁都清楚。

从喜欢上她的那一刻起，他就打定了主意要保护她。得知她的过去之后，他发誓会给她一个崭新的未来。

裴以恒说："颜颜，我知道你会怕，所以我告诉自己，一定要挺过来。你呢？你准备在我挺过来之后跟我说什么？"

颜晗哽咽了。

她太内疚了，她多希望是自己出了车祸，可她又好舍不得他。

她摇摇头，抬头望向他，眼里满是泪水，缓缓地说："阿恒，我曾经一无所有，谢谢你能挺过来，谢谢你没有让我再次一无所有。"

裴以恒闻言，坚定地说："颜颜，我说过我会一直陪在你身边的，所以你别怕。"

裴以恒的转院手续很快就办理好了，裴家将他转到了一家私人医院，那家医院的私密性极好。其间，棋院的院长和总教练来看过他，但并没有对外公布他的状况。

很快，江不凡和妻子余晓也一起回了 A 市，简槿萱是和宋明河一起来的，四人前后脚到了医院。

病房里，简槿萱淡淡地道："过年咱们都没有聚在一起，没想到我们江门一派第一次聚齐是因为阿恒出了车祸。"

江不凡斜睨了她一眼，没好气地说："我怎么觉得你有点儿幸灾乐祸呢？"

简槿萱立即摇头："不敢不敢。"

江不凡冷哼一声："最好是不敢，要不然，我可要清理门户了。"

简槿萱不悦地道："我说你这老头儿也太偏心了吧？"

眼看着老师和小师妹又开始斗嘴，宋明河轻咳一声，指了指正坐在床上吃东西的裴以恒："小师弟正吃饭呢，别打扰他。"

裴以恒细嚼慢咽了一会儿后，微笑着看看他们："没事，你们继续吵。"

简槿萱这会儿不想跟江不凡吵了，她转头问道："我听说那个肇事司机跑了？"

"你又听谁说的？"裴以恒经过几天的休息，已经不像刚动完手术的时候那样虚弱了。最起码说这句话的时候，他脸上已经换成了原来那副淡漠的表情。

颜晗见他这样，也忍不住笑了，裴大师的招牌表情终于回来了。

裴以恒又喝了一口颜晗带来的汤。

此时，余晓插话道："阿恒，这饭菜是营养师做的吗？我看搭配得真好。"余晓精通养生之道，看出了点儿门道。

裴以恒露出一个满意的表情，他下巴微抬，装作平静地说："是颜颜做的。她亲手买的食材，亲手做的饭菜。"

不仅余晓，另外三人也一脸震惊地望着他。

裴以恒又说："肇事的司机已经找到了，现在一切都交给警方处理了。"

车祸确实像颜晗想的那样跟姚马克有关。

那天姚马克被颜晗拒绝之后，恼羞成怒，于是躲在小区附近等着。

姚马克年轻的时候就是街头混混，后来不知怎么进了这个圈子，还人模人样地改了个名字，但他骨子里的那混混劲儿一点儿没变。

姚马克看到裴以恒从昂贵的车里走下来就起了歹意，在公司待了这么多年，他自然知道现在的股东是谁。况且如今网络发达，公司的股权变更信息一搜就知道。

他知道自己做账的手段并不算高明，这次恐怕躲不过去。于是，他兑现了拉着他们一起死的承诺。

颜晗在电话里没跟裴以恒说这件事，想等他回家再慢慢说，毕竟电话里说不清楚，反而会让他更担心。谁知她还没等到他回家，他就出了事。

警方来调查的时候，颜晗没有丝毫隐瞒，将她知道的事情都告诉了警方。

如今，姚马克已经被抓了起来，不仅有公司那边挪用公款、侵占公司财物的罪名，还有撞人逃逸的案子在身。如果两项罪名都坐实，恐怕刑期得有十年以上。

媒体那边并不知道这件事，关于裴以恒的车祸，大家对外都说是意外。

颜晗知道，这是为了保护她。

之后六个月，裴以恒彻底消失在了公众的视野之中，哪怕是一直期待着他的粉丝都未能得到他的消息，而这期间，颜晗一直陪着他。

对他来说，手术后最大的问题就是右腿和右手的复健。

裴以恒是个意志力强大的人，有时候颜晗陪着他做复健都感到疲倦了，他也没什么倦意，甚至医生也时常叮嘱颜晗，别让他练得太狠。

复健是一个漫长的过程，但比起手脚的问题，他还要面对围棋棋力下降的问题。

刚开始，他在棋弈网上下棋，连职业初段选手都下不过。

颜晗知道裴以恒一向骄傲，以前，他的骄傲藏在心里不让任何人看到。如今在她面前，他会冷脸，会生气，甚至直截了当地跟她说过，他讨厌输棋。

就是这种不服输的劲儿一直支撑着裴以恒，渐渐地，他能下得过职业五段的选手了，后来，他与职业九段棋手下棋时都能不落下风。

即使是输，他也从来没想过放弃。

让颜晗没想到的是，因为右手的手指一直没有完全康复，裴以恒很快就开始用左手下棋。有时候，颜晗看着他重复着简单枯燥的动作，恨不得时间能够快点儿过去，让他立即康复。可有时候她又觉得，时间怎么过得那么快，跟他在一起的每一天，哪怕不说话，哪怕只是看着彼此，都觉得甜蜜。

后来，研发了人工智能棋手的公司再次托棋院的关系来邀请裴以恒。

这半年来，关于裴以恒车祸受伤严重致使棋力严重下降的传闻不时传出，世界第一几经易主，更是诞生了新的世界冠军。

院长带来了对方的亲笔信，郑重地邀请裴以恒与人工智能来一场人机大战。

人工智能棋手被称为"黑白"，正如围棋里的黑白世界。

院长并未让裴以恒立即做出决定，待院长离开后，颜晗陪着裴以恒在院子里散步。他们已经在这栋别墅里住了整整六个月，花园里有她养的花，只可惜她做饭虽好，花却总是养死。

"要不，咱们养条狗吧？"颜晗提议，她越想越觉得可行，"就那种黑白色斑点的，名字我都想好了。"

裴以恒转头看了她一眼，平静地说："黑白。"

颜晗震惊了，瞪大眼睛望着他，不可思议地问："你是怎么知道的？"她发誓这个名字是她刚想到的。

裴以恒淡淡地道："你还能更有创意一点儿吗？"

颜晗笑了起来，看着裴以恒沉思的模样，她低声说："你会接受吗？"

裴以恒看向她："其实，他们最初提出这件事，是在我出车祸的那天下午。"

颜晗的鼻尖有点儿酸："他们一直在等你，是吗？"

哪怕这半年，围棋的世界里已经换了好几位世界第一，哪怕产生了几个新的世界冠军，可创造"黑白"的人依旧认为，"黑白"最好的对手是裴以恒。

他们愿意等他。

裴以恒说："颜颜，它在进化。"

颜晗一愣。

裴以恒接着说："半年前，他们第一次提议时，黑白的胜率是百分之九十，但它当时对战的棋手多为职业七段以下，偶尔也有职业九段选手出于好奇跟它对弈。"说到这里，他顿了一下："但现在，它真的进化了，它面对的棋手多为职业九段，而它的胜率已经达到了百分之九十五。"

这世上已经没人能保证自己能赢过它。哪怕是巅峰时期的裴以恒，也仅有一战之力。

至此，颜晗大概已经猜到了他的决定。

"可是，你依旧想挑战它，对吧？"

"对，我依旧想战胜它。"许久之后，裴以恒终于开口，说出了这句话。

这栋安静的小别墅即将迎来一个与众不同的访客。

第二天，国内最大的体育媒体公开了裴以恒的信，这封信由他口述，颜晗执笔。

受伤后，我度过的每一天都是那样漫长。哪怕是我也不得不接受，受伤后的我什么都做不了，连最简单的落子也因为无法抓取棋子而失败。更为艰难的是，我必须接受，我的棋力确实因为受伤而下降了。但不管是最开始还是现在，我从未想过放弃。对我而言，围棋不仅仅是一项运动。围棋充满魅力，赢就是赢，输就是输。这么多年来，我始终保持着强大的意志力，不断进攻。作为一个职业棋手，赛场始终是我最想回去的地方，而我也会战胜所有的困难，争取早日回到赛场。谢谢你们一直以来的支持，请再等一等，我会回来的。

许多粉丝看到这封公开信都喜极而泣。

很久之后人们发现，这是裴以恒几十年的职业棋手生涯中，唯一一次温情地表露自己的心声。更多时候，他始终是那个天赋傲人、睥睨众生的天才棋士。

一个月后，裴以恒宣布回归赛场，而他回归之后参加的第一场比赛，就是与人工智能棋手"黑白"的五番棋对决。

全世界都震惊了。

六月，又一年的毕业季来临了。

在入学的时候，"毕业"这个词是那么遥远，可真的穿上那身学士服的时候，才发现这四年犹如白驹过隙，眨眼间就过去了。

寝室里除了陈晨会前往英国继续深造，其他三人都准备参加工作。

陈晨已经拉着艾雅雅和倪景兮喝了好几次酒。颜晗回来之后，她不仅抱着颜晗哭了一通，还和她狠狠地喝了一次酒。

今天是拍毕业照的日子，毕业生都穿上了黑色的学士服，显得格外正式。

陈晨一直让艾雅雅给她拍照："你拍漂亮点儿，我待会儿要传给我妈看。"艾雅雅一边冲着她翻白眼，一边给她加了十层滤镜，力求让她美到连亲妈都不认识。

颜晗跟倪景兮两人也在拍照，倪景兮的镜头刚对准颜晗，就见一架无人机缓缓地飞了过来。倪景兮准备等无人机离开后再拍，谁知无人机不仅没离开，还围着颜晗飞了一圈。

倪景兮干脆放下手机看了一眼四周，却没找到操控无人机的人。

艾雅雅打趣道："这无人机是不是喜欢咱们颜颜啊，怎么一直绕着她转啊？"

"无人机好像要走了。"陈晨喊道。

一旁的倪景兮道："要不，你跟上去看看？"

颜晗想了下，真的听从了她的建议，跟着无人机一路往前。

其他三人觉得有趣，也跟了上去，最后她们走到了传媒分院的行政楼前。

　　陈晨觉得奇怪："怎么来这里了？"

　　颜晗心如擂鼓，她快速往里走了一步，就看见裴以恒站在大厅里。

　　他穿着一身白衣黑裤，一如当年他与她相遇时的样子。

　　为什么会来这里？因为这是故事开始的地方。

　　裴以恒望着她，颜晗的脸已经开始泛红，她似乎猜到了什么。

　　一旁小心翼翼地操控着无人机的程津南终于把自己的宝贝收了回来，他小声对高尧说："真不枉我苦练了一个月，简直完美。"

　　一向爱挖苦他的高尧也点头称赞道："果然称职。"

　　裴以恒慢慢走到颜晗面前，低头看着她，问道："喜欢这个吗？"

　　颜晗愣了下，抬头望向他，猛地明白过来他问的是什么，点头道："挺有新意的。"

　　裴以恒又问："还记得这里吗？"

　　她当然记得。

　　那时候的他打算放弃自己最喜欢的围棋，过普通人的生活。她就那样突然地闯入了他的世界，从此以后，他的世界不再只是黑白色。

　　她是那道最绚丽的色彩，也是他穷尽一生想要保护的爱人。

　　裴以恒缓缓跪下，问道："你愿意嫁给我吗？"

　　这个问题迟到了半年。

　　颜晗低头看着他，答道："好。"

　　他将戒指缓缓地套在她的手指上，然后紧紧地抱住了她，像是要将她揉进自己的血肉中。

　　"颜颜，你是我的了。"

现在，她是他的未婚妻，以后会是他的妻子，再之后会成为他孩子的母亲、他孙子的奶奶。

这一生，他们都将属于彼此。

遇到她之前，他的世界里唯有黑白色。

在这个世纪最伟大的棋手裴以恒的故事里，他始终如此描述着他和妻子的关系。

谁也不知道，她的笔记中如此记录着：

我曾经一无所有，我见过美好的爱情到最后落得悲惨的下场。因此，我始终锁着自己的心，强迫自己生活在荒芜的世界中。

——直到遇到他。

他说过，他的世界里只有黑白色，可他不知道，在我心里，哪怕在那样的黑白世界中，他依旧绚烂如彩虹。

阿恒，你是指引着我走出荒芜世界的唯一的光。

番外

小桃子

嫁给职业棋手的生活是什么样的？

当有人问颜晗这个问题的时候，她仔细想了想，其实并没有什么特别之处，只不过她的丈夫更加专注和执着。

因为围棋是他从小就喜欢，并且打算一生都为之努力的存在。

颜晗怀孕的时候二十五岁，不早也不晚，一切都刚刚好。

如今，裴以恒已经拿到了十个世界冠军，虽然前面依旧矗立着围棋界的诸多大山，但他就像个不知疲倦的旅人，一步步坚定地往前走着。

颜晗毕业之后继续做美食视频，只不过她选择的食物更加广泛，之前还出了一本美食书。

看着自己的名字印在书上，她觉得特别新鲜。

两人结婚的时候还年轻，因此并不着急要孩子。

两人各自发展着自己喜欢的事业，相互支持，生活倒是格外有滋味。长辈们都开始旁敲侧击了，他们还是不紧不慢。

有一次颜晗扛不住，便说等裴以恒拿到十个冠军了，他们再考虑生孩子。

这只是她的推托之词，谁知裴以恒真的拿到了十个冠军，他们的孩子也真的是在裴以恒拿到第十个冠军后到来的。

至于叫小桃子，是因为颜晗怀孕的时候特别喜欢吃黄桃，简直到了嗜桃如命的地步。有阵子她吃什么吐什么，到最后不想吃饭，只想吃桃子。

裴以恒担心不已，生怕她缺少营养。

好在到了后来，小桃子似乎真的被各种桃子喂饱了，不再拼命折腾，颜晗这才没那么难受。

因为裴以恒是公众人物，所以颜晗怀孕这种事也会有媒体关注，颜晗并不喜欢被曝光，从怀孕开始她就住在私立医院，但没想到还是被路人撞见了。

棋迷知道后激动不已，甚至有人转发抽奖猜男孩还是女孩。

陈晨和裴知礼早已经在英国的教堂举行了婚礼，自从他们从英国回来，陈晨就一直得意于自己大伯母的身份。每次来颜晗家里，人刚到门口，她就高声喊着："小桃子，大伯母来看你了。"

以前她总是被颜晗镇压着，如今颇有种翻身做主人的感觉。

每次她还要摸着颜晗的肚子，一边摸着一边说道："小家伙，别怕，以后妈妈要是教训你，大伯母护着你。"

饶是浑身散发着母爱光辉的颜晗，都忍不住想要给她脑袋来一下子。

而裴以恒和裴知礼都在一旁看着她们打闹。

如果让裴以恒选出人生最惊心动魄的一天，哪怕他经历过无数次决赛以及各种让人紧张的比赛，可是这些跟小桃子出生的那一天比起来，都无法让他更紧张。

那天下午，颜晗睡了一觉，后来她是被一阵一阵的宫缩惊醒的。

她缓缓坐起来去了洗手间，出来之后她拿出手机，首先打给裴以恒。

一大早，裴以恒就去了棋院，虽然颜晗的预产期快到了，但是裴以恒的决赛时间也快到了。

他本来是准备留在家里准备，顺便陪着颜晗，但是颜晗知道他去棋院才能准备得更充分，所以一大清早就把他赶去棋院了。

没一会儿，裴以恒就接通了电话，他温润清浅的声音传来："颜颜，睡醒了吗？"

颜晗午睡之前给裴以恒发了微信，所以他见她打来电话自然以为她是刚睡醒，但是下一秒颜晗开口说："阿恒，我羊水好像破了。"

手机里传来"砰"的一声，好像是椅子被撞倒发出的巨大声响，还夹杂着旁边人关切的询问。

"以恒，你没事吧？"

"裴老师，你怎么样？"

颜晗也不由得担心地问："阿恒，你怎么了？"

很快，裴以恒的声音从那端传来："我没事，我现在就回去，你在家等着我。"

他刚才起身的时候太急，动作太大，一下把坐着的椅子掀翻在地上，自己也差点儿摔倒。周围的人都有些惊讶地望着他，想问又不敢问。

裴以恒的性格一向沉稳内敛，就连韩国媒体都盛赞他泰山压顶而面不改色，所以大家都很好奇是什么消息让他如此失态。

裴以恒深吸了一口气，转身准备离开训练室，临走时，他又回头环视训练室里的众人，浅笑道："我要当爸爸了。"

裴以恒是在半个小时后到家的，颜晗有些吃惊地看着开门进来的人，声音微哑地问："你怎么会这么快就回来了？"

"我带你去医院。"裴以恒没回答，只走过去伸手扶住她。

颜晗顺势从沙发上站了起来，司机已经在楼下等着。自从颜晗怀孕之后，裴家的司机就一直跟着他们，方便颜晗出入。

到了医院，病房已经准备妥当，颜晗立即入住。

都说生孩子是个极痛苦的过程，可是很久之后颜晗回忆起当时的情景时，她什么都不记得了。

唯独记得的是，医生把小桃子抱到她面前时，心底突然涌起的激动。

这是她的孩子，她和裴以恒的孩子——一个健康的小姑娘。

她偏头看向身边的裴以恒，见他呆呆地站在原地，握着她的手掌突然用力，颜晗疼得忍不住轻轻"嘶"了一声。

裴以恒回过神，轻声道："颜颜，对不起，我不是故意的。"

颜晗当然知道他不是故意的，他只是跟她一样太激动了。

护士将小姑娘裹好后，轻轻抱起来交给裴以恒。谁知他不仅没立即伸手，反而诧异地问："我能抱她？"

"当然可以了，新手爸爸抱一下。"护士笑着打趣。

之前，裴以恒百忙之中也跟颜晗一起上过课，主要是学习给孩子换尿不湿和抱孩子的姿势。

颜晗当时还安慰他，有月嫂照顾孩子呢。

裴以恒以前只专注于围棋，很多生活上的事情是别人替他打理。不管是裴家还是颜家都足够有钱，两人婚后也不需要为做家务这种事情烦恼，自然有阿姨帮忙打理家里的一切。

所以颜晗不想让裴以恒有太大压力，但他自己主动要去学。

此时，裴以恒缓缓伸手接过护士手里的孩子，随后他低头望着怀里的小家伙。她还没有睁开眼睛，但是小嘴巴轻轻在动，似乎在寻找什么。

抱着这么小、这么软的小姑娘，裴以恒都不敢动弹。

裴家的其他人正在外面等着，就连陈晨听说颜晗生了，也拉着裴知礼来了医院。他们两人之前一直在英国读书，最近刚回国。

陈晨坐在病房的待客沙发上，有些焦急地往外面张望："怎么还没生呀？"

"别着急。"裴知礼无奈地笑了，伸手捏了一下她的掌心以示安慰。

裴知礼话音刚落，房门就被推开了，护士抱着一个粉色小褶褓走了进来，裴以恒跟在旁边。

裴克鸣和程颐一下站了起来，程颐的性子有点儿急，连忙走上前问："是男孩还是女孩？"

"是位小千金。"护士笑着说道。

程颐登时高兴得合不拢嘴，她自己生了两个儿子，所以特别想要个小姑娘，没想到还真的如愿了。

程颐伸手抱过小姑娘，垂眸细细地打量着她的眉眼，谁知小姑娘突然一下掀开了眼皮。

程颐激动地说："克鸣，你快看，她睁眼了，她睁开眼睛了哟！"

其他几个人纷纷凑过来看襁褓里的小奶娃。

"我们家小宝宝的眼睛好大啊。"程颐惊喜道。

陈晨瞪大眼睛，她也觉得小姑娘一生下来就眉清目秀的，很好看，可是她怎么看都觉得小姑娘的眼睛是细长细长的，并不是特别大啊。

程颐转过头，瞧见她疑惑的表情，笑道："陈晨怎么有点儿不信的样子？"

"你看她这个眼睛是不是特别长？我告诉你，等再过两三个月，保管给你一个大眼睛的漂亮小侄女。"程颐特别得意地说，当初她也不懂，还是生裴知礼的时候护士跟她说的。

陈晨仍半信半疑，直到小姑娘百天的时候她才真的信了。

小桃子百天的时候，已经变成了一个白白嫩嫩的漂亮小姑娘，一双大眼睛扑闪扑闪的。

裴家特地为小桃子举办了百日宴，宴会的主色调是马卡龙粉色，整个场地布置得美轮美奂。

在场地左侧的甜品台上，除了各种可爱又好看的小甜品，还有一个高达两米的旋转木马生日蛋糕。

为了这个蛋糕，颜晗足足忙活了一个星期，图样是她和蛋糕师一起定的，就连蛋糕坯都是她自己做的，不过最重要的旋转木马部分是蛋糕师完成的。

整个宴会厅里随处可见桃子元素，比如做成桃子形状的可爱小点心，各种桃子形状的气球，完美呼应了小姑娘的名字。

颜晗抱着小姑娘坐在休息室里，不断有人过来跟小朋友打招呼。每个人看见小桃子都惊叹不已，这小姑娘长得实在太好看了。

本来颜晗和裴以恒就属于神颜父母，小桃子又特别会长，集合了父母五官中的优点，才一百天的小宝宝就已经有了大美人的坯子。

没一会儿，穿着一身笔挺西装的裴以恒走了进来，他走到颜晗面前，伸手准备接过小家伙。

颜晗嗔道："你穿着西装呢，别沾上她的口水。"

小桃子现在特别爱流口水，只要她的小脑袋靠在他们身上，没一会儿衣服就会被沾湿。

"没关系。"裴以恒说着，已经伸手把小姑娘接了过去，小桃子穿着粉色小裙子，头发乌黑又浓密，显得小脸特别白嫩可爱。

她冲着裴以恒嘴巴一咧，露出一抹特别灿烂的笑容。

"哟哟，你们看，她笑了！"陈晨正好看到这一幕，特别激动地道。

陈晨本来很害怕生孩子，但自从亲眼看着小桃子从刚出生的小团子蜕变成现在这个模样，她又无比期待生孩子。

颜晗看着小桃子，在她鼻尖上轻轻刮了下，小声道："小桃子，你也太喜欢你爸爸了吧？"

小姑娘很小的时候就会笑，但裴以恒抱她的时候，她笑得最开心，这让颜晗有点儿吃醋。

裴以恒看着小姑娘明润的眼睛，觉得自己的心都快化了。

宴会很快就要开始了，程颐带着陈晨出去招呼客人，其他宾客也陆续回到了自己的位置上，整个休息室里只剩下裴以恒和颜晗他们一家三口。

小姑娘躺在裴以恒的臂弯中，舒服又自在地哼唧，两只小手在半空中抓呀抓。可是她一直抓不到东西，便撇着小嘴，看起来一副要哭的模样。

最终，还是裴以恒把自己的手指放在她的手心，小姑娘抓着他的手指头，高兴地咿咿呀呀地叫起来。

裴以恒一直看着她，仿佛看着一件稀世珍宝。

颜晗看着他和小桃子，忍不住轻声笑了起来。

她这一笑引得裴以恒侧头诧异地看向她，颜晗柔声道："就是觉得你抱着她的画面很美好。"

曾经她抗拒甚至惧怕爱情，可是如今看着这么小的小桃子，还有抱着她的裴以恒，她突然觉得一切都是那么美好。哪怕是在天上的爸爸妈妈看见这一幕，也会为她感到高兴吧。

裴以恒仿佛猜到了她心中的想法，他伸出手将她揽进怀里，三个人紧紧靠在一起，而在他怀里咿咿呀呀的小姑娘完全不知道发生了什么。

裴以恒刚要开口说话，就有工作人员进来请他们出去，宴会开始了。

小桃子的百日宴他们本来是不打算操办的，但因为之前他们的婚礼只宴请了很少一部分宾客，所以裴以恒在围棋界的不少朋友想参加这次百日宴，最后颜晗干脆找了个团队，很认真地准备了这场百日宴。

最后的祝词环节，裴以恒看着颜晗说："他们都说围棋天赋是老天爷给我的最丰厚的礼物，以前我也一直这么认为。"

此刻，所有人的目光都集中在颜晗身上，她怀里抱着今天这场百日宴的主人公，可所有人都知道，裴以恒要说的跟颜晗有关。

"直到我遇见了颜晗，我才知道，她才是老天爷送给我的最丰厚的礼物。"

颜晗微微睁大眼睛。裴以恒一向安静内敛，不是那种会在公开场合表白的人，她完全没有想到他会说出这样的话。

她还没回过神来，就见他整个人倾身覆了过来。

男人英俊的面容愈靠愈近，最后他的唇轻触到她的唇瓣，还说了一句只有他和她才能听到的告白。

"颜颜，我爱你。"